LES JOUETS VIVANTS

Jean-Yves Cendrey est né en septembre 1957 à Nevers. Il a longtemps vécu à l'étranger, puis en Normandie. Il a publié plusieurs romans, chez P.O.L. (*Principes du cochon*, *Les morts vont vite*, *Oublier Berlin*...), puis à l'Olivier (*Les Petites Sœurs de sang*, *Une simple créature*). Il vit aujourd'hui au bord de la Garonne.

DU MÊME AUTEUR

Jean-Yves Cendrey

LES JOUETS VIVANTS

ROMAN

Éditions de l'Olivier

TEXTE INTÉGRAL

ISBN 978-2-7578-0253-3
(ISBN 2-87929-305-7, 1re publication)

Pour Laurène, Silvère, Romaric.

I

Le cimetière des fous

Ils vont enterrer mon père et la journée est magnifique.

L'encourageant soleil d'hiver fissure les bourgeons d'hortensias, et les poules mystifiées s'essayent à soulever de la poussière.

Mon frère et ma mère sont là-bas, et moi là, à trois heures de route. Mais aimez-vous les jonquilles ? *Oui. Non. Je ne sais pas.*

Là-bas ils vont enterrer mon père, et moi, là, j'ai encore le loisir d'aller enterrer mon père si je prends le volant.

Les pommiers du Japon sont en fleur, qui déversent par les grillages leurs bouquets d'écorchures.

Voilà déjà deux jours que ma mère a téléphoné pour annoncer la mort de mon père, ce n'est pas moi qui ai décroché.

La chienne, mal posée sur ses reins détruits, dévore des yeux le pain trempé des canards.

Ce n'est qu'avec réticence et après réflexion que je décroche un téléphone qui sonne, et encore faut-il que je me trouve seul à la maison, ou qu'inexplicablement les enfants soient sourds à la curiosité, ou que leur mère à dessein choisisse de laisser sonner, me contraignant à l'entretien de ma sociabilité.

Notre chienne est d'une race lourde et haute, et nous irrite et nous émeut par sa redoutable *bêtise* et son écrasante gentillesse éternellement humide, qui lèche à gros bouillons les oisillons tombés du nid, les musaraignes vertes de peur, les chats fatalistes, le sale type du village et tous les visiteurs indistinctement, et se jette sur les chiens féroces pour les débarbouiller et se ferait bouffer sans résistance si alors je ne la défendais.

Je me tenais à quelques pas de Marie lorsqu'elle a décroché.

Notre chienne est de cette race réputée pour sauver l'homme de la noyade, mais si je nage avec elle dans le fleuve, elle n'aura pas de cesse qu'elle m'ait passé deux pattes aux épaules, et pesant de toute sa masse, fait boire le bouillon.

À l'attitude de Marie, je compris que c'était ma mère qui téléphonait, et je me félicitai lâchement de ma répugnance à décrocher.

J'ai vu notre chienne buter dans un obstacle qu'elle ne pouvait contourner, et, incapable d'avoir idée de revenir sur ses pas, s'asseoir désemparée.

Comme je savais ne pas avoir à craindre de Marie qu'elle songeât à me passer ma mère, je servis le thé et attendis sereinement qu'il devînt buvable.

Le soleil fouette le sang du canard et ça le pousse à grimper la cane qui a sa préférence, et à lui chercher le cloaque avec son chose en tire-bouchon.

Marie a écouté ma mère sans rien répondre d'explicite, mais quand Marie a raccroché, j'étais au fait de ce qu'elle devait me rapporter.

Jamais le canard ne s'essuie les palmes avant de grimper la cane qui a sa préférence, et elle se reconnaît à son dos terreux.

Disons que j'ai plutôt deviné qu'appris la mort de mon père, et Marie eut une sorte de sourire en laissant délicatement tomber de ses lèvres l'annonce effective de cette mort.

La cane dédaignée est de loin la plus présentable, et je compte cinq gros œufs au creux du nid rudimentaire de la cane honorée.

En dépit de son objet, ou du fait de celui-ci, la conversation entre ma mère et Marie a été d'une notable brièveté.

Mais au jardin est un jeune cèdre que l'ancienne propriétaire nous a dit cèdre du Liban. Si j'avais décroché et appris de la bouche de ma mère la nouvelle de la mort de mon père, la conversation certainement aurait été plus brève encore.

L'ancienne propriétaire a reçu le cèdre de son marchand de fuel, pour prix d'une longue fidélité.

C'est par un coup de téléphone de mon frère que ma mère a appris la mort de mon père, et le jour approprié de son enterrement.

Aucun de ceux qui ont jugé notre cèdre ne le croit du Liban, et nous devons concéder qu'il a banale allure.

C'est le tuteur de mon père qui par un coup de téléphone a appris à mon frère la mort de notre père, survenue après deux semaines de délire et pour une raison mystérieuse.

D'après le livre que j'ai sous les yeux, la silhouette d'un jeune cèdre du Liban est toute différente de celle superbe qu'il prend avec la maturité, ainsi qu'on la trouve frappée sur le drapeau du Liban.

Pour qui sait de quels abus a vécu mon père, le mystère ne saurait être dans sa mort mais dans le fait qu'elle ne survienne que maintenant.

Et c'est donc la banalité actuelle de notre cèdre qui nous inspire l'espoir qu'il soit effectivement du Liban, et qu'un jour il puisse faire la fierté des grands vieillards que Marie et moi serons devenus à seule fin de vérifier si le marchand de fuel ne s'est pas moqué de sa cliente fidèle.

De même que je n'ignore plus que mon père vient de mourir à soixante-douze ans, dans une maison de retraite charentaise, je suis instruit que la longévité du cèdre du Liban flirte avec les quatre siècles.

Et si l'on sait que mon père a été énorme et paraissait d'autant plus énorme qu'il était d'une taille à peine moyenne, ne méconnaissons pas qu'un cèdre du Liban peut tutoyer les quarante mètres.

J'augure que ceux qui auront la faveur de voir notre cèdre aussi grand, pourvu qu'il soit du Liban, considéreront qu'il a été planté beaucoup trop près de la maison, à moins… qu'il n'y ait plus de maison, que le cèdre ait été abattu par la foudre ou le vent. Alors, pour rappeler cet arbre offert par un marchand de fuel à une veuve qui se chauffait au fuel, il faudra que subsiste un maudit exemplaire du livre obscènement sincère et suspect et sans doute présomptueux dont l'objet doit être de consacrer la disparition d'un père, mais qui déjà s'émancipe.

Valérie B. ne considère le pigeon que comme « une usine à merde ».

Depuis deux jours que j'ai à savourer la mort de mon père, je la trouve aussi fade qu'aux heures où je la goûtais par l'imagination.

Jean-Pierre F. élève des pigeons et m'en a offert un couple, des carneaux, rouges et ronds, mais si mornes qu'ils semblent ne faire couple que pour ne pas discréditer l'éleveur Jean-Pierre F.

Ayant depuis très longtemps tordu le cou à *ma* peur de mon père, l'unique soulagement que sa mort me rapporte, c'est qu'il ne puisse plus prétendre me coûter un rond.

Des premiers œufs de mes pigeons indifférents un seul a éclos, et j'ai découvert l'extrême laideur d'un pigeonneau.

Une fois, une unique fois, le tuteur de mon père entendit solliciter ma contribution à l'entretien de mon ancien bourreau, et je lui avais hurlé qu'il ne me prendrait ni par les sentiments ni par le portefeuille, et que je me torchais de sa loi comme du confort domestique de son protégé.

Moins d'une semaine plus tard, le pigeonneau est mort de froid sous les petits yeux glacés de ses parents perchés au-dessus, et qui ne se gênèrent pas pour chier sur son cadavre.

Le tuteur, ayant très vite trouvé mon père moins démuni qu'il n'y paraissait, m'oublia, et une fois encore je n'eus qu'à me réjouir de savoir que le sang du jeune homme très violent que je fus n'avait pas tourné en boudin dans les veines de l'homme fait que j'habite confortablement.

Comme les enfants souhaitaient un chat, nous avons parlé chat à la ronde.

Si précieuse violence, qui m'a plus souvent gardé du désespoir que je n'ai été tenté de la retourner contre moi, mais dont j'ai parfois fait usage avec une dommageable spontanéité envers des amis vite trop anciens à mon goût, envers des importuns, des maladroits, qui ne méritaient pas le nom d'ennemis.

Seulement l'hiver est là, et l'hiver peu ou pas de chatons, c'est comme ça.

Le soupçon m'étant venu que ma chère violence pouvait signer ma sujétion à une histoire éloignée, pouvait être identifiée comme l'empreinte de mon père apposée sur trop de mes agissements, je formai un temps l'ambition de la diluer dans les plaisirs et l'ironie, voire de la dissoudre dans le cynisme.

C'est comme ça, et pour de vieilles gens c'est tant mieux, qui m'invitent à me méfier du caractère des chats d'hiver, ne jurant que par les chats de printemps.

Ma violence est restée entière, simplement j'ai aujourd'hui le cuir plus épais et je la contiens mieux, et puis j'ai eu à la prêter à des désemparés – ainsi qu'il en alla à X, dans cette épouvantable et retentissante affaire que je vais raconter plus loin, X et ses ignobles bonnes gens, X et son Enseignant gros mangeur d'enfants – et ma violence quand elle trouve à s'exercer avec fruit ne me tracasse plus.

Et puis nous apprenons de Mme A., qui a trois chats et n'en souhaite pas un de plus, qu'un « mal aimable » lui a jeté deux chatons dans la cour, et qu'ils ont froid, mais qu'elle leur ferme sa porte par crainte de les adopter, et qu'ils ont faim, mais qu'elle s'est refusée à les nourrir pour ne pas se les attacher, qu'elle leur laisse cependant la remise et qu'en fait elle leur a donné de l'eau et des croquettes, et qu'ils sont d'un pelage blanc et roux bien « marqué », mais que « fatalement, il faut ne rien avoir contre le roux ».

Violence mercenaire, qui se paie sur les tourmenteurs, m'offrant le sentiment infiniment consolant de me venger encore et toujours de la jeunesse qu'on m'a faite, et de mettre au supplice la sotte idée de pardon.

Nous nous rendîmes chez Mme A., en revînmes avec deux poignées de croquettes et deux chats d'hiver qui auraient à prouver à l'ami Jean-Baptiste que tous les chats roux ne sont pas idiots.

D'avoir été un jeune martyr sportif et malicieux m'a entraîné à devenir un pessimiste très joueur et de caractère enjoué, et si j'avais été certain que mon reproche sût les amuser j'aurais blâmé pour leur tristesse la plupart des victimes que j'ai pu épauler, tristesse si légitime qu'elle en devenait quelconque ; et si je n'avais craint d'ajouter à leur peine je leur aurais confié mon peu d'espoir de les voir un jour rejeter avec leur tristesse la terrible banalité qu'il y a à souffrir quand on a souffert, et si souvent à faire souffrir ou à laisser souffrir autant qu'on a souffert ; et je leur aurais assuré n'avoir pas agi par compassion, autrement dit séduit par leur souffrance, mais par haine de cette souffrance, haine de ceux qui en sont cause comme de ceux qui l'autorisent.

Pour aider nos chats dans la vie nous leur avons donné des noms de pirates.

Toutefois je me défie de la morale comme d'une mère abusive, et j'entretiens avec le *mal* de délectables ambiguïtés.

La cane honorée a brisé les œufs qu'elle n'a pas dispersés, et la cane dédaignée est devenue la favorite comme l'atteste la crotte qui couvre son plumage.

Si, au quotidien, je partage avec beaucoup la prétention de paraître un peu meilleur que je ne suis, et fais en sorte d'être considéré comme quelqu'un de liant, raisonnablement curieux des infortunes des autres, honorablement pudique avec les siennes et acceptablement malveillant, je trouverais dérisoire de prolonger ici, par écrit, ces manœuvres, et escompte bien me tirer les vers du cœur, quitte à en être le premier dégoûté.

La dernière manie de notre chienne est de culbuter, sitôt qu'il est rempli, le seau où elle s'abreuve.

Il y a de cela une dizaine d'années, Marie et moi vivotions gaiement loin de Paris, où l'on nous invita à un colloque universitaire franco-allemand dont Kafka serait le cobaye, le jouet, le souffre-douleur, et où l'on nous paierait pourvu que nous charcutassions avec les beaux esprits réunis à Saint-Germain-des-Prés.

Je n'ai plus rempli le seau de toute une après-midi, laissant la chienne en lécher vainement le fond et lâcher des crottes sèches comme des gaufrettes, rêvant qu'elle ferait le lien entre sa soif et sa manie et renoncerait à cette dernière, mais j'ai déjà suffisamment dénigré notre chienne pour que l'on se doute du résultat.

Non par pitié pour Kafka mais refus de me casser la tête, je rédigeai en une soirée et sur le modèle de la *Lettre au père* un texte si nu qu'on lui lisait les os, la moelle, la maladie latente.

J'ai redonné à boire à la chienne dans un seau tenu au mur par de gros pitons, qu'elle a arraché malgré cela en se rabotant la truffe et les crocs, mais la prenant sur le fait je lui ai mis une trempe, et en fus affecté.

Marie et moi, encordés pour la circonstance, avons atteint à Saint-Germain-des-Prés un des plus hauts sommets de l'ennui, là où l'oxygène a la consistance de l'exégèse, et où les oreilles saignent à force de s'emplir de vent.

Il n'y a que la première trempe qui coûte, et le lendemain j'en ai remis une à la chienne récidiviste sans aucun embarras.

À Saint-Germain-des-Prés, le plus bavard des jaseurs était un nain plié en trois dans un fauteuil roulant, les bras atrophiés, sa grosse tête fendue de lourdes lunettes et enfoncée dans des épaules enfantines, qui d'une voix de sonnette et une demi-heure durant déclama du Kafka comme on remue des tôles, et qui grassement applaudi eut la suprême satisfaction d'entendre un vieux chignon au comble du ravissement lui faire prière de nous redébagouler tout le truc en allemand, tellement… tellement c'était beau !

J'ai attaché au cou de notre chienne son grand seau métallique, et l'air infiniment penaud de ressembler ainsi à quelque vache de montagne parée de sa cloche, elle a signalé le moindre de ses déplacements par un raffut du diable.

Et Kafka remorfla, en allemand cette fois, puis le plus bavard des jaseurs nous gratifia de sa prose personnelle, chaleureuse comme un évier, limpide comme une huile de vidange, le Grégoire Samsa de *La Métamorphose* étant enrôlé par notre orateur pour s'en prendre avec une grinçante insistance aux « gens qui se disent normaux », au point de provoquer l'exaspération de mon voisin de gauche qui me bougonna à l'oreille : « Il me fait rire celui-là dans son état à critiquer les gens normaux, mais à midi quand on a cherché un restaurant nous étions une douzaine et le seul à pouvoir tous nous accueillir n'avait de libre que sa mezzanine. Nous on a dit d'accord, mais lui il n'a pas voulu. On le montait dans son fauteuil bien sûr, mais il n'a pas voulu de ça. Il avait bien trop peur que si le feu prenait, ha, ha ! on l'oublie sur la mezzanine. Et voilà comment on a dû s'avaler des sandwichs au bistrot. Alors moi ce que j'ai à dire à ce monsieur, c'est que les gens normaux, ça ne leur fait rien de déjeuner en mezzanine. »

Je me suis senti minable en attachant un seau au cou de notre chienne, pourtant l'originalité de la sanction l'a rendue mémorable, et le seau n'est plus renversé.

J'ai lu ma *Lettre*, en ai été payé, et puis l'ai oubliée au fond d'une boîte à brouillons, projets sans avenir et restes de romans.

Mais quand l'humiliation est l'instrument d'une victoire, celle-ci garde un goût de vase, et l'on ne se trouve pas malin d'avoir été astucieux.

J'ai tout récemment remis la main sur la *Lettre*, l'ami David en a voulu, l'a inscrite au catalogue de sa maison naissante, d'édition et de convalescence pour des textes à la destinée fragile, maison de chasse et maison de détail, et l'éditeur s'est fait tireur d'aiguille, cousant des soirées entières la matière glauque de ma jeunesse, et puis il l'a toute vendue, et le voudriez-vous vous ne trouveriez plus la préface de Marie qui m'est texte de prix.

« *Voilà toujours un repas qu'on ne prendra pas chez soi*, et la promesse d'un chèque même modeste, ont justifié pendant longtemps que nous acceptions, Jean-Yves Cendrey et moi-même, telle ou telle invitation à une conférence sur quelque sujet que ce soit, au cours de laquelle il nous serait demandé de lire un texte inédit ou de répondre à des questions sur le sujet présenté. C'est plutôt gaiement que nous nous soumettions à ce genre d'astreintes qui n'étaient que la contrepartie supportable d'une liberté très grande et toujours surprenante même à nos propres yeux.

Il s'agissait cette fois d'un colloque sur Kafka où avaient été conviés des universitaires français et allemands et où, à la dernière minute, l'idée était venue à l'organisateur insatisfait de faire venir également deux écrivains, afin de n'être pas qu'entre soi, et sous le coup d'une sorte d'inspiration esthétique probablement, comme certains veulent égayer par la présence d'une femme agréable une assemblée masculine forcément sombre et sérieuse selon les critères habituels. De sorte que nous serions les jolies filles de cette grave réunion, la sympathique et distrayante conclusion d'interventions austères, l'indispensable arrivée des artistes.

Que nous faudrait-il faire ? Rien, en ce qui me concernait, sinon être là. Serait simplement lu un extrait de mon dernier livre de l'époque dont l'organisateur avait jugé l'atmosphère kafkaïenne. En revanche, aucun des livres de Cendrey ne pouvant prétendre à une telle qualification, force lui serait de payer de sa personne pour mériter les cinq cents francs et le dîner offert aux participants.

Il lut donc, tout dernier, sa *Lettre au père*. Ce ne fut délassant pour personne. Ce ne fut pas récréatif, ce ne fut pas ornemental, ce ne fut pas le repos de tous ces guerriers des études, ces spécialistes de Kafka qui, secoués, osant parfois un rire, écoutèrent dans le suspens de leur réflexe critique ce qui ne ressemblait à rien de ce qu'ils avaient entendu depuis le matin et qui les plongeait brutalement dans l'intimité cruelle, distante, sarcastique de celui dont ils avaient attendu vaguement une détente, une suave préparation au repas, certainement pas, non, cette entrée sur scène d'un père si exotique dans son ignominie poissarde.

Il y eut des applaudissements, une impression de surprise cueillie à froid, l'assistance acceptait son plaisir, son embarras léger.

Il peut y avoir ceci de particulier, dans les textes de commande, que l'auteur leur est reconnaissant. Tel texte qui n'aurait pas été écrit autrement prend une valeur qu'on n'avait pas supposée. On y a mis beaucoup plus de sa vie réelle que dans un texte désintéressé, parce qu'on voulait faire vite et sans trop engager de certaines idées ou images précieuses qu'on destinait à un roman. On a écrit à l'économie, presque en avare. On a fait un texte de cinq cents francs. Et puis voilà que ce fragment mal désiré ne démérite pas au milieu des autres, voilà qu'il a acquis de par lui-même, indépendamment des circonstances de sa conception, sa raison d'être. »

Des deux chats le plus roux dépose au pied de mon bureau le verdier qu'il vient de poinçonner.

Je le déploie tel un éventail, admire le coup de pinceau puis referme l'oiseau, et l'enfouis dans le tiroir à cendres du poêle couleur d'ivoire.

Du vivant de mon père, j'imaginais plus souvent l'enterrer que laisser à mon frère et ma mère le soin de s'en charger sans mon équivoque compagnie, mais au lieu de retourner sérieusement la question maintenant qu'il est temps d'arrêter un choix, je me laisse distraire par ce fait troublant que, sans l'ombre d'une prémonition, j'ai publié ma *Lettre* à peine deux semaines avant que ne s'éteigne celui qu'elle incendie.

C'est matin de massacre, car l'autre chat finit de croquer la mésange charbonnière revenue broder au fond de la vieille pompe le joli nid de crin gris et de poils de chien noir où deux fois l'an fidèlement elle rangeait ses œufs.

Mon père mort et enterré, je n'aurais pas publié la *Lettre*, non par pudeur ou fumeux *respect* (je regarde les morts pour aussi propres au blâme que les vivants), mais parce qu'elle m'aurait paru lettre morte, inventaire, et qu'alors j'aurais eu l'ambition de faire pire, de faire mieux que seulement exhumer, de faire un faux de quelque ampleur avec de piètres vérités.

Matin de cris et de morsures, et de la mare qui l'a sauvé des mâchoires d'un chien, de cette mare où il est près de se noyer, le coq du voisin est retiré par le moyen d'une épuisette. Et le voisin découvrant son coq tout vert et puant et scalpé et le crâne troué, songe d'abord à mettre fin à ses souffrances en le saignant, et puis, en fin observateur de la vie avicole qui a remarqué que le cerveau chez le coq ne semble pas un organe vital, il augure que celui-là se rétablira peut-être et il lui offre pour sa convalescence éventuelle l'asile d'un clapier vacant.

Jamais donc mon père ne lira la *Lettre* dont il est le héros, et sauf accident infiniment suspect, jamais il ne l'aurait lue s'il était resté en vie, ou plus précisément en léger retrait de la mort dans sa maison d'agonie pépère, d'agonie contenue par les drogues amusantes, maison de passe-temps où sa seule lecture devait être celle des menus de la semaine affichés dans le hall – ce n'est pas prendre beaucoup de risques que de supposer un hall à cet établissement –, mais quand bien même la *Lettre* serait-elle parvenue à se glisser sous sa porte, à échouer sur sa table de chevet, cela m'aurait été indifférent, je le jure, et je crache entre mes pieds (je le fais vraiment), car ne nous restaient en commun que ce nom menacé de Cendrey et un passé véreux chaque année plus cassant, plus en miettes, en poussière, une dentelle.

Dans l'enclos des canards la nouvelle favorite passe

les nuits sur son nid, et le jour ne fait que se balader, ce qui est l'infaillible méthode pour gâcher une couvée.

Pourquoi ne pas croire Mme Mergnac lorsqu'elle écrit à ma fille que « le nom de Cendrey était attribué à un marchand de cendre de bois – un métier aujourd'hui disparu. C'est un patronyme très rare, porté par dix à vingt personnes seulement en France, et qui à la fin du dix-neuvième siècle était localisé sur la Haute-Marne, principalement à Longeville-sur-la-Laines. »

Je rends visite au coq du voisin et le trouve au plus mal, l'os du crâne à nu, les yeux fermés par la tuméfaction, un bout de crête noirci capuchonnant ce bec qui trempe sans réaction dans l'eau que je lui offre.

À l'école, au collège, j'ai chaque fois frissonné quand les sciences naturelles amenaient l'évocation du héron cendré, ou plus lourde de conséquences celle des migrations de l'oie cendrée, qui immanquablement faisait se tourner dans ma direction un tas de faces moqueuses dont l'une d'elles à la récréation ramasserait forcément mon poing pour un « Cendrey bête comme une oie ! » crié avec jubilation. Ce n'était cependant qu'un souci passager bien léger en regard de celui de notre pauvre camarade Philippe Babouin, duquel nous étions nombreux à lourdement nous gausser de septembre à fin juin.

Tout lamentable et douloureux qu'il est, le coq tournique comme une girouette qui déciderait du sens du vent, nullement résolue à rompre.

Dans mon enfance, j'ai chaque été passé quelques semaines à faire les foins et à traire et à grimper aux arbres. C'était dans une ferme de Longeville-sur-la-Laines, chez des amis du grand-père Jules. Mais à Longeville-sur-la-Laines il ne me souvient pas d'y avoir rencontré un seul Cendrey, la lignée du marchand de cendre de bois ayant dû déjà en avoir été balayée.

Notre propre coq, massif et pacifique, chanteur

honorable, ne nous a jamais causé ni souci ni désagrément, mais voici qu'il boite, traîne une patte vilainement enflée, comme si à la déprime et la confusion qui s'emparent des basses-cours il voulait apporter son concours.

Même aux temps anciens, on ne devait pas faire fortune dans le commerce de la cendre de bois, et mes aïeux s'illustrèrent en collectionnant les emplois misérables et les morts violentes, mon père ayant maintenu la tradition des emplois misérables avec sa carrière d'adjudant-chef d'Intendance, mais s'étant miraculeusement traîné dans l'existence jusqu'à un âge passable.

Je découvre avec irritation que les pigeons, non contents de leurs manières criminelles, sous-louent leur pigeonnier à un énorme rat.

Une poignée de photocopies me tient lieu d'archives familiales, où gisent un Jules Albert qui n'avait plus sa tête, sa douce Geneviève qui s'est fichue à la rivière, un Jules Jean mort malgré lui pour la France, un Jules tout court tué à l'ennemi, et à chaque génération un unique enfant pour perpétuer le malheur et un jour me donner ma chance et mission de le conjurer.

Rendu nerveux par l'ignorance où je suis encore de savoir si je vais aller enterrer mon père, je décide du sort – le même que je destine au rat – de mes canards dégénérés et de mes pigeons lamentables, considérant comme nécessaire de tirer un trait sur une accumulation d'embêtements et de déconvenues, doutant seulement qu'il soit pertinent de faire couler le sang un matin pareil.

Les yeux m'ont piqué lorsque j'ai lu que la profession du simple soldat Jules tout court fauché aux premières heures de la guerre était *domestique de culture*.

Mais je sais par où le rat est passé et repassera, alors, trop tenté d'en finir sans plus de délai, je me saisis d'une fourche à trois dents et remue la sciure, la fiente et le foin.

Et je l'ai vu s'effondrer dans les blés mûrs mon *domestique de culture*, un coquelicot ouvert au milieu du cou, et mordre la poussière mon *domestique de culture* plutôt qu'à la chair de sa femme, et pleurer de douleur et s'écrier « ma petite fille ! » et faire sous lui et sur la France.

Je ne suis pas plus fringant qu'un autre lorsque je m'attends à affronter un rat, et j'en ai froid dans le dos, et plus que le rat dissimulé c'est ma peur du rat qui va me sauter aux yeux. Pauvre cher Jules, combien ce *domestique de culture* sent l'animal et l'ahan, la toile de sac humide et l'ennuyance, la chaîne et le collier, la tyrannie, et moi qui ne sais que depuis peu à quelle besogne tu te tuais avant de mourir à la tâche militaire, moi qui très jeune en ai fait le moins possible et qui aujourd'hui en fais moins que jamais en me flattant de ne pouvoir un jour prétendre à un sou de retraite, j'ai le sentiment que ma paresse a toujours travaillé à la dilapidation de l'héritage de sueur et de sang caillé que malgré toi il t'a fallu transmettre, mais dont les descendants que je t'ai donnés seront, sois-en certain, débarrassés.

Le dernier rat que j'ai affronté, et tué d'un magistral lancer de balai dont il prit la pointe du manche en plein museau, était un rat frugivore surpris dans sa maraude, et si j'avais eu à cœur de ne pas le manquer malgré ma répulsion, c'était que le chauffeur du car scolaire venait de décéder d'une leptospirose après avoir consommé des mangues mouillées d'urine de rat.

La guerre, si elle épargnait la vie d'un Cendrey, lui brûlait sa maison, quand bien même celle-ci ne lui appartenait pas, et les seuls objets à m'avoir été transmis je les ai aujourd'hui perdus : quatre soldats de plomb dont un, je le revois mieux que les autres, avait le visage fondu.

L'image du rat frugivore ensanglantant le carrelage blanc à force de gambades tressaute dans ma mémoire et redouble mon trac.

Mes soldats Jules aux traits perdus qui souriez dans vos tombes si tombes vous avez encore, vous m'inspirez d'écrire avec une encre épaissie par de la poudre d'os.

Je débusque le rat, qui se trotte avec cette allure prolongée par la queue de cauchemar, et à la seconde où il repasse par où je pariais qu'il repasserait… je le transperce d'une dent et le cloue sur le bois et le frisson qui l'agite remonte par la fourche et me traverse l'esprit, et l'animal couine de douleur et il tournoie convulsivement sur l'axe de la dent et affole les pigeons qui de leurs ailes claquantes soulèvent une poussière au parfum de typhus.

À moi les Jules, à moi soldats, jaillissez de vos fosses et soyez du combat, et tant pis si la mort déçoit, qu'on la reçoive ou la donne !

Il faut presser dur sur la fourche, le regard vrillé au très lent progrès du mal que l'on s'attache à causer, et après de longues minutes de soubresauts puis un ultime tressaillement voilà : ce rat est fait comme mon père, d'un cœur stoppé et de chair grise.

En conséquence, Jules zélés c'est un ordre, rejoignez vos cantonnements plantés de croix et de cyprès, au pas de charge, Jules improbables, retournez à vos songes creux.

Le sale boulot je le fais sans témoin, deux prisonniers à liquider, je frappe du tranchant de la main, et déjà un pigeon de moins.

Jules de lichens et d'oubli, laissez-moi seul affronter cette vraisemblance qu'avec la mort de mon père il va enfin me devenir indifférent de porter le nom de Cendrey.

Dans un bouquet de plumes rouges, la dépouille du second pigeon rejoint celle du rat sur la terre battue.

Seulement je sais que je continuerai à conjuguer mourir sur le mode enfantin, et que lorsque je mourirai, même tout gâteux tout moche, croyez-le bien les Jules, ce sera en fait un joli petit Cendrey giflé, fessé, fouetté, savaté, injurié, qui en la circonstance mourira soulagé de sentir enfin ses terreurs le quitter.

Je coince les canards et les fourre un à un dans le sac à maïs que je charge à l'épaule comme le renard de quelque fable.

Étrangement, alors que je n'ai jamais succombé à l'idée de faire l'écrivain sous un autre nom que celui de mon ennemi intime, dont la disparition a pour heureux effet que je ne sais plus rien reprocher à ce nom, l'éventualité de revoir celui-ci imprimé sur une couverture m'inspire soudain d'informulables réserves.

Je rejoins le bûcher sans intention de décapiter mes condamnés, car lorsqu'on a un jour tranché la tête d'une oie à la hache, on s'abstient de réveiller l'impression d'avoir abattu son fer sur un cou d'enfant.

Ayant encore à portée de main les maigres archives familiales où j'ai recherché la date de naissance de mon père, je m'essaie à prendre le nom de Klein, celui de mon aïeule Denise Marie, décédée un an avant ma naissance, mais dont une carte fanée et roussie par les moisissures ne laisse pas de préciser l'identité.

Fendre, du taillant d'une planche, le crâne du type avec lequel on se bat, au motif qu'on a arraché l'affiche qu'il venait de coller sur une palissade de chantier, est plus facile que d'asséner froidement derrière la tête d'un canard un coup de manche de pioche, je le sais d'expérience.

Taille : *1 m 75*, nez : *droit*, cheveux : *gris*, forme générale du visage : *ovale*, moustache : /, yeux : *bruns*, teint : *clair*, signes particuliers : /, un portrait qui à deux détails près pourrait être le mien, mais décidément non je ne saurais écrire sous le nom de Klein quand j'ai du Klein en moi, et que mon envie me semble celle de me méconnaître du mieux possible.

Se saisir du corps tiède et remuant du condamné, et puis calculer vite et frapper violemment, et tenir ferme à la base des ailes, par où passe et s'épuise bientôt la puissance de vol d'un aigle royal.

Et dans le même temps, me choisir un nom qui ne me serait rien, un nom sans histoire, me fait l'effet d'une simagrée.

Sitôt les canards exécutés je course le boiteux, qui tente un décollage, s'emmêle les ergots – vraies cornes de taurillon – et se ramasse une gamelle devant ses poules ahuries.

Me compliquer la vie quand la mort de mon père la simplifie dangereusement, ce n'est peut-être que cela qui m'incite à ne plus autoriser Cendrey à signer le moindre livre mais des carnets de notes, des chèques d'essence, de gaz et d'eau, à lui interdire de laisser paraître l'extase où le jette le désœuvrement, de laisser transpirer sa désinvolture quand bien même il la nommerait tranquillité d'esprit.

Je serre le nœud coulant, place le coq entravé en travers du billot, et du pouce fais jaillir, avec ce bruit inquiétant si caractéristique, la lame du gros cutter.

Me trouver un nom et très vite, un nom de guerre, sous lequel armer de nouveaux livres comme autant de galères, afin d'entamer mon bonheur et de sombrer par accents dans le doute, avec l'espoir qu'il soit fécond.

J'ai tenté de persuader mon plus jeune fils et la toute petite voisine de s'épargner la scène qui va suivre, mais la chirurgie de campagne excite tant leur intérêt qu'il faut peut-être y voir le signe de vocations médicales que je m'en voudrais de contrarier, et renonçant à les chasser j'incise à grand-peine la peau épaisse et écailleuse, ouvre l'abcès puis le comprime et il se vide d'une humeur jaune puis rosée puis de plus en plus rouge.

Me bercer d'illusions, pour réveiller en moi le goût des pitreries et des accoutrements, de la littérature comme reconstituant.

Et les enfants s'enfuient en criant et la toute petite me traite de méchant.

Je me trouverai ce nom, je referai l'écrivain, c'est désormais une certitude, car la mort de mon père est une invitation à de nouvelles parties de billes et de quilles avant que d'aller jouer aux osselets tout seul et dans le noir, puni au fond d'un trou.

J'asperge la plaie de désinfectant, déchire des lanières de chiffon, en bande le pied du coq, puis le rends à ses cocottes, dont plusieurs s'empressent de becqueter son pansement sanglant tellement appétissant.

Cependant l'heure tourne, et d'estourbir ou soigner des volailles n'aide pas à la réflexion quant à l'opportunité qu'il y aurait de me rendre à l'enterrement de mon père, pour par exemple… je ne sais pas, je ne sais tellement pas… pour par exemple… s'assurer que le cercueil – sans doute le moins cher du marché – ferme correctement, et que le zombi auquel il prendrait l'envie d'aller me tirer les pieds n'ait pas la tâche trop facile pour en sortir, mais ce n'est bien sûr qu'un exemple.

Durant quelque temps, les notables progrès de la chienne m'ont conduit à regretter de n'avoir jusqu'alors usé avec elle que d'autorité et de patience (deux caractères aussi contradictoires dans les faits qu'en apparence, mais en se montrant autoritaire envers cet animal ballot il est illusoire d'escompter un effet immédiat, voire rapide, et plus sûr de s'attendre à un effet aussi tardif qu'imparfait, ou même à l'effet inverse de celui recherché), mais à l'avenir – sauf incontrôlable mouvement d'humeur – je ne lèverai plus la main sur mon *gros sac* (son surnom affectueux), qui pour avoir accompli plus de progrès qu'il n'était raisonnable est devenu dingo, et multiplie désormais les désastres, au point que je soupçonne la bête, monstrueusement affectueuse et collante comme elle est, d'une perversion qui lui ressemblerait bien, celle de ne commettre ces nouveaux désastres que pour s'attirer plus fréquemment ma présence, quel qu'en soit le prix.

Je marche vers le fleuve avec mon problème.

Pour la quatrième fois cet hiver le fleuve a nuitamment débordé pour s'en venir lécher le pied des digues centenaires, non pas en signe de soumission mais pour rappeler qui est le maître.

J'aborde au fleuve avec des interrogations. Un fils va-t-il prendre le volant et foncer là-bas, coller son père en terre, et puis rentrer vite fait ici avec le sentiment d'avoir roulé pour quelque chose ? *Oui. Non. Je ne sais pas.*

Déjà le fleuve reflue par les gigantesques fossés que l'on a taillés pour lui dans le limon immémorial. Je longe le fleuve en pataugeant sous le soleil blanc et les peupliers nus. Un fils a pris le volant, mais va-t-il sèchement saluer son frère ou faire effort pour le reconnaître et demeurer muet de surprise ? *Je ne sais pas.*

En peu d'années Beaugalet père m'a appris le fleuve comme un poème de mémoire d'homme, du vert au rouge et au limpide, les points bas et les îles effacées, les millésimes de la désolation, les yoles amarrées aux étages, la brèche de janvier, les lunes des anguilles, là où

« ça tape putain de moine ! », là où ça chose et quand ça dépose, quand l'eau est ronde, si la brume à midi, si le bourrier fait le train, les 12,88, les 10,35, les 10,58, l'île nouvelle et phénoménale, la grave plus pâle que du papier, tous les plastiques chosés par les pays d'amont, les fantaisies des barrages et la fourchette de l'étale, les tourbillons et les noms des noyés, « couillon toutes mes histoires de pêche, si je devais faire comme vous et choser ça dans un bouquin, il me faudrait l'hiver ! »

Un fils a pris le volant, il passe devant le cimetière, il cherche un bureau de tabac, fait-il en sorte d'être en retard et qu'on l'espère puisqu'il s'est annoncé, quand bien même on préférerait qu'il ne se montre pas ? *Oui.*

Beaugalet père ne voit plus clair : « C'est formidable comme ça me brouille putain de moine, mais vous qui n'êtes pas si vieux, dites-moi un peu combien vous me comptez de ces saloperies de hérons sur le gravier tout là-bas à nous esquinter le poisson ? »

Un fils n'a pas pris le volant un jour d'enterrement de peur d'avoir un accident mortel, de se retrouver ainsi bêtement atteint par la mort de son père quand il prétendait en rire, mais aura-t-il à regretter de s'être exonéré du rite premier de l'humanité, dérobé à l'obligation qu'on assigne au fils d'ensevelir le père et les ressentiments, soustrait à la confrontation de son intransigeance passée avec le vertige de la fosse, aura-t-il à regretter sa superstition ? *Non (car ce serait pour lui regretter d'être en vie).*

Je me méfie de la mort de mon père comme d'un cadeau empoisonné, fait pour m'attirer hors de chez moi et me punir si, par aveulissement filial, je me déterminais à lui sacrifier la compagnie des miens. Ma seule famille est ici, et je refuse de reconnaître le cadavre que l'on me propose d'identifier là-bas, en Charente.

Beaugalet père ne voit plus clair et s'en étonne avec

gravité : « Pourtant au dernier contrôle les deux yeux étaient bons, vous me direz que c'était il y a plus de cinquante ans, quand j'ai fait mon armée, et couillon cinquante ans on n'a pas idée comme ça peut jouer sur la vue. »

Les morts eux-mêmes n'abdiquent pas toujours leur rancune à l'endroit des vivants, et il me souvient de cet homme dont la dernière volonté a été que sa mort soit cachée à l'un de ses fils jusqu'à son enterrement, que celui-ci ne puisse s'y rendre, y prétendre à l'extinction des hostilités, y spéculer sur les vertus du pardon, ou à l'inverse y jouir de sa position, de ses jambes légères qui l'auront porté jusque-là, de son cœur délivré, de ses yeux secs, de ses songeries de vainqueur. Mais peut-être avait-il été trop humiliant au père condamné par la maladie d'imaginer le fils honni choisir de ne pas venir à ses obsèques, ce qui lui inspira d'interdire une absence voulue en réglant une absence forcée, en usant de l'absence au cimetière comme d'une malédiction.

Je délaisse le fleuve et m'en retourne, ayant résolu de jardiner à défaut d'enterrer. Franchissant un fossé, j'y aperçois, prisonnières d'une cuvette boueuse, quatre jeunes carpes à l'agonie. Je descends jusqu'à elles à l'aplomb du ponceau, sur une pente si sévère et glissante que je me fais reproche de mon initiative. Deux carpes dans la poche droite du pantalon, deux dans la gauche, je nous extirpe elles et moi à grand-peine de ce qui devait être leur tombe, et puis tout sale et très bizarre avec ces queues de poisson qui soulignent mes hanches, je filoche jusqu'à la maison plonger mes rescapées dans le tonneau d'eau de pluie, les y promener à reculons pour entrouvrir leurs ouïes et les ranimer, et ce jusqu'à les sentir donner de la queue. Sans doute il va plaire à mes enfants et à la petite voisine d'aller au fleuve un seau à la main pour chacun y relâcher *sa* carpe.

Je devrais être à jardiner mais tournicote oisivement lorsque le téléphone se met à sonner. Et voici qu'oubliant mes préventions j'ai déjà décroché, pour immédiatement me mordre les doigts de ce geste inconsidéré. C'est l'instituteur de mon fils aîné qui me sollicite pour accompagner sa classe à un tournoi de ping-pong, la personne pressentie faisant soudain défaut. Je bredouille bien évidemment les inintelligibles mots de circonstance, le temps de trouver un prétexte pour repousser la requête fastidieuse. Malheureusement le seul à me venir en tête est que j'ai un père à enterrer. Le jugeant peu crédible je renonce à l'avancer, et pris de court affirme être déjà engagé mais à même de me désengager dans l'heure, un instant tenté de déconcerter mon interlocuteur en lui glissant : « J'avais mon père à enterrer mais en avant pour le ping-pong ! » Mon dévouement de parent d'élève en aurait pris un violent parfum d'inconséquence réjouie, néanmoins le risque était trop grand de passer pour un farceur lourdingue, un sinistre baratineur.

Je roule vers Cadillac, mon fils près de moi, trois de ses camarades à l'arrière, les deux garçons encadrant la fille qui ne cesse de me sourire tristounettement par l'instrument du rétroviseur tandis qu'elle recense ses deuils, ses échecs, esquisse l'étendue d'un désarroi qu'elle ne pourrait me peindre dans sa plénitude que si Cadillac nous était une inaccessible destination. Les pères se taillent ou se tuent en auto ou ne sortent de tôle que pour y retourner, les mères vous font des frères et des sœurs avec des imbéciles ou des salauds, l'argent file en fast-foods et en piscines gonflables qui lâchent aux premiers beaux jours, seule une grand-mère tient un peu en l'air mais elle est lugubre, puis on va entrer au collège avec des notes de plomb, et grandir avec une si lamentable opinion de soi qu'on risque de devenir une proie facile pour les salauds, les imbéciles.

D'un côté, de longs et lamentables sarcophages de quatre étages dont le béton laisse transpirer les détresses contenues, de l'autre, un gymnase de tôle tel un fossile industriel dans un désert de gravillons noirs, et là-bas dans le fond, le masque de pierre grise et les sourcils barbelés du gros et fameux hôpital psychiatrique du lieu ; ainsi est fait le quartier où se joue le tournoi de ping-pong que je viens d'abandonner à sa ferveur, saisi du besoin impérieux de marcher encore, et vers le fleuve encore, dont Cadillac me sépare.

À chaque intersection la direction de l'hôpital est indiquée par un panneau frappé des seules lettres UMD, à savoir Unité des Malades Difficiles, un nom qui tient de la litote, car c'est aux plus furieux et criminels des fous que l'on affecte l'endroit. La direction du fleuve est celle de l'UMD, que je rallie à grands pas tandis que ma pensée s'oriente vers un cimetière de Charente où l'on habille à l'instant le cercueil de mon père du drapeau national, et que deux vieux machins aux blazers diaprés de médailles font flotter les bannières des anciens d'Indochine, des anciens d'Algérie. Mon héros de père en effet, petite frappe de la France coloniale et despote domestique, débarrasse le plancher avec les honneurs militaires.

En dépassant l'entrée de l'UMD je songe à celle de l'HP qu'adolescent je franchissais quand mon soudard de père s'y trouvait enfermé, prisonnier à la fois de la bibine et des Boches, du Viêt-minh et du FLN, et non moins prisonnier d'accords secrets avec Napoléon (fou caricatural mon père avait aussi commerce avec l'Empereur).

À dix-huit ans et en début de matinée j'ai de nouveau franchi la porte de l'HP, mais cette fois avec une bande de glandeurs et de fêtards aux cheveux longs, lecteurs frivoles de Laing et de Cooper, tous épris d'antipsychiatrie de comptoir, pour y débuter en leur folklorique compagnie une formation d'infirmier psychiatrique, métier alors à la pointe de la mode dans le milieu néo-picolo-situationniste charentais. Dès midi, tous démissionnaires, nous arrosions au café de *la Paix* nos retrouvailles complètes avec l'oisiveté, la délinquance et monsieur de Sade.

Tandis que je longe le rempart aveugle qui défend les fous de la terrible tranquillité de Cadillac, je suis rattrapé puis dépassé au pas de course par un barbu très noir de poil, boutonné des chevilles au cou dans une blouse d'un blanc publicitaire et incapable par le fait de lever les genoux, contraint de battre frénétiquement des pieds à la façon d'un jouet mécanique. À la première intersection il tourne sur lui-même, semble à la recherche de quelqu'un plutôt que d'une direction, opte pour le fleuve, se ravise, regarde sa montre, et de sa démarche ridicule trisse finalement vers le centre-ville.

Parvenu à l'intersection, je le vois s'amenuiser au bout de la longue rue déserte, protagoniste d'un dessin animé dont je n'aurais surpris que la fin. Était-ce l'histoire d'un fou auquel il a suffi d'enfiler une blouse blanche pour s'évader mains dans les poches, ou celle d'un gardien de fous qui ayant perdu un fou est parti comme un fou à sa poursuite ? L'horizon ne fait qu'une bouchée de cette drôle de souris, et *that's all folks*.

Je laisse à main gauche le portail du cimetière et verse vers le fleuve, puis me ravise, retourne sur mes pas, me ravise et repars vers le fleuve, me ravise de nouveau et sans plus tergiverser franchis le seuil du cimetière.

La mort de mon père voudrait que je sois au garde-à-vous avec les vieux machins à bannières et ma mère et mon frère, dans un cimetière là-bas, à trois heures de route, alors il me plaît de divaguer dans celui-là qui n'est pas le bon, en homme distrait, en fils négligent.

Je ne sais rien de mieux écrit qu'un cimetière. Une simple identité, quelquefois mêlée d'un regret, deux dates éloquentes, font une fable sans morale où tout est dit de la plus bouleversante manière. L'œuvre modeste et prodigieuse est d'avoir existé, et de résister sans conscience à un complet effacement.

De très nombreux caveaux, certains ruinés, d'autres dans un état irréprochable, portent une pancarte avertissant que la municipalité va en expulser les locataires, mais que leurs familles ont le pouvoir de les y maintenir pour peu qu'elles se manifestent avant une date… dépassée depuis plus d'une année. Je lis les noms des sursitaires, songeant que je pourrais en choisir un et le faire mien, me demandant s'il plairait à ce Sidanbarom de quitter sa tombe avant que ne s'y attaque la pioche des démolisseurs et d'écrire un roman, s'il siérait à cette Splach de se réincarner en garçon et d'évoquer son manuscrit en déjeunant d'un carré de morue dans le sixième arrondissement de Paris, rue Mazarine.

Je m'assieds d'une fesse sur le caveau Splach. Je parcours de l'index la gravure sombre du S, puis du P, du L, du A, du C. Je me demande. Et non je n'oublie pas le H, je fais de même avec le H et je me demande bien. Je détermine le nombre d'années vécues. Je conjecture les causes de la mort. Madame ou mademoiselle ? Disons mademoiselle. Je drague un passé d'avant-guerre. Un seul homme a-t-il pleuré à la place où je suis ?

Je tire de ma poche la petite chose que je viens de publier, que j'ai emportée pour le ping-pong, pour me distraire du ping-pong si devenait trop vive la frustration de ne pouvoir jouer, à moins que ce ne fût strictement dans l'intention de m'éprouver et de revisiter ce texte à l'heure où son protagoniste descendrait dans la tombe.

L'exercice m'offrant l'occasion de me découvrir à Mlle Splach, je lui en donne muettement lecture.

« Chères Mesdames, bien chères Mesdemoiselles, mes chers Messieurs,

Plaignez-moi, oui, qui ne suis pas, non, kafkaïste, kafkaphage, kafkaïnomane, kafkafanatique, kafkamaniaque, kafkaphile, fil à la patte, patatras, patatras la mémé, la mémé *La Métamorphose*, la métamorphose du chat, du chat du *Château* de Franz K., ce *Château* tant chanté qui cependant ne m'enchanta, *Château* hanté de zélateurs, *Château* vide de conptempteurs, mais *Château* qui me laissa froid, pourquoi ?

Sans doute en raison de sa langue, celle du Kafka des fictions. Une langue à moi trop pâle, trop douce, trop plate, jamais ivre, ni déconcertante, ni vipérine, timide avec le sexe, tout entière dévouée à la narration, langue allemande et maternelle pour un Kafka confiant pourtant à Milena qu'il "*aime bien mieux le tchèque*".

L'aimerais-je mieux, Kafka, s'il avait écrit en tchèque, et si je le lisais, le tchèque, la question n'intéresse heureusement personne, et ne saurait légitimer ma présence devant vous, dont la raison, sans être inavouable, n'a rien de flatteur : je suis désargenté.

Sachant parler pour ne rien dire, j'envisageais très bien d'être payé pour le savoir, et de vous faire gentiment vous assoupir au son des citations volées et des emprunts travestis, ainsi qu'il est d'usage dans l'université.

Mais, car il y a un mais, un mais dont je suis le premier surpris, si Kafka, styliste sage en dépit des grands remuements de son âme, semblait ne pouvoir m'inspirer qu'une estime convenue, ma tardive, et donc toute récente découverte de sa *Lettre au père*, me fit l'aimer violemment.

La langue de cette lettre, en regard de celle des fictions, m'apparut agile, farouche, insolente. Je la reçus comme un crochet à la pointe du cœur. Je l'entendis tel un tambour battu, tambour guerrier, enfin grondant, enfin saignant, et s'unissant au mien pour écorcher les oreilles paternelles, des oreilles qui seront coupées une fois la bête épuisée et transpercée d'un fer fatal.

Ainsi donc, chères Mesdames, bien chères Mesdemoiselles, mes chers Messieurs, permettez-moi d'emboîter la prose à l'ami Franz, et, au diapason de sa *Lettre au père*, de vous découvrir ici ma propre lettre au père, au père que j'ai eu, et qui n'est toujours pas mort, au mépris des pronostics radicaux et parfois très anciens de divers médecins, et des assurances de la voyante fidèlement consultée par ma mère, qui, très inexplicablement, n'est toujours pas la veuve qu'elle devrait être depuis plus de vingt ans.

Très cher père,

Au cas bien improbable où tu te demanderais ce qu'il nous est arrivé, voici un éventail de réponses qui devrait satisfaire ta curiosité.

Despote éclairé par la seule chandelle de ton aveuglement, tu n'as jamais montré de disposition à t'interroger sur toi-même. Quant à ton questionnement à mon sujet, il s'est longtemps résumé à ceci : “Comment dresser ce cheval de bois ?” Je dis “cheval de bois” dans le souci de me ménager, étant bien sûr entendu que tu usas contre moi d'expressions autrement déplaisantes.

Rares et bien parcellaires sont mes souvenirs d'enfance. Une chance, tant il est vrai que ta bêtise, ta perversité, tes poings et ta brioche d'adjudant-chef d'Intendance jettent sur ces bribes un froid dégoûtant, et que me navre la très faible éventualité d'avoir pu un jour prendre plaisir à ta fréquentation.

Adolescent, je t'ai fui, fui “*pour chercher refuge dans ma chambre auprès de mes livres*” – m'en as-tu une fois conseillé un seul mon cher père, quand ta femme, ma très chère mère, se contentait de m'en déconseiller, toi qui, paraît-il, conseilla les miens (les miens que tu n'es jamais parvenu à lire), conseilla les miens aux copensionnaires de ton hôpital psychiatrique favori, lors du dernier séjour que tu y fis.

Je me souviens, oui, de t'avoir fui, fui dans la paléontologie amusante, fui dans la volupté et les mauvaises fréquentations, dans tout ce qui te donnait des boutons, misérable électeur de droite, tortionnaire de première, et saoulard. Je t'ai fui, et tu ne m'as rattrapé que dans l'écriture, quand je découvris que tu faisais un splendide sujet de dissection, de dissertation, que je pouvais à loisir tirer de son formol puis l'y refoutre.

"*Je ne dis pas, naturellement, que ton action sur moi soit seule cause de ce que je suis devenu*", c'est-à-dire ton opposé, mais je te dois reconnaissance pour les facultés de révolte dont je sais faire usage, et même ce goût de l'adversité auquel je succombe quand l'occasion est belle, car, en effet, je les tiens pour beaucoup du formidable combat que j'ai dû mener très jeune et sans appui contre tes cent kilos, tes procès et tes coups, tes humiliations, tes furies délirantes.

Une de tes plus sales cuisines a été de jouer un de tes fils contre l'autre, marquant ta vive préférence pour mon frère (qui en dépit de tes sinistres prouesses t'a toujours aimé comme un bon fils), le flattant grossièrement afin de renforcer l'éclat du mépris dont tu m'accablais, le récompensant pour ses petites traîtrises à mon égard, le vengeant férocement si je l'avais fait pleurer, et par le fait, lui inspirant de pleurer plus que nécessaire, de rechercher tes caresses, de tout te pardonner.

Les conséquences de ce comportement furent terribles. Je tins mon frère, de deux ans mon cadet au jour près, pour ton complice, et le lui fis payer de plus en plus douloureusement, le traitant par la condescendance et la dérision, lui refusant l'espoir de m'inspirer la moindre estime ou affection, et lui cognant dessus avec application ; les châtiments que cela m'attirait de ta part devenant chaque fois la promesse de raclées accrues pour ton protégé (que toi-même n'hésitais jamais à régaler de baffes, ne voulant pas négliger son éducation quand tu t'occupais si fort de la mienne).

Tu l'as ainsi dressé au malheur, et au malheur, il obéit.

Lorsque à trente ans j'ai publié mon premier livre, *Principes du cochon*, il ne s'est attiré qu'une seule critique, mais très encourageante, et même affectueuse, de Michèle Bernstein, dans *Libération*. Elle commençait ainsi : "*Pour râler comme cela, il faut avoir la santé. Je le lisais récemment sous la plume d'un distingué psychologue : au sein d'une famille moyennement brimante, c'est l'enfant qui crache qui va bien, celui qui s'écrase est déjà pâlot.*"

Ne doutant pas que l'observation valait de même au sein d'une famille démentiellement brimante, je me sentis encore récompensé de mes violences, comme j'ai la certitude de l'être en vivant une histoire d'amour, une histoire inimaginable sans l'heureuse action sur toute ma personne de dix-sept ans de guerre contre toi, suivis de l'armistice glacé que je nous impose, tes quelques tentatives de réchauffement n'ayant pas reçu de réponse.

Cracher, d'une manière ou d'une autre. Cracher de l'encre sur du papier. Écrire, qui est façon d'empoigner, de secouer, de malmener un adversaire puissant, de vaincre la peur et d'ignorer les coups, de gagner en aplomb, écrire, se révélant façon de m'en prendre à toi, ou aux façons de toi dont l'univers regorge.

Écrire, pour faire pièce à la crasse, en souvenir du front, quand je dansais sous ton martinet, encaissais des claques à la tonne, prenais du brodequin dans le cul et des injures plein le cornet, jusqu'au jour où je t'ai sauté dessus, et frappé, le jour où tu as compris à quoi je passais mes insomnies : la mise à mort du nom de père.

Écrire, pour remuer les gadoues, tordre les cous, se payer du rire à la régalade, ne jamais lâcher, et puis en douce, s'émerveiller, s'extasier d'aimer d'amour même quand on a vécu pour la guerre et la guerre seule, se pincer, pour être sûr qu'on est aimé, quand on s'est tellement plu à ne prôner que le désir, et à moquer l'amour, à le déjouer par des tricheries sans nombre.

Privé de ton "éducation", mêlerais-je avec la même plaisante ambiguïté, enthousiasme et cynisme, ronde sociabilité et misanthropie aiguë, l'heureux tempérament que tu n'as su broyer et l'horreur de voir le monde te ressembler trop souvent ? Perdrais-je aussi résolument, aussi délicieusement mon temps, à me cacher sous la table quand un petit loup me recherche, si je n'étais à la fois le père et l'enfant ? Aimerais-je à ce point la campagne, où je vis, la campagne, où tu ne savais que lâcher du plomb, mais où ta passion pour la chasse te faisait m'oublier la journée entière, ce qui me rend envers la campagne éternellement redevable.

À la campagne que tu battais de tes bottes, même notre chienne, de chasse a priori, se fatiguait vite de ta viandarde compagnie, et te la faussait, et me trouvait, en quête de fossiles, ou de plantes pour mon herbier, ou rêvant de certaines filles dans le bosquet de chênes truffiers qui me servait de cinéma.

Près de là, il y avait une ferme d'aspect sinistre. Tu y laissais parfois la voiture. Tu connaissais le fermier, qui nourrissait ses porcs des restes de cantine enlevés dans ta caserne. Un jour que vous devisiez sur le porc en général, au milieu de la cour boueuse, je suis entré dans la porcherie. J'y ai trouvé, accroupie dans un énorme tas d'ordures et en triant le pain, une jeune fille de mon âge, au regard magnifiquement sombre dans un beau visage malpropre, aux cheveux sales et épars, aux épaules et aux jambes nues, en haillons, à laquelle je dis quelques mots anodins pour dissimuler mon trouble, et qui la gênèrent, auprès de laquelle je m'accroupis pour l'aider dans son tri, ce qui l'affligea.

Devant elle, ce fut l'unique fois que le fils de l'adjudant-chef Cendrey se crut fils de roi, se crut riche et en eut honte, se crut un prince tombé de lui-même dans l'ordure pour en relever la pauvre bergère de ses rêves, mais le conte s'arrêta là.

Je me souviens de la caserne où se fournissait ton fumier de fermier. Je m'y rendais le jeudi midi, au mess des sous-officiers. Je me souviens de tes frères d'armes et de vos exploits, quand depuis une fenêtre vous lanciez vos railleries sur les pitoyables appelés que l'on venait de tondre, trois étages en dessous.

Ce pouvoir qu'avait mon père d'abattre sottise et autorité sur d'autres malheureux que moi ne m'apparut jamais si grand que le jour où, rentrant d'une garde de nuit occupée par une mutinerie à la prison – les mutins ayant été délogés des toits avec des lances à incendie –, tu déclaras que si ça n'avait été que de toi "C'est pas de la flotte qu'ils auraient pris dans la gueule !", plaçant ton poing à hauteur de braguette afin d'être compris.

Ça c'est du papa ! Qui raisonne comme une borne et pisse comme un canon. Un papa vraiment attrayant, serré dans de si seyants treillis et ceinturé de sordides certitudes.

"*Ton opinion était juste, toute autre était folle, extravagante, meschugge, anormale... Il pouvait arriver que tu n'eusses pas d'opinion du tout et il s'ensuivait nécessairement que toutes les opinions possibles en l'occurrence étaient fausses sans exception.*"

Ce n'est pas moi qui te dis cela, mais quelqu'un qui semble t'avoir bien connu, un certain… Franz Kafka.

Non non, ne cherche pas, tu ne l'as ni croisé et tué, comme ça, machinalement, en Indochine, ni côtoyé dans un parfum de merguez au boulodrome de Baden-Baden, et tu ne le connaîtras pas avant de mourir de ta mort lente, de ta mort vide et sèche.

Avant qu'elle n'advienne, je tiens quand même à te remercier encore, car tu fortifias précocement chez moi quelques saines aversions, et je te dois notamment d'avoir échappé au service militaire, exempté que j'en fus pour avoir déclaré que je refusais l'uniforme et d'obéir à aucun ordre, considérant qu'après dix-sept ans passés sous le feu de ta médiocrité, j'étais en droit de vomir le kaki et ma patrie avec, de vomir ma patrie dans le creux d'un képi.

"*Tu étais capable, par exemple, écrit encore Kafka, de pester contre les Tchèques, puis contre les Allemands, puis contre les Juifs, et ceci non seulement à cause de points de détail, mais à propos de tout, et pour finir il ne restait plus rien en dehors de toi.*"

Toi, tu en avais singulièrement après les Arabes, croquemitaines de ma prime jeunesse, et les sentences qui tombaient de ta bouche mauvaise me troublaient effroyablement.

Les Noirs, quant à eux et selon tes informations, ne débarquaient en France que pour séduire des femmes blanches, avant de les traîner chez eux, là-bas, d'où elles ne revenaient jamais. Tu avais dit ça à Guy, le Guy du boulevard, devant l'huilerie de la Croix-joyeuse, après le passage d'un certain couple.

J'en étais baba que mon père sût de si terribles choses, imaginant qu'il risquait gros en les lâchant ainsi, sans précaution, en pleine rue, et que, par exemple, le grand monsieur noir aurait fort bien pu les entendre, et revenir t'écraser la gueule.

Quant à la longue dame blanche et blonde pendue au bras du monsieur noir, sache que longtemps, me fiant à tes dires, j'ai craint le pire à son sujet, quoique je lui fisse subir dans le secret de la masturbation les enivrants supplices qu'elle avait bien cherchés.

Ta femme blanche, toi, tu lui as cassé le nez, une nuit, après des heures de vociférations. Je suis entré dans votre chambre. Tu étais ivre. Ta femme saignait. Ton poing m'a défoncé la poitrine. Je ne sais comment j'ai trouvé la force de te projeter dans la cage d'escalier, où ta femme t'a brisé un cintre sur la tête.

Je suis sorti dans la rue de la Santé. J'ai sonné aux portes des voisins. Un voisin est sorti si précipitamment que j'ai parfaitement vu son sexe avant qu'il ne l'emballe dans la robe de chambre qu'il peinait à enfiler. Les voisins ont prévenu un médecin. Tu leur avais pourtant expliqué que c'était inutile, avec un air bonhomme qui ne les convainquit que de ton embarras.

Un médecin est venu. Il déclara le nez en miettes. Il commanda à ta femme de se rendre à l'hôpital. Je lui demandai par quel moyen il imaginait qu'elle allait s'y rendre. Il avait la réponse : tu allais bien sûr l'y conduire, tout beurré que tu étais. Malgré mon jeune âge et le respect que l'on doit à des gens qui ont fait tant d'années d'études, j'engueulai le médecin. Il se barra vite fait de cette maison inamicale.

Tu extirpas difficultueusement la voiture du garage, en raclant le mur, m'en souvient-il. Durant tout le trajet tu m'accablas de menaces, tandis que la voiture divaguait à sa guise à travers la ville.

Nous passâmes plusieurs fois devant l'hôpital sans que tu en trouves l'entrée.

Une infirmière prit ta femme en charge.

Mon frère et moi l'attendîmes dans un couloir.

Où étais-tu passé, je l'ignore.

J'imagine que, très courageusement, tu gardais la voiture.

L'infirmière revint, seule et blême. Elle nous demanda à mon frère et moi : "C'est le papa qui a fait ça ?" Je répondis : "Oui." Elle repartit.

Nous rentrâmes.

Ce fut une aventure sans suite.

Je n'ai souvenir, enfant, de ne t'avoir admiré que pour une chose : tu savais conduire, moi pas, et conduire une voiture m'apparaissait relever de la science.

Certes, ta conduite n'était pas irréprochable. Tu roulais souvent au pinard, la clope au bec, enfumant l'habitacle comme un terrier de blaireaux. Tu nous baladais sur les talus, filant une jaunisse à mémé un soir de slalom géant sur la route d'Angoulême. Avec toi, aux intersections, l'improvisation était toujours prioritaire. Mémé, guérie de sa jaunisse, a vite eu l'occasion de perdre ses cheveux grâce à l'ébouriffant effet de tes prouesses sportives, car bien sûr, tu ne te laissais freiner par aucune limitation de vitesse.

Mais ce qui était épatant, c'était que tu dégainais infailliblement une lumineuse explication justifiant le moindre de tes excès, une excuse à chacun de tes dérapages, et ils furent nombreux.

Entre autres, il me revient comment tu me transportas de respect lorsque, suant le vin, tu m'expliquas combien avait été peu judicieux le placement, en bordure de route, de la borne sur laquelle tu venais d'éventrer notre frêle Renault 4L.

Bien sûr, sitôt que j'ai eu des voitures entre les mains – avant même, je l'avoue, de détenir le permis de les conduire – et que j'ai su en aplatir à ton imitation, faire des tonneaux sur la neige, tâter d'un ravin, et pu constater combien c'était facile, mon seul objet d'admiration chez toi a fondu, irrémédiablement fondu.

Je peux te paraître sévère, voire impitoyable, et cependant, sois-en persuadé, je ne refuserais pas de me rappeler la fois où tu me serais apparu à ton avantage, si la chose était advenue.

Malheureusement, je ne me souviens que d'une bête moustache piquée sous un nez gras et coloré, de poses prétendument avantageuses devant un barbecue ou la cathédrale de Strasbourg, d'une bedaine comme on en voit aux vaches péries de noyade, et de ces slips de bain avachis qui devenaient ta principale pièce de vêtement au premier soleil des vacances, des slips qui m'ont encore plus fait honte que la camisole de force que deux solides infirmiers te contraignirent à enfiler sur un terrain de camping de la région de Chambord.

C'était après un pugilat, dans notre modeste caravane, où je me suis toujours senti si mal, tellement à l'étroit en ta compagnie, toujours à portée de ta main. Tu avais arraché une chaînette et sa médaille du cou de ta femme, et la secouais par les cheveux. La famille ne fut plus que cris, que bras et jambes battant confusément, jusqu'à ce que la table s'écroule sous notre mêlée.

Ce brillant spectacle nocturne attira des curieux. Au lieu de te montrer débonnaire, ainsi que je te le vis toujours faire pour masquer tes frasques aux yeux du monde, tu braillas de plus belle, et tins de si curieux propos, que je ne fus pas surpris de voir deux gaillards en blouse blanche venir t'inviter à une promenade dans leur pittoresque ambulance.

Pas fou, tu refusas d'abord tout net, puis te laissas doucement fléchir, séduire par la proposition, et, goguenard, tu embarquas dans l'engin comme pour faire plaisir à tes nouveaux amis.

Un peu après votre départ, quelqu'un se proposa de véhiculer ta femme à l'hôpital, afin d'en apprendre à ton sujet. Ton fils cadet l'accompagnerait, tandis que je m'attaquerais à la restauration de notre foyer à roulettes.

Aujourd'hui encore, j'ai les caravanes en horreur. Quand j'en dépasse une, sur la route, je suis chaque fois furieusement tenté de l'expédier dans le décor et, avec elle, mes cauchemars.

J'étais à rafistoler la table quand je t'ai vu descendre d'une voiture inconnue, remercier le chauffeur, et te diriger d'un pas martial vers ta caravane. Je sautai par la fenêtre. Je rampai jusqu'à la caravane voisine. Je te vis t'asseoir. C'était évidemment la plus confortable position pour attendre ceux auxquels tu avais quelques bricoles à reprocher.

Tu avais fait du stop. N'étant pas plus bête que toi, je me fis transporter de la sorte à l'hôpital en simulant une blessure.

Tes amis en blouse blanche, qui te croyaient entre les mains d'un médecin, furent contrariés de devoir se retaper la route dans leur guimbarde. Je le vis à la manière musclée avec laquelle ils te ficelèrent dans une camisole de force, sourds à tes hurlements, lassés de tes gesticulations et de ta très mauvaise volonté.

Mais enfin, nos vacances n'avaient pas été complètement inutiles, puisque nous savions désormais à quoi ressemblaient Chambord, Chenonceaux, et surtout le château de Loches, où nous avait tant épatés la plus abominable, ombreuse et basse, la plus ridiculement exiguë des cellules, celle où Louis XI logeait qui lui déplaisait, et où je t'aurais si bien vu.

L'honnêteté m'oblige à dire que le camping avec toi n'a pas été toujours aussi scabreux et éducatif. Le plus souvent, il fut d'un pur ennui. Par exemple, quand tu entendis affermir ton rapprochement avec la nature en dédaignant la gazinière, pour ne cuisiner qu'au feu de bois, ce qui fut pour nous une splendide occasion de découvrir les difficultés d'existence de nos ancêtres.

Je te revois, par une nuit pluvieuse, courbé sur la poêle que ne léchaient que des flammèches fumeuses, surveiller l'improbable cuisson d'une crêpe. Tu nous avais imposé de rester à table, quand autour de nous chacun était couché, et tous les quarts d'heure environ, tu venais faire tomber de ta poêle dans une de nos assiettes, un disque, voire un boudin, de pâte gluante et tiède.

Tes crêpes n'en ayant eu que le nom, je conserve le goût des crêpes, tout en fuyant résolument les crêperies, craignant que le service n'y soit mortellement long.

Si je t'avais permis de connaître mes enfants, tu leur raconterais ces distrayantes histoires, le soir, pour les empêcher de dormir. Et ils en redemanderaient, évidemment. Et plus j'avance dans cette lettre, plus je découvre l'étendue de ce dont ils sont privés par ma faute.

Comment tu as piétiné mon mètre carré de jardin pour m'enseigner l'art potager. J'avais semé trop épais, j'ai récolté ta tempête.

Comment tu as balayé et anéanti d'un bras tout militaire mon élevage de fourmis, mes fossiles, mon herbier, mes carnets d'observations, afin de m'inspirer d'entrer de bon cœur à l'école des enfants de troupe de l'armée de l'air.

Comment, une nuit, ivre de vin et de fierté, car tu avais tué deux faisans, tu nous as tirés du sommeil mon frère et moi, et nous as photographiés dans l'entrée, exhibant ton tableau de chasse, dont j'eus alors le sentiment de faire tragiquement partie.

Comment tu m'as menacé de m'émanciper puis de me mettre à la porte, si je persistais dans mon refus d'aller chez le coiffeur. Sans savoir à quoi je m'exposais, j'ai choisi l'émancipation. Quand j'ai su qu'il s'agissait de l'acte par lequel un mineur est affranchi de la tutelle paternelle, je me suis félicité de ma réponse, malgré mes inquiétudes quant à mon futur état de vagabond. Seulement, tu n'as pas tenu parole. Alors, une fois mes cheveux aux épaules, une fois ton caquet rabattu, déçu de ne pas avoir été mis dehors, j'ai quitté la maison.

Au catéchisme, ça ne rigolait pas, et à la maison non plus. Au catéchisme, on me faisait ce commandement : "Tu honoreras ton père et ta mère", puis je rentrais à la maison me faire taper dessus, et, je le confesse, réprouver mes parents plutôt que les honorer.

Au catéchisme, heureusement, on dessinait, et j'adorais dessiner le Christ en croix, le faire saigner comme un cochon.

Au catéchisme, on avait des comptes à rendre à propos de sa piété. Avoir manqué la messe était impardonnable, ainsi que je le vérifiai, ayant avancé l'excuse que mes parents avaient voué toute la journée du dimanche précédent à une sortie en voiture. Je m'étais alors entendu répondre : "À l'heure de la messe, tu es forcément passé devant des églises, alors tu as commis la faute de ne pas demander à ton père de s'y arrêter."

Elle se fichait le doigt dans l'œil jusqu'à l'anus, la dame du catéchisme, si elle imaginait que tu étais homme à te laisser arrêter par la prière d'un enfant, et singulièrement devant une église.

L'hôpital psychiatrique c'était pareil, tu n'y faisais halte que sous la contrainte.

À la première visite que je t'y rendis, je mis un moment à te reconnaître sous les traits de ce gros lard qui remontait le couloir dans un pyjama dix fois trop grand, le regard lavé par les barbituriques, et sans dentier.

Elle m'amena aux larmes, cette absence de dentier, qui faisait de toi un monstre ridicule, et me laissait entrevoir ce à quoi je pourrais ressembler avec un peu de relâchement, puisque, surcroît de malédiction, on m'attribuait avec toi une indéniable ressemblance physique.

Fou déplorable. Infâme fou. C'est fou comme, même fou, tu as toujours eu l'air d'un zéro.

Fou, sur ton matelas jeté par terre dans un dortoir de quinze fous, fou, qui prenait les bords de Charente pour les rives du Mékong, aussi fou que tu fusses, tu ne m'as jamais rien dit qui pût me faire espérer être le fils d'un ersatz d'Antonin Artaud.

Et dès que tu n'étais plus officiellement fou, dès que tu étais déclaré relativement inoffensif, tu nous étais rendu, et tu revenais sournoisement à tes égarements, comme le chien retourne à son vomi.

Et ainsi, une nuit, encore une fois une nuit, une fois encore en voiture, tandis que nous peinions à rejoindre, selon toi par la piste Hô Chi Minh, selon moi par une quelconque départementale, notre cité du Champ-de-manœuvres, sur la commune de Soyaux, tu accablas tes enfants de venimeux délires.

Soudain, tu engageas la voiture sur un sombre parking où stationnaient quelques camions. Moteur coupé, phares éteints, nous nous immobilisâmes à prudente distance d'un louche établissement, en fait le plus anodin des bars de routiers. Bravement, tu y entras, nous ayant recommandé de t'attendre dans une absolue discrétion.

Ce fut très long, long au point qu'il était raisonnable de te croire mort. Mais tu nous revins, plus ivre qu'auparavant, et très en pétard, le patron de l'endroit t'ayant refusé la restitution d'une chevalière en or par toi laissée en gage, et ceci pour la perfide raison qu'il ne se souvenait ni de chevalière, ni de toi.

Tu nous obligeas à fouiller les alentours du bâtiment, au cas où la chevalière y aurait été cachée, sous un papier gras, un cageot pourri. Ce fut en vain, et à ton exemple, nous dûmes cracher dans la poussière du parking en maudissant le bistrotier.

Une fois de plus, la terreur me faisait danser au son de sa flûte en os.

Je connaissais la musique, la rengaine des tourments, des tourments comme autant… de préparatifs à mon immolation.

C'était désormais manifeste : la mort s'intéressait à moi de beaucoup trop près, et personne, ni parent, ni voisin, ni copain, ni médecin, ni prof, ni flic, ni Dieu bien évidemment, personne, ne lui intimerait de reprendre ses distances.

En conséquence, il devenait indispensable que je te tue, à la première occasion valable.

Je m'entraînai donc au maniement de tes fusils de chasse, face à la télévision.

Mais je n'eus pas à te plomber le crâne avec les cartouches à sanglier faites maison, des cartouches qui me suivent encore dans mes déménagements, avec le fusil de ton père, et le portrait de ta mère suicidée.

Un après-midi, au motif que je n'épongeais pas de la bonne manière l'eau qu'un orage chassait sous notre porte, tu me plantas dans le cul un coup de pied d'une violence atroce, qui me cloua au sol, auquel cependant je m'arrachai en hurlant, pour te frapper avec rage, et te cracher à la gueule la promesse que jamais plus tu ne me toucherais, ou que je te tuerais.

J'avais dix-sept ans. La peur, qui venait de m'abandonner, t'a aussitôt enfourché. Je te vis vaciller sous son étreinte, t'appuyer à la table de la salle à manger, choisir de ricaner, mais comme ricanent les imbéciles dans la défaite, et j'eus la conviction que tu n'oserais plus jamais rien contre moi, le paradoxe étant que ma détermination à te tuer, en ne t'échappant pas, venait sans doute de te sauver la vie.

Certains préféreront sans doute penser que ce dénouement m'épargnait fort heureusement les affres du parricide. Qu'ils se détrompent. À vingt ans de distance, je regrette sincèrement de ne pouvoir me vanter de l'avoir commis, ce dont je me console en tuant tant de gens, par écrit.

À dater de ce jour d'orage et de révolte, je me suis coupé de ton sang. Tu n'as plus jamais été pour moi qu'un père de carnaval, que je peins pour faire froid dans le dos et distraire, un légume, creux, taquiné par la crève, bon à jeter aux foules. »

De la fesse, j'ai vainement guetté un frémissement du caveau, la manifestation d'un léger trouble, d'un soupçon d'émotion de la part de Mlle Splach. C'est l'échec.

Je me redresse et m'éloigne, sans accablement, juste impressionné d'avoir expérimenté à quel point la figure de mon père n'opère plus, même dans une circonstance littérairement stimulante. Les seules observations que je suis à même de me faire sont d'ordre professionnel. Les éclats dont j'ai voulu marquer la matière écrite afin de la caractériser me sont apparus comme autant d'ébréchures prosaïques. J'écris différemment d'il y a quinze ou vingt ans, mais pas *mieux*, au sens où je m'abstiendrais de faire l'enfant devant une soupe à l'alphabet dont j'asperge les murs par crainte, par peur, angoisse d'apparaître assagi.

Pour guérir de cette douloureuse puérilité je ne saurais malheureusement renoncer à écrire, car ce serait une décision si sage qu'elle m'anéantirait. J'aime en revanche, j'aime donc j'envie, la sagesse turbulente de Marie, celle d'être de livre en livre toujours plus cruelle sans jamais mutiler sa langue. Moi, je ne sais me retenir de mordre la mienne avec des dents de lait qui refusent de tomber. J'ai commencé à six ans, en les plantant le jour de mon entrée en cours préparatoire dans le mollet de mon institutrice, quand elle a prétendu me traîner jusqu'à la classe. Et depuis je n'ai pas lâché le morceau, confondant écrire et déchiqueter, mon père et la terre entière.

Mais avec la perte du vieux mes crocs vont se déchausser. Si je ne me les arrache pas, je les avalerai dans le demi-sommeil de la création, et ne saurai plus que baver sur les touches grises de mon clavier. Tenir, en ce deuil providentiel, à demeurer fidèle à sa jeunesse calamiteuse serait manquer la chance de s'enfanter en douce à la façon des chats et sous un pommier du Japon, défendu par ses bouquets d'écorchures comme par une pluie de confettis un jour de fête.

Je me remets en quête du nom nouveau sous lequel exercer ce qui n'est pas un métier mais une manie flatteuse. J'ai l'absolu besoin de ressusciter le mort qui racontera l'affaire du village de X avec un recul dont Cendrey est incapable et des moyens qu'il s'interdit.

Le ciel nickel, le soleil blanc, ma solitude parmi les tombes, leur périmètre maçonné dont quelques mètres ont basculé en contrebas, dans une enceinte à glacer le sang.

Depuis la brèche où je me tiens figé, mon regard plonge sur une vaste excavation aux parois de ciment gris, uniformément emplie d'un très gros gravier brun duquel ont jailli des centaines de croix rouillées faites de deux misérables morceaux de cornière, et dont beaucoup ont perdu leur aplomb quand les cercueils ont cédé sous le poids du gravier.

Persuadé que c'est là, que ça ne peut être que là dans ce cimetière fantastiquement désolant que m'attend le mort intéressé par mon dessein, je franchis l'éboulis et saute à pieds joints dans l'affreux gravier mêlé de galets, de gravats, d'herbe passée au feu chimique. La marche y est malaisée, bruyante. L'impression est de s'aventurer sur un chantier abandonné, une casse sauvage, le lit asséché d'un fleuve dépotoir, et sous la surveillance hostile d'un haut mirador chargé d'antennes, à savoir la tour de l'arsenal des pompiers.

Ma déception est vive de constater que nombre de croix sont anonymes. Sur les autres, une lame de plastique grisâtre fait mention d'un prénom ou d'une initiale, d'un nom et de l'année de disparition. Chaque année circonscrit un bloc de croix, parfois rigoureusement anonymes, mais dont on ne saurait déduire l'âge par l'examen des blocs voisins, l'ordonnance des blocs ayant l'air *fantaisiste*.

Le premier nom à me séduire est celui de BLANCHE KAPITAN (1978).

Comment vous êtes-vous, Blanche Kapitan, Blanche Kapitan retrouvée là, Blanche Kapitan retrouvée rangée là, entre ces murs si hauts qu'ils semblent avoir été élevés pour vous empêcher de fuguer ? Seriez-vous libre cet après-midi, et dans les mois qui vont suivre ?

Partout semés sur le brun du gravier des fragments d'os et des débris de bois raboté, ici un plomb frappé de chiffres, ici une poignée de tuileaux, des clous. Un cimetière sale, souventefois remué, mais depuis longtemps privé d'arrivants et comme maudit, réservé à l'oubli.

Le deuxième nom à me séduire est celui de KARL POPP (1957).

Voudriez-vous, monsieur Popp, vous atteler au récit

de l'odieuse affaire du village de X et l'enlever de ma mémoire ?

J'ai chaud. Il flotte un parfum de goudron brûlant. Non loin, l'alarme de recul d'un engin de chantier lance ses « tuït » lancinants. Un petit tas de décombres, un plus gros, une mâchoire inférieure qui a gardé deux molaires et une incisive, le fer rongé d'une truelle, des vertèbres nombreuses, et un cri, un terrifiant cri d'épouvante. Le cri d'un fou derrière le mur. Derrière ce mur est l'UMD tandis que de ce côté une plaque a été apposée en hommage « *à nos camarades mutilés du cerveau 1914-1918* ».

C'est dans un vieux cimetière de fous abandonnés que je suis venu quérir une nouvelle identité, et je trouve bien louche le hasard qui m'y a conduit.

Je tourne je tourne. Je n'en sors pas. Je deviens deux et trois et quatre fous à la fois. Tous ceux qui sont ici prétendent me séduire et me prendre pour véhicule et s'enfuir de ce territoire perdu où l'on enfermait les fous morts afin de préserver la paix des morts ordinaires, ce territoire perdu où on ne les sait plus.

Et ce désespérant soleil d'hiver continue de frapper. J'ai maintenant très chaud. Mais je ne porte rien sous mon pull et ne saurais le retirer sans me faire peur, car qui serait ce type en train d'aller torse nu dans un désert de caillasse hérissé de ferraille, je n'en ai aucune idée.

Il en est un ici à propos duquel on est à même d'en savoir plus que sur ceux qui gisent sous une croix anonyme, mais ce que sa lame de plastique nous apprend de lui est d'un vertige sans nom : X INCONNU (19..). Il nous faut donc imaginer que sont enfouis là les restes d'un individu tombé dans l'ignorance absolue de qui il était, une ignorance si intimement partagée par son entourage que l'année de sa disparition, de sa volatilisation, a échappé à tout le monde. Ou alors imaginer qu'il s'agissait de quelque homme-éléphant longtemps gardé dans le formol, et dont personne ne savait rien que le sexe le jour où il a été décidé de le donner à manger au terrible gravier. Ou alors… mais je ne suis pas là pour imaginer, ni me soucier d'un autre sort que celui de l'écrivain mutant que j'ai à cœur de devenir.

Je tourne je tourne. La tête me tourne. Je fais un choix puis m'en détourne. Je passe une nouvelle inspection des identités disponibles dans le bloc des morts de l'année 1957 (celle de ma naissance), renonce définitivement à KARL POPP, quitte le bloc, mais y reviens.

Une des croix est renversée. Je la redresse. Par malchance elle est anonyme.

Non, brisée en quatre sur le gravier il y a une lame de plastique dont les morceaux n'attendent que d'être retournés comme des cartes, et je suis joueur : RAOUL ROSE (1957).

Ce prénom de Raoul me déprime et ce nom de Rose ne saurait m'aller, qui était celui d'une grosse dame blafarde et négligée chez laquelle il m'arrivait de croquer une cerise à l'eau-de-vie les fois où elle nous y invitait, ma grand-mère et moi, pour nous avoir surpris qui montions étendre au grenier ou en redescendions avec notre panière à linge, elle habitant le premier et ma grand-mère le rez-de-chaussée du 58 rue de la Passière à Nevers (Nièvre), et j'ai toujours détesté les cerises à l'eau-de-vie.

Comme il est inimaginable que je prenne le nom d'un mort qui me les rappelle, je vais pour resonger, avec appréhension, à devenir Karl Popp, quand soudain le ping-pong me revient à l'esprit. Je consulte ma montre, qui m'indique que le tournoi doit toucher à sa fin et que je manque la finale que mon fils dispute peut-être. Mais comment, si je ne suis personne d'autre, quitter ce cimetière où je me suis juré d'abandonner Cendrey ? Je consulte ma montre, qui m'indique que ma situation se détériore sans cesse. Je ramasse dégoûté les quatre morceaux qui font Raoul Rose, je les soupèse, tentant d'évaluer les conséquences qu'un si déplorable choix pourrait avoir. Je consulte ma montre, qui semble m'indiquer que mon fils est en difficulté face à son vicieux adversaire, que mon absence inexpliquée altère sa concentration, qu'il s'inquiète de ne pas me voir lui mimer les conseils qui le sauveraient de la défaite quand bien même il ne les comprendrait pas. Je pousse un juron et je fuis comme le voleur que je suis, des bouts de plastique à la main et la sueur aux lèvres, lui trouvant, oui vraiment, un sale petit goût d'eau-de-vie.

Je me suis rué au gymnase. Mon fils m'apprend son élimination en quart de finale, ce dont je le félicite chaudement. Micro en main l'instituteur en termine avec le palmarès. Après les applaudissements, j'aide au rangement du matériel puis reprends le volant du vieux break, et par la route du fleuve ramène à bon port mon petit monde épuisé et volubile.

À l'école, j'ai retrouvé mon fils cadet qui rentre avec sa classe d'un goûter récréatif dans les jardins du docteur Lanus. Nous piquons vers le canal et sa double allée de platanes, ses écluses rafraîchies d'un brun gris-mauve qui rappelle celui de la tour Eiffel, ses maisons éclusières aux volets pistache, ses antiques et pimpantes péniches où des privilégiés coulent leur retraite en chassant le moustique.

C'est en ce lieu que se brassent par deux bouches colossales les eaux du fleuve et du canal. Il y a un grand pont métallique qui est souvent de la couleur du ciel. Il y a sur la hauteur un château comme on les dessine. Il y a des barques de pêche avec des moteurs capables de les faire s'envoler. Il y a sous le joli l'empreinte du labeur, des pierres sciées par les câbles de halage, un ponton envasé et ses pompes à pétrole noyées dans les massettes, l'épave jaune d'une minoterie envahie de sureaux. Lorsque seront abattus les deux derniers silos et remodelées les berges, rasées les ruines bleues de la guinguette et tracée la piste cyclable, il faudra s'en remettre aux seuls récits de René pour imaginer les luttes des chalands-citernes sur les biefs, les chasses aux lièvres depuis la timonerie, et des mémères de 280 tonneaux jouant les anguilles sous les ponts. René et sa tête splendide, et sa péniche comme un sou neuf quand elle est partie à la casse.

Il en est une à l'écart des autres, brunâtre et broutée par le temps, et spongieuse, dont les pompiers parfois viennent soulager la cale d'une eau de marécage. Jamais je ne manque de lui jeter un œil en passant, et toujours me dévisagent la vieille et le vieux qui campent là-dedans avec un couple d'oies et des canards de Barbarie, et dont l'unique occupation est de dévisager les gens.

Sitôt le canal franchi nous sommes à la maison, les trois kilomètres restant à couvrir nous étant aussi familiers que notre jardin. Il y a la grande plantation de noyers qui plie la route à l'équerre. Il y a les immenses peupleraies si productives qu'elles soulèveraient le ciel si l'on ne prenait le soin de les coucher tous les vingt ans. Il y a les surfaces infinies où le maïs succède au maïs et le maïs au maïs, puis autour du village des verstes de treillages pliant sous les kiwis, et de somptueuses oseraies qui de mars à janvier tournent de l'amande au tango avant de s'en aller sur les routes gitanes.

La maison est là où elle est, et depuis trois ans que nous y vivons, Marie et moi nous étonnons encore de la trouver là où il est vraiment heureux qu'elle soit, là où nous l'avons découverte quand il nous en fallait une afin de nous arracher au plus vite du village de X. Et la première a été la bonne, avec sa drôle de bouille, sa fatigue intéressante, ses histoires à n'en plus finir. Tant de gens en un siècle et demi y ont bu, mangé, dansé et couché. Il y a toujours le bar, toujours le passe-plat et le carrelage à damier rouge et blanc de la cuisine, toujours la salle de bal et la terrasse des apéritifs dansants sous l'orme disparu, toujours la même distribution des chambres d'hôtel avec leurs fresques naïves, toujours la salle de billard et sa frise de feuilles de châtaigniers et ses poêles à sciure dont les tuyaux passent au travers d'un carreau, et toujours les petits bancs très durs sur lesquels plusieurs générations ont chaque jeudi eu leur content de cinéma quand à cinquante kilomètres à la ronde c'était alors « la pampa » selon le mot de Robert qui comme tant d'autres s'est marié là « et la fête a été si belle et nous étions si nombreux que les murs en suaient », et selon le mot de Yolande la clientèle s'y amusait d'autant mieux que les serveuses étaient « montantes ».

Ils ont enterré mon père et la nuit s'insinue là-bas comme ici tandis que je rechausse mes bottes et m'empresse vers le fleuve pour épuiser sans attendre des sentiments confus et le soupçon qui me chicote.

Je me revois accroupi devant la tombe. Je me revois m'emparer d'un nom dont les morceaux battent au fond de ma poche. Et quelque chose cloche : l'abondance singulière de galets sur cette tombe. Des mains attentionnées les y ont amassés pour faire que cette tombe-là échappe à la désolation égale. Et plus j'assaille ma mémoire, plus je vois de galets, jusqu'à m'en former l'image d'une carapace. Deux bras deux jambes en jaillissent, puis un crâne à bec de tortue. Et la carapace se soulève et la bête s'ébranle et se hâte à travers le réseau des croix et gagne l'éboulis et la bête c'est moi.

Je souque dur sur l'éboulis sans pouvoir le franchir.

Ma carapace me défend de m'élever d'entre les morts. Je me défais en une coulée de galets, convaincu de la coupable légèreté qu'il y a à se parer du nom d'un mort dans un cimetière de fous.

Je tire de ma poche les preuves de mon forfait, mais elles m'apparaissent si légères que je ne sais plus me blâmer que d'avoir joué à m'effrayer. Spontanément je m'avoue même trouver heureuses les circonstances qui m'ont imposé de m'arrêter à ce nom-là, Rose, qui ne me rappelle pas tant une voisine de mes grands-parents que mon Nevers natal et mélancolique, le fleuve Loire très aimé, un certain sanglier au pignon de la cathédrale. Et au vrai, je n'ai jamais autant détesté les cerises à l'eau-de-vie que je me suis plu à le penser.

Le fleuve revient par les fossés et les points bas. Avant minuit il aura coupé la route et recouvert les champs pour la cinquième fois cet hiver. Le ciel s'embrume au couchant. La plaine frissonne. Les maisons fument. Un train frappe sur la peau du fleuve son roulement tout militaire. Le dernier cormoran rejoint sa colonie dans les grands saules argentés. Les cloches se balancent tandis que j'escalade la digue.

La première ville à l'est n'est déjà plus devinable que par la longue traînée de néon rouge d'un centre commercial. Je grille deux cigarettes en regardant le fleuve sinuer sur les labours. Demain matin et comme à chaque crue les enfants croiseront les doigts dans l'espoir que le fleuve enfourche les digues et que ce soit en canoë que je les conduise à l'école, avec embarquement depuis le balcon, slalom dans les peupliers, et course avec les ragondins jusqu'au canal noyé sous des flots dissipés.

Je retourne chez moi sur le dos de la digue, porté par elle vers cet ancien hôtel où le fleuve a souvent séjourné comme en font foi des entailles et des dates gravées dans la pierre, et les ombres ocrées du limon sur les enduits clairs.

Je monte à mon bureau tout là-haut, infiniment curieux de voir si l'affaire du village de X va s'y écrire enfin, sur les touches d'un clavier gris, et sous les doigts de Raoul Rose.

II

Sa vérité
par
Raoul Rose

J'ai souvent pensé combien peu de gens savent à quel point on peut compter sur la discrétion des enfants frappés de terreur.

Charles Dickens,
Les Grandes Espérances

Le Procureur dans l'affaire de pédophilie de l'école de *X* s'emporte contre l'écrivain qui avait découvert le pot aux roses : « Je trouve la démarche qu'il a eue de conduire *l'Enseignant* à la gendarmerie très gênante car il n'avait pas d'éléments… Qu'il continue à écrire ses livres et qu'il laisse faire la justice. »

Le Canard enchaîné

Il faisait gris depuis des semaines. À X, il fait souvent gris. Depuis toujours il y fait souvent gris. Un gris têtu qui n'est pas sans vertu, singulièrement pour qui écrit. Un gris trompeur. On croit trop facilement que le gris est la couleur de la banalité. Mais la banalité n'existe pas. Nous ne rencontrons jamais que son apparence, son apparence habillée de gris. À X, *Cendrey* aimait la banalité pour ce qu'elle est : un mythe.

Il y avait dix ans qu'*il* vivait à X, où un bon millier d'individus jouait en sourdine le drame d'être mortel. Comme partout et de tout temps, chacun selon ses dispositions s'employait à rendre aux autres la vie impossible, manière très excusable d'exorciser l'ennui, la maladie, la vieillesse, l'injonction d'avoir à rendre l'âme. On déblatère, on ergote, on envie, on flatte par intérêt, on maltraite pour le plaisir, on feint la pitié, on fait son miel du malheur des voisins, on cherche plus bête que soi et on trouve sans peine, on blesse comme on se mouche, et puis par extraordinaire il arrive qu'on s'en veuille un peu et alors on jouit de la conviction d'être meilleur que quiconque, ce qui fait le principal attrait de la vie en communauté.

Dans cette farce tragique *il* tenait son rôle avec entrain, celui du misanthrope convivial qui alimente son asociabilité de la fréquentation quotidienne de semblables avec lesquels il ne veut se croire que des parentés tolérables. Ainsi armé de ses illusions et du pessimisme gai avec lequel *il* avait le sentiment d'être né, dans sa maison plantée au beau milieu du village, entre l'église et la mairie, *il* lui était loisible d'imaginer prolonger le bail avec X encore quelques années.

Il n'en irait pas de la sorte, et peu de mois après sa découverte des scabreux dessous de l'école communale, *il* ferait bégayer sa biographie immobilière en acquérant loin de la Normandie, entre une église et une mairie, une nouvelle fois un ancien café.

Celui qu'*il* habitait alors s'était appelé café de l'Hôtel de ville, un nom on ne pouvait mieux choisi en regard de sa proximité avec une mairie de village qui se plaisait à arborer en façade et en lettres dorées un orgueilleux HÔTEL DE VILLE.

C'était une maison à pans de bois gris-bleu, simple et harmonieuse, chevillée à ses voisines depuis le dix-huitième siècle, et dont un débit de journaux papeterie occupait l'ancienne salle du café sur la rue, tandis que celles des mariages et du billard au premier étage et les chambres mansardées du second constituaient un habitat tortueux desservi par une tourelle en saillie regardant vers l'église haut perchée sur la falaise qui au nord fermait un long et étroit et foisonnant jardin fendu d'une allée de silex. Appuyée à la falaise, une curieuse construction de briques en accent circonflexe étreignait un noisetier à balançoire, non loin de l'arbre à musique rempli d'instruments de percussion et de l'arbre à reliques aux branches chargées de jouets délaissés. Une remise de planches noires et d'ardoises moussues était pour moitié le poulailler de quelques volailles naines, pour moitié un théâtre de marionnettes et un abri à vélos. Creusée dans le rocher une immense cave aux voûtes fleuries de salpêtre offrait avec sa terre battue un acceptable terrain de boules les jours de pluie, et sur un petit bassin les enfants disputaient des régates de radeaux aux voiles faites d'une feuille de lilas.

À flanc de falaise, un précaire sentier bordé de groseilliers, de framboisiers et de bouquets d'ormeaux menait vers les terrasses du cimetière assises sur une pente vertigineuse, et le bosquet dit du Panorama d'où l'on découvrait au lointain un front de bosses boisées parce que inexploitables, les pâles méplats des derniers herbages sur le fil torse de la Rivière, puis à ses pieds les sombres toits vernissés d'un vieil X dont les coutures s'effilochaient puis lâchaient irrésistiblement sous la poussée des pavillons beigeasses et de la tuile saumon – preuves accablantes de la nouvelle vitalité du coin.

Marie et lui, une décennie plus tôt, y avaient trouvé les riens précieux des contrées indifférentes à leur lent dépérissement, le flou des trajectoires, l'usure subtile, la verdure brouillonne, l'extrême discrétion des jolies choses, du granit gris devant la porte plutôt qu'un jour du béton rose, deux antiquaires et non pas treize, nul projecteur pour trouer le ciel, nulle jardinière bêtasse, nul souci d'improbables touristes, et de l'imprécision à chaque carrefour.

La campagne alentour, ils la voyaient année après année solder ses vaches et labourer ses prés et combler ses mares et arracher ses haies pour se vouer à la betterave. Seule la vieille distillerie faisait tenir debout les pommiers à cidre, sinon, chaque fois qu'ils prenaient la route de la mer – elle battait à une petite demi-heure de là –, il leur fallait immanquablement constater les progrès de la betterave et du pavillon, l'élargissement prodigieux des routes, l'extension continue des zones commerciales et artisanales, et se faire la remarque que le réverbère boule sur son fût de tôle zinguée poussait dorénavant plus vite et mieux que le chardon. Et cela leur allait tout à fait. La nostalgie, les regrets, la déploration, ils n'en étaient jamais embarrassés. L'enlaidissement réussi du bocage comme l'embellissement raté du village les poussaient au départ, eux qui se reprochaient régulièrement de s'attarder à X comme ils ne l'avaient fait nulle part ailleurs.

Un certain printemps ils engagèrent chez un notaire de l'Aveyron l'achat d'une maison vétuste et de son pré en pente douce et de trois gros rochers et d'un ruisseau. Sitôt qu'ils furent de retour à X le notaire leur apprit que le vendeur n'était plus vendeur. Alors ils repartirent vers l'Aveyron, le Lot. Sitôt qu'ils furent de retour à X, bredouilles ce coup-là, le notaire leur apprit que le vendeur était de nouveau vendeur et à un prix modeste, mais ils refusèrent de se priver du plaisir d'envoyer ce vendeur sur les roses. Ils se réconcilièrent d'emblée avec X, comme si de lui avoir été infidèles en avait rajeuni les contours.

Et ils réapprirent facilement pourquoi, eux qui avaient vécu à Barcelone, Rome, Berlin, Paris, face à la Manche et l'Atlantique et la mer des Caraïbes, pourquoi les contentaient cette Rivière profonde d'un mètre et ce ciel bas sur le royaume de l'équivoque : c'était qu'à X les histoires s'écrivaient toutes seules, composant le paysage mental du « Village de la honte », ainsi qu'il serait bientôt dénommé dans la presse.

*

* *

VOISINAGE CHAPITRE PREMIER

Longtemps Marie et moi n'avons pas tenu en place, changeant d'adresse au moins une fois l'an, et souvent de pays. Rarement, quelques meubles et milliers de livres ont pérégriné avec nous. Le plus souvent, nous les dispersions dans des caves et des greniers d'emprunt, et chaque fois s'imposait un peu plus le fait que nous voyagerions d'autant plus librement si meubles et livres pouvaient demeurer quelque part, où nous reviendrions selon les circonstances et l'envie.

Les livres pèsent, singulièrement ceux qu'on ne lira jamais mais dont on a besoin d'être encombré toute la vie. Au-delà de six mois d'absence, les livres manquent, qu'ils soient lus, à lire, ou simplement à dépoussiérer. Les livres embarrassent, ce n'est pas la moins intéressante de leur fonction, et je m'en veux encore de m'être séparé de beaucoup, la veille d'un déménagement de plus, soudain victime d'une fringale de légèreté qui m'amena à des centaines de sacrifices imbéciles. Ces livres m'étaient d'autant plus chers que pour la plupart je les avais volés, qu'ils étaient venus combler un vide contrariant.

Un jour, j'avais dix-sept ans, j'ai acheté un livre et je l'ai lu. Cet événement extraordinaire m'a vite inspiré une vingtaine d'autres achats de livres, dont certains, je l'avoue, attendent toujours d'être lus. Soudain, il est devenu pour moi aussi important de lire que vertigineusement regrettable de n'avoir rien lu jusque-là, et insupportablement évident que je ne disposais pas de moyens financiers à la hauteur de mon rêve de bibliothèque. J'ai donc volé un livre, des livres, de plus en plus de livres, jusqu'à des dizaines certains jours, et même une fois quarante d'un coup. Qui vole un livre vole de ses propres ailes. Qui vole des livres est irrémédiablement conduit à voler des planches et des briques sur des chantiers pour asseoir ces livres.

Une douzaine d'années plus tard j'étais toujours un voleur de livres. Si j'ai rencontré Marie, c'est pour avoir volé son premier livre.

Et un jour nous nous sommes mis en quête de quelque chose qui pourrait ressembler à un logis pour nos livres et nous-mêmes. Le hasard voulut que ce soit en Normandie.

Notre capital était ridicule, et sans doute sommes-nous apparus aussi ridicules que lui aux agents immobiliers auxquels nous avons exposé notre prétention. Pour le prix que nous pouvions mettre, seul l'achat d'une remise ou d'un garage semblait envisageable. Mais à midi, à Pont-l'Évêque, nous nous entendîmes dire par M. Le Sauvage qu'il avait peut-être quelque chose, dans le village de X, une petite maison, qu'il n'avait pas eu l'occasion de visiter, et qu'il s'affirma curieux de découvrir avec nous tant son prix était... ridicule.

La maison, minuscule, n'avait comme mérite que celui de tenir encore debout. Elle datait de deux siècles mais en paraissait au moins quatre.

Une maison à vendre, ça se visite au couteau. Bien qu'ayant planté la lame du mien dans quelques poutres et retiré la conviction qu'elles étaient taillées dans du beurre, j'assurai à Marie que j'avais les épaules et le cœur pour faire de ce taudis notre adresse, et j'osai même la convaincre que la chance était avec nous. Nous l'avons donc achetée sur l'heure, sans discuter son prix, peut-être par peur du ridicule.

Ensuite seulement, nous nous sommes inquiétés de savoir dans quel village nous venions de tomber. Il faisait beau (cela aurait dû nous inspirer la plus extrême méfiance), la première personne croisée dans la rue nous a dit bonjour (aux innocents les mains pleines), et quand, depuis le cimetière, nous découvrîmes la géographie offerte en prime de notre acquisition, nous nous sentîmes gagnés par la félicité.

C'est en redescendant du cimetière que nous sommes un peu revenus sur terre.

Une Renault 19 bleu moyen nous a dépassés et a stoppé devant un jardinet brouillon, aux murets écroulés, où une petite bonne femme à drôle de tête arrachait des poireaux. Sur la banquette arrière de la R 19 était une jeune fille, et au volant, un homme massif qui s'est mis à écraser son klaxon, et à beugler par la portière : « Alors salope, tu te démerdes oui ou merde !

– J'arrive j'arrive ! piaula la petite bonne femme en secouant ses poireaux.

– Salope ! Salope ! hurla l'homme de plus belle, rythmant ses invectives à coups de klaxon. Bordel tu vas un peu te démerder espèce de salope !

– J'arrive j'arrive, l'assura la petite bonne femme de sa voix

de poulie, courant décrocher son lainage d'un piquet avant d'y plonger les deux bras en même temps.

– Mais c'est pas vrai ça qu'est-ce que tu fous salope ? poursuivit le klaxonneur fou.

– J'arrive j'arrive », jura la petite bonne femme, qui effectivement arrivait à toute pompe, la poitrine couverte de poireaux en débandade qu'elle contenait tant bien que mal d'un bras tandis qu'elle tendait déjà l'autre en direction de la Renault 19 encore à quelques enjambées d'elle.

À la seconde où elle posa la main sur la carrosserie, la voiture bondit en avant, pour piler dix mètres plus loin, et plus bas, car la rue accusait une très forte pente.

« Mais c'est pas possible ça salope qu'est-ce que tu fous bordel à la fin, brailla alors le plaisantin au volant, tambourinant sur sa portière et klaxonnant de plus belle.

– J'arrive j'arrive. »

Elle n'arriva à rien. Le plaisantin lui fit descendre ainsi toute la rue, par soubresauts, à coups de « Salope » et de klaxon, elle se dandinant derrière la R 19, échappant un poireau, en échappant deux en ramassant le premier, croyant chaque fois tenir avec la portière son salut, qui lui filait des doigts.

Un mois plus tard, le notaire de l'endroit nous fit propriétaires d'un numéro 12, et sans délai, carton après carton, nos livres entrèrent chez eux.

J'étais justement avec un carton dans les bras, sur le seuil, lorsque je vis une Renault 19 bleu moyen venir s'immobiliser devant la maison contiguë, au numéro 10. Un type énorme et suant en descendit, suivi d'une petite bonne femme à drôle de tête et d'une jeune fille à l'air triste, et tous trois pénétrèrent audit numéro, et le carton que j'avais dans les bras me parut brutalement avoir triplé de poids.

Moins de deux ans plus tard, le propriétaire du numéro 10, pédophile avéré, sera en prison, pour avoir violé la fille de sa femme, cette jeune fille que je n'aurais jamais vue se départir de son air triste.

Il s'appelait Rouland. Par chance, nous ne le comptions à X que le week-end. Il disait diriger une entreprise de bâtiment en région parisienne. Il se vantait d'être « tous corps d'état », en somme capable de tout dans son domaine, mais surtout de n'importe quoi, comme j'ai eu à m'en rendre compte en visitant sa maison, peu après notre installation.

Il s'y était livré à des destructions inouïes, dont les rares murs encore debout témoignaient de la brutalité et de l'incohérence. Ce n'était que fissures bourrées de chiffons, bâches pendouillantes, planches clouées de traviole, grossières reprises de béton hérissées de ferrailles poussiéreuses, le tout il est vrai en parfaite harmonie avec un mobilier affligeant. Dans l'escalier, œuvre inachevée du maître de maison, il aurait été dommageable de tenir la rampe, transpercée qu'elle était par de gros clous aux pointes déjà rouillées. Du premier étage, je ne vis d'abord qu'un couloir aux cloisons de contreplaqué gondolé et un treillis de fils électriques. Parvenu par le moyen d'une échelle à la précaire plate-forme qu'était le second étage, je découvris que la vue sur le premier y était impayable, toutes les pièces, certes tapissées et meublées, s'avérant dépourvues de plafond.

La visite de certaines maisons paraît ressortir à la paléontologie des invertébrés.

Tranquillité d'esprit

Georges et Francette étaient de braves gens qui agrémentaient leur retraite d'un zest de dépression, d'un paquet de catastrophes domestiques et d'une bonne dose d'humour. Ils adoraient les chiens, les chats, et se moquer des gens ordonnés. Au jardin, ils laissaient faire la nature. Qu'une toiture ait des fuites, qu'une porte ne ferme plus, que du bazar s'accumule leur semblait dans l'ordre des choses. De même, l'incarcération de Rouland leur parut la conclusion logique d'une découverte qu'ils avaient faite voilà des années mais qui ne les avait jamais empêchés de dormir.

« Notre petite-fille avait sympathisé avec la belle-fille de Rouland. Un jour qu'il était absent, elle nous a proposé de voir leur baraque. Un de ces foutoirs ! À l'étage, on s'est retrouvés devant *un lit. Elle a dit : "C'est là que je dors avec mon beau-père." Et puis elle nous a montré un genre de placard : "Et c'est là que dort maman." On a compris tout de suite. Il y a longtemps que ce salaud aurait dû se faire pincer. »*

Parle petite ! Dis ton malheur à la ronde ! Et crève !

Derrière les barreaux

L'habitude de Rouland, s'il sortait seul, était d'enfermer sa femme. Les fenêtres du rez-de-chaussée, défendues des regards indiscrets par d'épais carreaux de verre jaune, l'étaient encore par des barreaux que l'homme avait lui-même scellés au ciment gris, amochant un peu plus une façade dix-huitième déjà remodelée par un camion fou. Rouland disait redouter le vol, mais pour personne il ne faisait de doute que la vocation des barreaux était au moins autant d'interdire l'accès que d'empêcher une « salope » de se faire la belle. Elle, courtaude et mal fagotée, prématurément vieillie, toujours d'une atterrante bonne humeur, sitôt qu'elle était cloîtrée montait à l'étage et se pendait à la fenêtre pour engager des conversations, le plus souvent avec sa voisine d'en face.

« Le gros ça y est il m'a encore bouclée. Mais je m'en fiche bien. J'ai trouvé un nouveau p'tit copain. Et un tout jeune ! Le gros il peut aller prom'ner ses cornes chez la crêpière ou au Commerce, ça j'm'en fiche bien ! »

Historique du 12

« Haa ! s'écrie M. Serpillon en poussant son grand nez dans notre cuisine, agrippé des deux mains au chambranle de la porte palière comme s'il allait défaillir, surtout faites attention, n'allez pas vous tuer là vous aussi comme l'autre avant vous. Sans vouloir dire il tétait dur en plus de s'avaler les boîtes de médicaments pour la dépression et le reste, alors forcément, quand il a dû avoir besoin de descendre au milieu de la nuit vu

qu'on l'a retrouvé en pyjama, ça devait arriver. Trois jours qu'on ne le voyait plus se traîner, du coup l'idée m'a pris de mettre mon œil au carreau, c'était le moins que je pouvais faire. Il a dû se louper une marche et puis vouloir se rattraper évidemment, et puis la rampe qui pète, et lui qui s'embroche droit le bide sur le montant. Il a dû essayer de se décrocher mais forcément tout seul c'est pas commode. Je vois bien qu'il y est plus mais j'ai l'impression qu'il y est encore, les bras qui pendent et la tête de cauchemar. Le temps qu'il a pu en baver les pompiers ont pas su me dire, mais c'est bien une mort qu'on ne peut souhaiter à personne.»

«Je vous parle de ça juste après-guerre, me dit Mme Loiseau, il avait un surnom que j'ai oublié. Pas le mauvais bonhomme, mais alors complètement homosexuel. Je l'entends encore avec son ton de petite fille et ses mains de poupée : "Les gens parlent mais c'est normal que je reçoive des jeunes gens puisque je suis tailleur." Ça c'est vrai il était tailleur, mais bon sang qu'il était sale ! Il tenait sa boutique dans votre cuisine. Il y avait des piles de linge jusqu'au plafond, et une dizaine de chats nichés là-dedans. Chez vous mon pauvre, si vous saviez comme ça sentait la pisse ! Au grenier il élevait des pigeons, et toute une bande de lapins y courait dans haut comme ça de crotte. Après lui, on n'a plus vu que des locataires, toujours des phénomènes. Un temps c'était Tire-la-langue. Comme il ne payait pas, le propriétaire lui a enlevé la porte. Tire-la-langue il a fait avec, ou plutôt il a fait sans. Moi au contraire je ne m'habituais pas à cette maison sans porte sur la rue. Et puis un jour la porte est revenue et un petit couple sortait de là au milieu de l'après-midi avec l'air de sortir du lit. Pour mon mari, ça se droguait. Moi je lui ai toujours dit : qu'est-ce que tu y connais ? Une chose était certaine, ça ne travaillait pas. La suite je me doute que vous n'allez pas la croire mais je vous la raconte quand même : une nuit ils ont volé une voiture, une 4L, quasi sous leurs fenêtres. Seulement la 4L était à sec, et ils sont tombés en panne au bout du village, pile devant le supermarché. Eh bien croyez-moi ou ne

me croyez pas, comme ils étaient devant le supermarché, ils ont décidé de le cambrioler. Ni une ni deux ils sautent le grillage, et les chiens leur tombent sur le râble. Cette baraque je vous dis, on y a vu que des phénomènes.»

VOISINAGE CHAPITRE DEUXIÈME

«Ça n'a pas l'air d'aller monsieur Serpillon.

– Ça va. On fait aller, car par le fait ça pourrait aller mieux. J'ai des gros problèmes. Question de chèques, me murmure mon infortuné voisin en salivant de plaisir, délicieusement atteint par son nouveau malheur, un de ces malheurs qui n'arrivent qu'à lui. Pour le moment je peux rien dire. Des grosses sommes, mais on peut pas encore dire. C'est secret. C'est confidentiel. J'ai causé puis les gendarmes m'ont dit que je devrais pas, mais il y aurait un chèque de mille francs. Plus ou moins, je peux pas le dire. Pour vous expliquer c'est que j'ai eu plusieurs femmes de ménage, alors pour avoir exactement la date, comme ça fait sept ou huit ans que je suis au CCP maintenant, au Crédit Agricole j'ai juste gardé la carte, vous savez la carte pour tirer dehors, mais j'avais pas jeté un vieux chéquier dans l'armoire et ça viendrait de là que la femme de ménage, laquelle ? je voudrais vous le dire que je pourrais pas, s'en est mis trois dans la poche. Ça ne serait que de moi je m'en passerais bien moi de femme de ménage sans le travail que me donne ma femme. Sa dernière hospitalisation comment voulez-vous que les gens ne rentrent pas malades ? Ils l'avaient levée et elle avait envie de faire pipi. Ils lui mettent le plat bassin. Le plat bassin vous savez comment qu'c'est, ça a coulé jusque dans ses chaussons partout et ils ne l'ont changée qu'à cinq heures, alors comment voulez-vous ? Comment voulez-vous ? Je fais de la dépression c'est pas étonnant. Ça continue. J'en ai encore eu un gros coup hier. Une année qu'on se fréquentait plus avec mon beau-frère,

qu'on se voyait pas sans être fâchés à mort quoi, et puis ma mère a été le voir et elle m'a dit comme ça ton beau-frère si tu veux il est dans un état, alors j'lui ai dit si tu veux je vais aller le voir. Il était assis à la table et tout d'un coup il a levé les bras en l'air : "Ah ! vaudrait mieux d'être crevé que d'être comme ça !" Une heure après je mange chez ma mère. Je rentre. Ma mère me téléphone il était décédé. C'était pas bon de rester avec ça. Fallait faire quelque chose. Et merde ! Je me suis remis à finir mon ascenseur. Venez voir un peu ! Entrez devant ! J'éteins mes frites en passant. Et attention à la tête ! Moi ça y est j'ai pris l'habitude. »

Il fallait désormais se casser en deux pour pénétrer dans la cuisine des Serpillon tant la porte, du fait d'une prodigieuse et très récente élévation du sol, y était devenue basse. Précédemment, une marche séparait l'une de l'autre chacune des pièces en enfilade du rez-de-chaussée, car la maison, bâtie au flanc d'un monticule, en épousait graduellement la pente. Serpillon, habité du souci de faciliter la circulation, entreprit un beau jour de mettre tout ça de plain-pied. Prenant malencontreusement comme base de référence le point haut, il se vit contraint de remblayer de plus en plus considérablement au fur et à mesure qu'il progressait vers le point opposé, à savoir la cuisine, qui autrefois de plain-pied avec la terrasse, s'en trouva, à la fin des travaux, séparée par la hauteur de trois marches et une porte réduite d'autant.

Des travaux, Serpillon en avait toujours en cours et en projet, mais faute d'une vision d'ensemble, il n'était pas rare que les premiers, voués à contrarier la réalisation des seconds, se retrouvassent abandonnés en route.

En revanche le rêve d'ascenseur (que la vision obsédante du locataire du 12 empalé dans son escalier avait peut-être aidé à germer), lui, était devenu réalité. En fait d'ascenseur, il s'agissait d'un monte-charge de récupération dont Rouland, « tous corps d'états » confondus, avait supervisé la pose. J'y montai donc en confiance auprès de Serpillon, d'autant plus en confiance que la maison était riche en vierges polychromes de plâtre ou de plastique, et du portrait d'un Jean-Paul II plus vivant que nature. Serpillon bascula un commutateur, et nous nous élevâmes tous deux droits comme des anges, son berger allemand à nos pieds, l'animal étant paraît-il friand de ce mode de transport intra-muros. « Ce boucan c'est que ça force dans les rails. Rouland il est fâché avec le calcul. »

Fantôme en avance sur la mort

Plusieurs fois le jour il passait devant nos fenêtres, face osseuse, œil de glace, pattes raides, vieux de très longue date. J'étais certain de l'avoir déjà vu, ailleurs, quelque part non loin. Un matin j'ai retrouvé où, sur le caveau tout neuf où sa photo de faïence était déjà vissée, son nom et l'année de sa naissance gravés, où la mort attendait qu'il soit fatigué de ses promenades.

Une femme tue son amant

Serpillon, ancien fossoyeur, ne se lassait pas d'avoir commerce avec des cadavres, et les flairait comme personne. « Le fait exprès je rentre de ma mère à une heure qui n'est pas la mienne et j'arrive devant un type nettoyé au couteau en plein trottoir avec la femme qui pleurniche dessus que c'est un accident et que c'est pas possible qu'il est mort comme si on se ramasse tout seul le cœur sur un couteau surtout qu'elle l'a jeté à la rivière histoire de faire disparaître l'arme du crime et qu'elle avait prévenu le gars au bistrot juste avant qu'elle allait le tuer par jalousie de femme, et le temps de choper un poignard dans sa 205 et de s'entendre dire qu'elle fait pas peur avec, elle le plante aussi sec. Au moins l'enquête elle est pas difficile, les gendarmes ils ont le travail mâché, parce que vous leur dites qu'on vous a forcé un cadenas ils comprennent pas, vous leur amenez la seringue qu'on vous a balancée dans le poulailler et ils vous disent de la jeter même si la drogue il s'en balade dans le village ils sont bien d'accord. Mais vous voyez pas que je me pique avec le sida et allez zou hou hou! je finis pédé ou autre chose, ma femme se demandera bien ce qui m'arrive.»

Le lendemain matin, dans X, la rumeur courait que c'était son maquereau que la meurtrière avait poignardé d'un coup d'un seul. Dans l'après-midi, le maquereau était de Paris, et en soirée c'était lui qui avait été balancé tout saignant à la Rivière. Le surlendemain, un homme de rencontre s'était fait encore plus précis : « Un maquereau du bois de Boulogne. »

VOISINAGE CHAPITRE TROISIÈME

Avec sa courte taille, sa brioche, sa trogne labourée, sa béquille et ses quatre-vingts ans passés, Bouddha faisait rêver bien des hommes de X. Il avait attendu la retraite pour découvrir le tourisme et inspirer l'envie, s'envolant chaque hiver vers l'asiate séjour où il entretenait une maîtresse et sa parentèle, ainsi qu'une gamine qu'on lui avait un jour présentée comme sa fille. Quand il rentrait de là-bas, retrouvant vieille épouse légitime, vieille maisonnette, vieux chaussons sur vieux lino, vieux copains de boisson (certains comprenant mal qu'il pût disposer de grosses économies en n'ayant exercé que de petits métiers), on le voyait clopiner par les rues, casquette PMU sur l'oreille, tickets de tiercé à la main, tatouages orientaux sur les bras, vêtu d'un tee-shirt orné des portraits de lui-même et de sa maîtresse joue contre joue, portraits singulièrement déformés par l'arrondi de la brioche.

« Tiens mais, te revoilà.

– Cette fois pour de bon. C'est les pieds, c'est les genoux, c'est l'âge! Non, quand on peut plus on peut plus. Enfin on verra. Je dis la même chose tous les ans ça fait déjà un moment. Moi, si on m'demande, j'demande pas mieux, surtout que ma fille grandit. Et puis intelligente! Je lui avais appris les frites et ça y est elle me les fait au poil! Mais la mère devient folle. Elle m'emmerde c'est pas dieu supportable. Moi maintenant je dis plus rien, juste bonjour et j'm'installe chez l'autre, une interprète,

elle fait visiter les Français, pour les temples, les dancings, du coup on a causé et puis ça s'est fait naturellement. Quelqu'un qui parle français ça facilite quand même le truc, en plus elle cuisine au poil et je fais des économies vu qu'elle me transporte à moto. »

Le pays du sourire

L'année suivante, pour être finalement reparti, Bouddha est revenu, mais en morceaux, appuyé sur deux béquilles. « Avec sa moto à mon interprète on s'est mangés un camion. J'ai pris un sacré caramel, seulement ça ils m'ont soigné au poil, et gentils, arrangeants, tout. C'est le pays du sourire, les gens sont gentils. »

Quand Bouddha était en voyage, sa femme se désespérait de lui, se morfondait dans une cuisine envahie de ces bibelots qu'on appelle souvenirs, des souvenirs qui ne lui rappelaient rien sinon que son mari voyageait seul, mais ils la rapprochaient du golfe du Siam.

Elle mourut. Bouddha vécut quelque temps les volets tirés mais continua à porter sa casquette PMU plutôt que le deuil, se défit assez vite d'une béquille, et puis annonça à la ronde la venue de son interprète, et nous le vîmes bientôt clopiner dans X escorté d'une femmelette au visage sévère, pour ne pas dire malgracieux.

Je le rencontrai un jour au supermarché. L'air las, il s'appuyait sur un chariot stationné en tête de gondole, tandis que sa visiteuse arpentait les rayons. « Elle est au poil, le ménage, la cambuse, propre, pas fainéante, mais j'ai jamais été commandé et elle c'est me commander qui l'entête du matin au soir. »

Soudain, deux rayons plus loin, un visage réprobateur était apparu, et Bouddha s'était vite ébranlé derrière son chariot, grommelant : « Ça putain elle est pas commode ! Le pays du sourire, tu m'en reparleras ! »

68 et après

Il tenait salon sur la place, un salon de coiffure hommes vieillot et coquet, avec sa façade amande toujours fraîche et un gros chat roux dormant dans la vitrine sous la garde de flacons rangés comme des soldats, Œillet, Muguet, Rêve d'or. Au skaï rouge des fauteuils répondait l'orangé du marbre, et aux miroirs, aux chromes, aux lavabos immaculés, la blancheur éblouissante de la blouse du maître de céans, rose et chauve et bonhomme, dont l'essentiel du temps passait à guetter le client plutôt qu'à jouer des ciseaux. « C'était simple, c'était très simple, fallait trouver un métier, fallait bosser, fallait trouver quelque chose, sortir de l'école à douze ans, treize si on veut. Ma foi on cherchait un arpette coiffeur, j'ai dit allons-y ! Ça me plaisait, ça me plaisait bien, j'ai continué, exactement, j'ai ouvert ici, ça me plaisait, j'ai toujours été à X, je suis né à X, et puis si vous voulez à un moment donné il y a eu la mode des cheveux longs, là ça été la débandade. Des salons il y en avait à X, mais en 68-69, je suis resté tout seul comme coiffeur à X, et je crevais de faim même en restant tout seul. Et puis voyez, soixante-quinze ans passés, je m'balade encore en bras de chemise, je vais chercher mon journal et je fais mes clients quand je rentre. Les clients ils connaissent la combine, et quand on leur dira Belvil il travaille plus, ben ils diront c'est qu'il est mort. J'ai la chance de travailler et j'estime avoir beaucoup beaucoup de chance, et puis c'est formidable, c'est formidable : j'ai pas un seul client emmerdant. » Gratouillant le gros chat roux, dévorant du regard la place Charles-de-Gaulle tel Achab l'océan désolé, il ajouta : « Là il fait beau ils se promènent, mais il va y avoir une belle orage et ils vont revenir me voir. »

Dernier-né

Boutin, l'œil humide, la moustache en bataille, l'haleine chargée, déboula dans la boutique de Courrelongue : « Et de trois ! C'est un garçon ! Ha ! Ha ! Ha ! Faut savoir viser !

– Et comment vous l'appelez celui-là ?

– Euh... Bordel ! Vlà que ça m'est sauté d'la tête. C'est d'un feuilleton télé comme les deux autres, un truc américain, pas comme Bébert ou Machin, non... Putain non, ça va pas m'revenir ! Tant pis, quand j'vais repartir voir ma femme elle va m'le dire, et je repasse, c'est pas urgent. »

Cène de cul

Parfois, pour un travail de force (et uniquement de force, de force pure), Courrelongue en appelait à Boutin, force de la nature.

Il n'était pas encore dix-neuf heures lorsque Courrelongue frappa à la porte de la maison Boutin. On lui gueula aimablement d'entrer. Il entra donc, mais découvrant toute la famille attablée sous l'éclat livide d'un néon nu, devant des assiettes fumantes, il crut à propos de s'excuser du dérangement, ce qui fit rugir un Boutin hilare, l'homme qui le dérangerait n'étant pas encore né. Bien qu'il se sentît soudain peu ferme sur ses jambes, Courrelongue songea à désobéir au commandement que Boutin lui fit de prendre la chaise devant laquelle il servait déjà un verre de pinard, mais face à l'inimaginable Courrelongue céda, et s'abattit auprès de Mme Boutin, et comme elle, si flasque et tranquille, comme Boutin, complètement rond, comme les trois garçons, trois gamins au regard extatique – un regard d'apôtre –, il mata la télévision.

« Bouge ton cul ! Bouge ton cul ! » brailla Boutin à l'adresse de l'héroïne, enfonçant soudain la touche d'avance rapide de la télécommande du magnétoscope. « Ben voilà, c'est mieux, on se croirait à l'arrivée du tiercé », commenta-t-il dans l'hilarité presque générale, Courrelongue se contentant de s'empourprer poliment.

« Nous on aime ça le PTCMBEP, lui glissa l'air malicieux l'aîné des garçons.

– Petit con ! pouffa son père, comment tu veux qu'il comprenne. C'est entre nous.

– Prépare Ton Cul Ma Bite Est Prête, ânonna le fils.

– Du bon porno qu'on loue chez l'autre en bas et pas cher, précisa le père. Et comme ça, dès l'dessert avalé, hein chérie, on est en super forme ! »

Le bord de la faillite

Pour échapper à la ruine, le quincaillier multipliait les initiatives hasardeuses, comme par exemple celle de vendre des canoës, du moins d'en proposer aux intrépides. Il les stockait dans un hangar, à cinquante mètres du magasin. À l'ouverture, les canoës descendaient la rue, à midi la remontaient, et l'après-midi le manège recommençait. C'était le dernier employé de la maison, un long jeune homme secoué de tics consternants, qui effectuait la corvée. Je le revois passer, passer et repasser, d'une démarche à la fois molle et solennelle, toujours coiffé d'un canoë vert, ce qui ma foi lui donnait l'allure d'un académicien ployant sous la charge de son bicorne.

Au plus mal, le quincaillier misa son sursaut économique sur la cassette porno, à louer ou à acquérir, en alignant un bon mètre à gauche en entrant, avec l'outillage à main, au-dessus des rouleaux de chaînes, des rouleaux de corde, espérant sans doute que le visionnage de ceci relancerait les ventes de cela.

Caméra cachée

À la première heure de notre retour, après un séjour de plus de six mois à Berlin, Serpillon ne laissa à personne le soin de nous apprendre que notre voisin du 10 couchait à la prison de la Santé, et quelles abominations l'avaient conduit là-bas. Ayant été acteur dans le dernier épisode, il nous le narra avec délectation.

La femme de Rouland, accompagnée de son petit copain, débarqua un jour sans prévenir, et lui demanda la clé du 10. Rouland n'était pas idiot au point d'enfermer sa femme en lui laissant détenir une clé, dont Serpillon en revanche possédait le double, qu'il refusa à la femme au prétexte qu'il la tenait du mari. Elle eut beau expliquer qu'ayant demandé le divorce elle souhaitait récupérer des affaires personnelles dans cette maison qui pour quelques heures encore restait un domicile conjugal, Serpillon demeura intraitable et retourna à son fricot. « Si un couple est en bise bise il faut jamais s'en mêler. »

Il croyait l'affaire réglée, lorsque depuis sa cuisine il découvrit le petit copain en train d'enfoncer la porte du 10 sous les encouragements de sa maîtresse. À la solution de se précipiter pour faire barrage de son corps, Serpillon préféra celle consistant à s'emparer de son caméscope et à filmer la scène sous le camouflage d'un rideau.

Il tourna un long moment, car lorsque Mme Rouland eut embarqué ses « affaires personnelles » et taillé la route, ce fut d'une maison vide dont Serpillon effectua l'inspection. Il se rendit donc à la gendarmerie pour y faire apprécier ses talents de cinéaste. La critique reçue par son film le déçut, les gendarmes ne voyant rien de répréhensible dans le fait qu'une personne entre par effraction dans son propre domicile.

« Dans la baraque ça traînait des cassettes magnétiques, et je sais pas comment on s'est retrouvés quelques uns à les écouter chez la crêpière. Le son était pas terrible mais on reconnaissait Rouland à dire des cochonneries à un gamin qui couinait que ça lui faisait mal et tout ça… Qui aurait dit la chose de lui, hein ? Et moi qui a encore sa clé. »

Pleupleute

On ne la connaissait que boutonnée jusqu'au cou, les mains dans les poches de son lourd gilet de laine verte, été comme hiver. Et tous les jours, toutes les nuits de sa vie, elle déambulait, ne s'offrant qu'exceptionnellement une courte halte sur le parking de la salle des fêtes, en surplomb de la Rivière, où, le nez collé à un journal, elle psalmodiait les annonces légales et la rubrique matrimoniale.

Certains jours, elle traînait par la main et rudoyait en

permanence la gamine obèse et attardée mentale qu'un inconnu lui avait faite et abandonnée. Les jours sans enfant, elle avalait les rues avec acharnement, massive, poussant sur des jambes épaisses cuirassées de collants mastic, les hanches basses, les épaules basses, toutes les difformités de son visage barrées d'un rictus hostile.

La nuit, Pleupleute crapahutait de même. Pourtant, si elle croisait un homme, si un homme seul traversait le village au volant d'une voiture, ralentissant alors le pas, elle le mangeait de ses yeux clairs et globuleux, mais sans jamais se départir de son terrible rictus, se signant quelquefois avant de passer son chemin.

Pleupleu

Au physique, Pleupleu avait tout de sa sœur, en plus massif, mais au moral, il en était l'opposé. Jovial, farceur, graveleux à la première occasion, il encaissait les railleries avec une santé rare, et s'attachait la sympathie de beaucoup.

Membre assidu du club de karaté, il allait au combat avec un pantalon de kimono à mi-fesses et pliait immanquablement ses adversaires de rire en portant des attaques révolutionnaires qu'il accompagnait de cris insolites (sa cavité buccale étant dépourvue de palais il nasillait comme un perdu).

Guéri de sa pyromanie il n'en continuait pas moins de répondre à tous les appels de la sirène, enfourchant son vélo, s'élançant vers l'arsenal des pompiers pour ne pas manquer la sortie des beaux camions rouges, sortie qu'il attendait depuis le trottoir d'en face, la tête dans la main, le coude appuyé au guidon, transfiguré par la béatitude.

Sentinelle

La plupart de ceux qui passaient là et le trouvaient si fréquemment posté dans son fauteuil roulant électrique, une jambe du pantalon roulée jusqu'à l'aine et fermée d'une épingle *à nourrice, devaient, sous peine de décevoir, posséder le sens de la répartie. Aux piétons comme aux cyclistes, le père Jolivet avait toujours quelque chose à balancer : une question, une observation, une vanne (d'autant plus grasse qu'on était familier avec le personnage qu'un vieil amour de la bibine prédisposait à l'ivresse verbale).*

Il disparut.

Nous n'avions plus à acquitter de réplique – ce droit de passage devant chez lui –, plus à nous livrer à d'acrobatiques improvisations, à prendre de la graine de bagou, et il me manqua.

Il ressuscita. « Je suis bonne vache. J'ai une escarre au cul tu peux en traire un verre de pus matin et soir. »

Équipé d'une nouvelle batterie, il se remit à jaillir de chez lui à ses heures favorites, coucou amaigri qui tenait à chanter l'entrecuisse et la joie de vivre aviné. De son long séjour à l'hôpital il était rentré diminué, au sens propre, les deux jambes de son pantalon roulées jusqu'à l'aine et fermées d'épingles à nourrice. « Ma dernière patte qu'ils me la coupent ça m'a mis l'bourrichon. Si elle me servait de rien au moins j'avais encore à acheter des chaussettes, et en plus la paire me durait le double du temps. Toi qu'écris, tu d'vrais l'marquer dans ton bordel que c'est bon d'trotter comme j'ai pu trotter autrefois, même si j'ai jamais fait grand-chose, ramasser les mégots, poser des collets je t'ai montré comment.

– Et des lapins t'en as pris plus d'un.

– Ça dépend quels lapins. Tu peux prendre des lapins à poil long, à poil court, à poil angora, des lapins à poil noir… des lapins d'culotte, hé hé hé !

– T'en as pris beaucoup de ceux-là ?

– Ça oui mon con j'me suis démerdé là-d'ssus ! Mais faut plus m'en causer. Une chopine de rosé, deux madeleines, le Tour de France à la télé et va bien. Tu vois les coureurs avec des ch'veux bleus, des ch'veux jaunes, i s'arrêtent pour boire un coup d'pinard dans la campagne. I sont comme nous, i sont d'la gueule. Vas-y Bourguignon ! À nous l'pompon ! À toi l'goupillon ! »

Tony en fait des tonnes

Tony, guichetier au bureau de poste, était de ces grands buveurs qui prennent de la bouteille sans prendre un pouce de ventre. S'il avait le teint gris et brouillé, sa silhouette restait juvénile. Il me disait ne pas aimer la boisson pour la boisson, mais la boisson pour la conversation de bistrot. Je vis cette inclination déteindre peu à peu sur sa vie professionnelle, ce singulier agent multipliant les confidences et me livrant de plus en plus méticuleusement son opinion sur tous les sujets – ses favoris étant la littérature, le syndicalisme, et sa femme –, au point que parfois j'ai eu le sentiment d'être un cafetier derrière le comptoir d'un établissement dont Tony était le meilleur client.

Tony eut une mauvaise période. Je le vis devenir malgracieux, emporté, désinvolte, singulièrement avec les vieilles chieuses en anciens francs incapables d'acheter un timbre sans déplacer des montagnes de poncifs, les météorologistes amateurs fondant leur science sur leurs rhumatismes, ou les hypocondriaques qui entendaient lui tousser la liste complète de leurs maux à travers l'hygiaphone.

Qu'un postier soit expéditif c'est peut-être dans la nature de son métier, mais les choses prirent une tournure alarmante quand Tony commença à commenter publiquement le montant d'un retrait ou l'état d'un compte, à ricaner à l'occasion, entrant pour moi dans certains détails de sa vie privée qui, je le devinais, intéressaient assez peu les nombreuses personnes qui poireautaient dans mon dos.

Un matin, en entrant dans le bureau de poste, je crus un instant qu'un braquage y était en cours tant les cinq clients présents, raidis par l'anxiété et la stupéfaction, semblaient tout craindre du Tony en verve comme jamais qui les tenait en respect, les apostrophait, s'exclamant soudain : « Et bien sûr pas un de vous n'a lu Bakounine ! »

Historique du 27

Un jour, nous quittâmes le 12 pour nous établir au 27.

« Il fut un temps, se souvint mélancolique un pilier itinérant des sept derniers bars de X, où l'on comptait ici jusqu'à vingt-six bistrots, et chez vous, avant la Maison de la Presse qu'est venue après la boutique de machines à tricoter, avant ça, depuis 1800 et des brouettes, il y avait là le café de l'Hôtel de ville, le plus chouette, avec salle de banquet, salle de billard, et plus tard le premier flipper, et toute la jeunesse du coin. Pendant la guerre, on allait y faire les beaux devant les quatre filles aux patrons, et dommage pour l'aînée quand elle a pris ce pet affreux, un soldat allemand qui merde avec son fusil et lui colle une balle en plein cœur, le plateau qui verse par terre avec les verres et la serveuse qui suit tout doucement, morte sur le coup. Après la typhoïde s'y est mise, le feu pour arranger l'tableau, ça a été vendu, rafraîchi, les nouveaux patrons mettaient la bonne ambiance, et puis un jour la patronne elle trouve que le livreur de bière il est bien long à la cave, elle descend, et nom de Dieu c'était son mari qui le retardait le livreur, le cul à l'air tous les deux, parlez-moi d'une découverte ! »

J'avais retrouvé une des sœurs de la malheureuse serveuse, et l'avais invitée à nous visiter, à venir faire revivre le café de sa jeunesse, le jardin d'alors, où sur une vieille photo on la voyait pendue la tête en bas à un trapèze. Cinquante ans plus tard, on pouvait penser qu'elle n'en était jamais descendue de son trapèze, qu'elle continuait de voir les choses à l'envers, de confondre ciel et terre. « Elle souffre d'Alzheimer », me souffla à l'oreille son mari, qui la dirigeait par le bras, sollicitant une indication ou une autre, la place de l'ancien comptoir, celle du fourneau, du trapèze, des cages à lapin. En vain. « Un billard, non, nous n'avons jamais eu ça chez nous.

– Mais si, un monstre, j'y ai joué j'avais vingt ans.

– Tu confonds.

– Il devait faire deux cents kilos, regarde, le plancher, comme il creuse.

– C'est bien possible. »

Elle ne se souvenait ni du puits ni de la cave, ni dans quelle pièce elle dormait enfant. Dans notre chambre, elle dit : « C'est très joli. » Puis tournant son regard vers le lit elle poussa un cri, porta la main à son cœur, et s'écria : « Le lit n'a pas bougé ! On y a couché ma pauvre sœur toute blanche, sa poitrine pleine de sang ! Ma pauvre sœur ! Ma pauvre sœur ! »

Nos visiteurs quittèrent le 27 très émus. Quant à Marie et moi, nous savions que nous allions dorénavant dormir en la compagnie d'un cadavre.

L'Espoir ne fait plus vivre

Avec ses colombages salade et sa façade violette le bar de l'Espoir était difficile à manquer. La crinière du patron rivalisait en bouclettes avec celle de son chien (à moins que ce ne fût un veau coupé de mérinos). Le nez du patron était tout un poème, et les paupières de madame deux emplâtres polychromes défendus par une herse de faux cils.

Jusqu'à l'heure tardive de la fermeture, le minuscule Espoir semblait ne pas désemplir. Boudinées dans des robes légères, les deux ou trois vieilles panthères qui perchaient sans répit sur les rustiques tabourets du comptoir suffisaient à créer une impression d'affluence. Bouddha passait-il y vider un bock, le patron pouvait afficher complet.

Pour la pieuse Mme Lepic, il ne faisait aucun doute que X jouissait d'un bar montant, tolérance qui ne l'étonnait pas de la part d'un maire contre lequel elle avait une dent de phacochère et qu'elle chargeait infatigablement, s'attribuant l'essentiel du mérite dans la toute fraîche défaite électorale de ce dernier : « Il raconte qu'il fait des expériences psychiques, qu'il se sépare de son corps et s'en va flotter au plafond. Maintenant il peut bien y rester pour suivre les réunions du conseil, nous autres on a viré le corps. »

Dieu aimant à exaucer les vœux des vieilles carnes, très vite il n'y eut plus d'Espoir. La patronne s'en alla battre des cils dans un autre canton, abandonnant un chien à un homme ruiné. Près d'une année encore il nous faudra lire l'Espoir au-dessus d'une porte à la vitre crevée et barrée d'un bout de carton, et sous ce mot pathétique, derrière cette porte, entrevoir un homme prostré sur une chaise à toutes les heures du jour.

Un drôle de pistolet

La propriétaire de l'épicerie fine collectionnait les gérantes comme les 4x4 les plus m'as-tu-vu, des rouges presque exclusivement. Ce ballet des gérantes ne contribuant pas à la fidélisation d'une clientèle, l'épicerie, en moyenne annuelle, devait péniblement atteindre le chiffre de trois chalands quotidiens. Peu importait à la propriétaire, qui avait les moyens de jouer à la marchande par procuration jusqu'à son dernier souffle.

Une jeune gérante, ouverte, appliquée, pas susceptible pour un radis, réalisa la performance de résister près d'un an à son poste, plongée jusqu'aux épaules dans l'énorme tonneau qui faisait office de caisse, sorte de Diogène en blouse grise vouée à méditer tant et plus sur un bocal de sucettes Pierrot gourmand.

Un Normand d'adoption resté sicilien dans l'âme, beau parleur venimeux, vantard et colérique, la soixantaine bien tassée, s'émut du sort de cette abandonnée et se mit à la visiter avec assiduité, pérorant autour du tonneau, la complimentant sur l'aspect de la mortadelle, somme toute barbant la demoiselle quand il croyait la fléchir, se faisant de plus en plus pressant, demandant à goûter une olive, s'en offrant la valeur d'une louche, évoquant le soleil sous lequel elles avaient mûri.

Ayant sans doute fini par douter de l'effet aphrodisiaque de son laïus, il débarqua un jour avec un air particulièrement égrillard, tira un gros pistolet de sa ceinture et offrit à la belle de le soupeser, tout simplement, l'assurant que c'était un vrai, en parfait état de fonctionnement, et qu'il avait réglé plusieurs *affaires avec. Percevant la finesse de l'allusion, la demoiselle repoussa l'offre, affirmant avoir une sainte horreur des armes.*

Concurrence peu loyale

Il y avait deux antiquaires à notre arrivée à X, il y en aura treize à notre départ. La plupart d'entre eux disaient se réjouir de chaque nouvelle installation, X devenant ainsi une plaque tournante de la vieillerie. Mais une petite dame éternellement malgracieuse dont la vitrine regorgeait de copies grossières voyait d'un œil sépulcral cette multiplication métastatique de la concurrence. Une nuit qu'elle clopinait rue Principale, elle alla faire station devant la boutique de son rival le plus fraîchement établi, prit le temps d'un examen assidu de l'onéreuse camelote proposée à la vente, jeta un regard à droite, un regard à gauche, mit en branle ses bajoues, et propulsa sur la vitrine un énorme glaviot.

Ciseaux

Une fois la semaine elle montait au cimetière, pleurer sur la tombe de sa fille. Au volant de sa voiture, sa fille avait croisé la voiture de son frère, perdu la route de vue le temps d'adresser un signe amical à son frère, perdu le contrôle du véhicule, et perdu la vie.

Année après année, elle continuait de monter chaque semaine au cimetière pleurer sur la tombe de sa fille. Année après année, le flou de sa démarche s'était aggravé. « Une femme qui boit c'est plus triste que tout », me dit Lebigre, qui pour avoir le vin joyeux était d'une gaîté permanente.

Un soir, je poussai la porte de son magasin, et la sonnette tinta. Après un long moment, un corps dansa lourdement dans la cage de l'escalier, une voix pâteuse me demanda ce que je voulais. « Quatre mètres de toile cirée.

– Je n'ai plus bien grand choix. »

Elle n'avait plus de choix du tout, plus que du vichy rouge et blanc. C'était parfait, rien n'irait mieux dans l'ancien café de l'Hôtel de ville que du vichy rouge et blanc.

Elle peina à trouver une paire de ciseaux, peina à dérouler la toile sur un comptoir encombré, peina à se rappeler quelle dimension je souhaitais prendre, puis, au jugé, engagea les ciseaux, tranchant besogneusement, gênée par les pans du lourd gilet de laine passé sur sa blouse blanche, zigzaguant, zigzaguant, perdue dans le motif.

Lorsque je déroulai la toile sur la table de la cuisine, un des bouts pendouillait telle une guenille déchiquetée, et il me parut que la table supportait toute la détresse du monde.

Foire à tout et n'importe quoi

Du fait que le village ressemblait à ce qu'il était, un chantier, l'union des commerçants présidée par Didier Cornevin décida le report de la grande foire à tout annuelle, ce qui entraîna la sédition de deux commerçants (dont le restaurateur Paon, conseiller) décidés à maintenir la date des festivités, quitte à faire camper les exposants dans la boue, entre piles de tuyaux et palettes de pavés.

Ce sujet fut abordé à la fin d'une réunion du conseil municipal, où le restaurateur Paon se plaignit en ces termes : « Monsieur l'maire, pourriez-vous vous occuper que Cornevin ne nous envoie plus de lettres anonymes ? »

Sans relever le piquant de la phrase, l'apostrophé soupira un grand coup et bredouilla : « Qu'est-ce que j'y peux mon pauvre ? Qu'est-ce que j'y peux ? »

Appétissante confidence

Nous eûmes pour voisine la crème des pâtissières, vive comme l'éclair, ronde comme une religieuse, fraîche comme ses croissants, mariée à un pâtissier aussi inspiré que jovial, qui très régulièrement jetait un gravier contre nos carreaux afin de nous avertir qu'un plateau de gâteaux nous attendait en équilibre sur le mur mitoyen.

La pâtisserie tournant à merveille ils la vendirent au prix fort à un jeune couple taciturne qui n'eut de cesse de faire fondre le chiffre d'affaires. La qualité était honorable mais le choix réduit, la présentation tristounette, la patronne mal fagotée et sans conversation. La poussière s'amassa, les peintures s'écaillèrent, le nom des propriétaires était presque impossible à lire sur le plastique terni d'une enseigne de récupération qui bavait la colle et la moisissure, les pots de fleurs disparurent des fenêtres le plus souvent occultées par des volets malades, et un cent de pigeons venu gîter sur le toit se plut à chier d'abondance sur un trottoir où plus jamais personne ne faisait la queue le dimanche matin.

« Le jour où j'ai acheté cette affaire, je devais avoir du caca dans les yeux », me confia plein d'amertume le pâtissier. Il n'avait plus qu'un apprenti (sans doute choisi pour son air morose), quand son prédécesseur en employait trois qui chantaient et blaguaient à longueur de temps, et poursuivaient la mignonne vendeuse avec le tuyau d'arrosage. Plus de chansons, plus de rires, plus de mignonne vendeuse, plus que la patronne au nez rouge et aux pantoufles crevées, toujours le mouchoir à la main : « On ne peut pas chauffer, ça gâterait la marchandise. » Même si sa clientèle lui revenait, de vendeuse le pâtissier ne voudrait jamais plus, non merci, une expérience avait suffi. « Elle est tombée deux fois malade et ça l'a étonnée de se faire lourder alors elle m'a collé aux prud'hommes comme un malpropre ! Moi quand j'étais employé jamais rien m'a empêché de bosser. Je devrais peut-être pas vous le dire mais même avec une gastro j'allais embaucher. Une cuvette entre les pieds pour dégueuler quand il y avait besoin et moi au moins je laissais pas mon patron dans la merde ! »

Il avait raison, il aurait dû épargner cette confidence à un homme qui deux ou trois fois l'an s'était jusque-là risqué à lui prendre une brioche.

Charlotte et Jane

C'était à deux kilomètres de X, tout au fond de la vallée au Pré, si aimable et presque vide d'habitants, que nous avions notre verger. Une maison y fut à vendre et Charlotte Gainsbourg l'acheta. Pour sa voisine, la vieille Mme Coquet, bavarde intarissable, l'événement fut la source proprement miraculeuse d'anecdotes sans intérêt, Charlotte (entre gens de X seul le prénom de l'intéressée était d'usage) cultivant sur ses nouvelles terres la seule discrétion. Quant à l'homme qui l'avait pour femme, sa moindre notoriété faisait qu'il n'était jamais appelé que M. Attal. « La pluie a empêché Charlotte de promener son petit Ben, m'apprit un jour Mme Coquet en chroniqueuse mondaine à qui rien n'échappait. M. Attal devrait bien se décider à couper ses chardons avant qu'ils grainent de notre côté. »

L'installation de Charlotte fut rapidement cause d'inflation dans l'immobilier et le produit laitier. Une masure dans la vallée sur un demi-hectare d'orties ne fut plus à la portée du premier Parisien venu. Au marché, le prix du fromage s'emballa chez tel petit producteur qui se flattait d'avoir l'actrice pour cliente : « Celui-ci Charlotte en raffole. »

Un jour que la fille Coquet, qui toujours avalait à tombeau ouvert la route étroite et sinueuse de la vallée, faillit une nouvelle fois nous aplatir mon vélo et moi, ce dont je lui fis reproche, je m'entendis répondre : « Charlotte aussi elle roule comme une dingue, mais elle bien sûr personne ne va rien lui dire ! » Flagorneur, j'assurai ma chauffarde que je ne serais pas plus flatté d'être écrasé par Charlotte Gainsbourg que par elle-même.

Passé six mois, certains au village s'inquiétèrent du fait que Charlotte ne se faisait toujours pas creuser de piscine, accessoire dont il était évidemment impensable qu'une star pût se passer longtemps. N'était-ce pas là le signe qu'elle pouvait bientôt nous fausser compagnie ? Mme Coquet écartait radicalement l'hypothèse : « M. Attal m'a dit qu'ils sont trop bien ici, que jamais ils ne vont quitter. Et puis il m'a avoué que ça le rassure de nous savoir à côté quand ils sont absents. Il m'a même fait proposition d'acheter ma maison pour sa belle-mère, oui oui, ma maison pour Jane Birkin, malheureusement mon mari veut mourir ici, ajouta-t-elle rosissante, à la fois ravie de s'entendre dire qu'on apprécie sa présence et de se voir proposer de déloger.

« M. Attal qui m'aimait tant ! s'exclamera-t-elle incrédule après le départ de ses voisins, et Jane Birkin qui serait tellement bien chez moi et moi tellement mieux dans le bourg ! »

Passant devant la maisonnette des Coquet, apercevant madame Coquet traversant la pelouse, il m'arrivera d'imaginer Jane Birkin avec les cheveux bleus et les blouses fleuries de Mme Coquet, Jane Birkin un seau de croûtes à la main, zigzaguant entre les nains de jardin pour aller nourrir ses lapins.

À la place du chien

Il y avait sur la route de la vallée au Pré une maison biscornue qui plaisait aux enfants. Ils l'appelaient la maison de la sorcière. À la bien regarder, avec sa silhouette écrasée, son toit de travers, ses deux méchantes fenêtres encadrant une porte basse, ses murs qui chassaient du pied, elle avait elle-même beaucoup d'une sorcière. Dans la matinée, elle crachait un homme gris et un gros chien beige. L'homme filait au café du Haras, le chien restait à gueuler après les passants. Au soir, la maison avalait l'un et l'autre.

Une voisine prit conscience qu'elle ne les avait vus de plusieurs jours lorsqu'elle remarqua que la lumière brûlait en plein après-midi. Disposant de la clé elle poussa la porte de ce qui n'était plus une habitation mais un capharnaüm empuanti par les excréments du chien et le cadavre de son maître gisant le long du lit. Rideaux, literie, vêtements, vaisselle, tout était saccagé. Le chien, répondant enfin à son nom, se montra avec un air si penaud que la voisine n'osa approcher le cadavre, qu'à son grand soulagement les pompiers découvriront en médiocre état mais entier, indemne de morsures, la population pouvant dès lors s'apitoyer sur le sort d'une bête « plus chrétienne que cer-

tains qui n'auraient pas attendu belle lurette pour se tailler un bifteck!»

Si tout le monde s'accordait à penser que ce qui avait retenu le chien, aussi affamé qu'assoiffé, de s'attaquer à la seule nourriture à sa disposition, c'était l'autorité que son maître avait su garder sur lui par-delà la mort, les avis divergeaient sur ce qui serait advenu si les choses avaient duré encore. Les uns préféraient voir le chien se coucher auprès de son maître et le suivre dans son trépas, les autres le voyaient finir par porter la dent contre lui pour ne plus obéir qu'à l'instinct de survie, et ne s'en choquaient pas, non parce qu'ils tenaient pour compréhensible qu'un animal n'étant que ce qu'il est cédât à son estomac, mais parce qu'ils lui prêtaient leur nature humaine : «Quand il y a force majeure c'est comme ça. Si on trouve très bien qu'ils se sont entrebouffés sur le radeau de la Méduse, on ne va pas aller le reprocher à un pauvre clebs.»

Il m'a dit

L'index enveloppé d'un énorme bandage, il m'a dit : «Ma raboteuse m'a sectionné une phalange qui a sauté dans le tas de sciure. Le temps que j'attrape mon mouchoir, mon chien avait le nez dans la sciure et ma phalange au fond de sa gueule.» Étant bouddhiste, il pouvait désormais regarder son chien comme un bon début de réincarnation.

À son premier printemps de jardinier, il m'a dit : «Je ne veux pas blesser la terre», et il refusait d'y planter le fer d'une bêche. Je le verrais dès son premier été, las de ne récolter que des doches, du mouron et des courbatures, pourfendre la terre ingrate avec un tractopelle de location.

Il s'est acheté une panoplie d'apiculteur et il m'a dit : «Avec six ruches je vais produire dix fois plus que tous les amateurs du coin avec le double.» Une fois son rucher disparu dans la végétation et la presque totalité de ses essaims partie s'employer ailleurs, il me dirait doctement : «Je laisse faire la nature.»

Il m'a dit : « Je veux des œufs frais. » Seulement ses poules, il n'est pas allé les acheter au marché, non, mais au musée vivant de la Basse-cour, parc d'élevage et d'attractions entre Lisieux et Deauville. Il a choisi des poussins de races aussi exotiques qu'extraordinairement coûteuses. Question plumage il n'a pas été déçu, mais il m'a dit : « On m'a refilé que des coqs, c'est sans doute pas le hasard. »

Il a acheté deux chèvres et un bouc et il m'a dit : « Je ne vais les élever ni pour la viande ni pour le lait mais pour le plaisir. » Il dut très vite accoupler son bouc obsédé sexuel à un piquet et l'isoler tant il surpassait la réputation qu'ont ses pareils de puer. Les chèvres ayant déshabillé tous les arbres fruitiers qu'il n'avait pas lui-même accidentellement pliés sous son tracteur (fort de sa connaissance livresque du cheval de trait il conduisait dangereusement un 65 chevaux qui pissait l'huile à travers le pré), il fit une croix sur son espoir de réussir dans la poire. Les chèvres ayant mis bas des mâles qui menacèrent vite de s'intéresser autant que leur père à la croupe de leurs génitrices, il entreprit de les castrer non sans avoir pris conseil et exemple. Il fendit là où il fallait son premier chevreau, mais un testicule lui glissa des doigts et se perdit dans les entrailles du pauvre animal qui périt peu après d'une septicémie.

Ayant adopté un couple d'oies (en fait deux femelles), il m'a dit : « J'aime les oies. » C'est sans doute ce que s'est également dit celui qui les lui a volées à la veille de Noël.

Le fils de la femme-mouton

À la boucherie de la Coop, le lundi excepté, elle ne jurait que par le mouton, le mouton, le mouton, effrayante zélatrice qui se régalait en faisant bruyamment savoir ce que personne n'ignorait plus, à savoir qu'elle s'en collait dans l'assiette midi et soir.

Très sale, très courte et très grasse, elle branlait goulûment une grosse tête frisée souvent bleuie par les coups que lui portait son hercule de fils lorsqu'il avait bu – et lorsqu'il n'était pas en prison il buvait avec la même application qu'elle mettait à manger du mouton. Quand il ne s'en prenait pas à elle, c'était à sa boîte aux lettres, cent fois aplatie, explosée, mais sur le métal de laquelle il continuait à faire sonner ses poings en vociférant. Il n'en dédaignait pas pour autant les bagarres, et après une certaine heure il ne faisait pas bon croiser sa route sinueuse, ou lui jeter un regard aussi furtif que vaguement étonné si on le surprenait dans une pétanque solitaire et nocturne au milieu de la chaussée, un sport qu'il confondait indubitablement avec le bowling.

Mais une fête de la Pomme, triste manifestation que la pluie ne manquait jamais, fut pour lui l'occasion de briller. Tandis qu'un malheureux démonstrateur essayait de convaincre quelques petits producteurs de cidre des prouesses dont était capable sa ramasseuse automatique quand bien même elle s'obstinait à réduire en purée toutes les pommes qui passaient sous son carter, tandis qu'une pitoyable jeune fille plongée dans un costume folklorique détrempé désespérait de vendre son pain aux pommes biologiques aussi appétissant qu'une éponge, le fils de la femme-mouton enleva la couronne de plus gros mangeur de tartes aux pommes pour en avoir englouti près de quatre kilos. Sous les applaudissements il hissa à la tribune sa monumentale carcasse surmontée d'un crâne rasé, carré, planté d'une grosse moustache, et je crus qu'il allait pleurer.

Sur les trois heures du matin, cassé en deux sur des jambes solides comme du dégueulis, il vint tituber sous mes fenêtres, et fulminer tout son soûl contre sa « putain de mère ». Ayant déployé avec peine l'énorme lame du couteau tiré de sa poche, il en frappa à plusieurs reprises la pierre tendre de la mairie, hurlant : « Putain ! Putain ! Tu m'as jamais aimé ! Jamais ! Jamais ! », puis de la pointe de cette lame il se mit à graver besogneusement des signes obscurs. L'air satisfait il rempocha son arme, déboutonna sa chemise, l'ôta, et la tenant à bout de bras, torse nu, le slip dépassant du pantalon, il entreprit de travailler un taureau fantôme, multipliant les passes grotesques, avant de soudain se précipiter pour aller faire face à une voiture de passage, de lui agiter sa chemise sous le capot, et en criant « Olé ! » de tomber lourdement sur le cul.

À plusieurs reprises un hélicoptère de la gendarmerie survola le village et la campagne environnante. Un homme était recherché, entrepreneur en bâtiment qui avait disparu depuis plus d'une semaine. Les larmes aux yeux, ses beaux-parents m'apprirent dans quelles mystérieuses circonstances.

Après un week-end de chasse, sans histoire diraient ses compagnons, il était rentré chez lui à la nuit. Sa femme et sa fille avaient entendu la voiture s'engager dans la cour. Après un moment, étonnées de ne pas voir apparaître celui qu'elles attendaient, elles s'étaient approchées de la voiture. Les armes et les cartouches reposaient dans le coffre, le moteur était encore chaud, mais personne ne répondit à leurs appels, et aucune lumière ne brillait dans les bâtiments, qu'elles inspectèrent pourtant un à un, ainsi que le cellier, les greniers, et puis le jardin, en vain.

Au matin, les ouvriers de l'entreprise, la famille au complet, entreprirent une fouille des environs. À peu de distance de la propriété, on retrouva dans un champ un paquet de cigarillos de la marque qu'affectionnait le disparu. Du lieu de cette trouvaille à la voiture on pouvait tracer une ligne droite, ce serait le seul élément dont on disposerait, toutes les recherches engagées par la suite ne donnant rien. Malgré la présence des armes dans la voiture, l'hypothèse d'un suicide était la plus probable. Les ouvriers, la famille, aidés par la suite des gendarmes, visitèrent en particulier les mares (longtemps en Normandie ce furent surtout les femmes qui, des pierres plein les poches, choisissaient ces lieux pour abréger leur vie), les granges isolées, enfin les bois, où un homme pouvait avoir choisi de se pendre.

Un avis de recherche ayant été lancé, des témoignages furent collectés, un seul semblant digne de foi, celui d'un conducteur qui à quelques kilomètres de là, la nuit de la disparition, avait aperçu dans la lumière de ses phares la silhouette d'un homme trapu coupant à vives enjambées à travers une prairie.

Les semaines passèrent, les rumeurs enflèrent. Pour les uns le suicide ne faisait guère de doute, l'homme, qui avait des soucis avec son entreprise, étant parti à pied, sans bagages, sans carte de crédit. Et donc très vraisemblablement, après avoir fumé son dernier cigarillo, s'était-il jeté au fond d'une marnière, d'où jamais on ne remonterait son corps. (Les marnières, nombreuses dans la région, sont d'anciennes mines d'extraction de marne, mélange naturel d'argile et de calcaire qui servit longtemps à amender les sols), dont les galeries superposées autour d'un puits initial peuvent courir sur des kilomètres. La localisation de beaucoup s'est perdue au fil des générations, et à la fin de chaque hiver, l'eau se retirant des galeries qu'elle a envahies, de nouvelles marnières se découvrent lorsque le sol s'enfonce d'un coup et que se forme un cratère, comme si tel champ de maïs, tel herbage, avait été frappé par une météorite, cratère au fond duquel disparaissent quelquefois des vaches, un fermier et son tracteur, les plus grands étant capables d'engloutir une maison entière. Atroce destin que celui de ce jeune père de famille qui un soir après le dîner était allé fumer une cigarette sur sa terrasse. Sa famille avait entendu un gros bruit de siphon, et découvert qu'une marnière venait de s'ouvrir au ras de la maison, marnière si profonde que les secours furent incapables de rejoindre l'homme que trois jours durant ils entendirent les supplier.

Pour d'autres, le disparu continuait à fumer des cigarillos loin de la Normandie, oubliant sa femme éplorée près de leur fille enceinte, assis sur des économies cachées et auprès d'une maîtresse. Un chien policier n'avait-il pas suivi sa piste jusqu'à un carrefour, où plus que vraisemblablement une voiture conduite par sa maîtresse avait été au rendez-vous, tout simplement.

Et puis un jour le disparu téléphona chez lui, et demanda à sa femme si elle acceptait de le voir rentrer.

Ainsi on le revit traverser le village dans un camion de chantier, le cigarillo aux lèvres.

Cette fin heureuse, mais somme toute décevante, n'enlève rien à la merveilleuse simplicité de la cause et des moyens de la disparition.

Quand il avait posé le pied dans sa cour au retour de son week-end de chasse, notre homme s'était soudain senti incapable de renouer avec le familier, les conventions d'une affection maritale et paternelle, incapable de dire ce que peut dire un chasseur qui rentre de la chasse, incapable de manger à sa place, de se coucher à sa place, et de reprendre le boulot au matin. Alors il avait claqué sa portière, s'était jeté à travers la haie, et avait marché droit devant lui toute la nuit. Il avait fait du stop, pris des trains, énormément marché, et seule la mer avait su arrêter sa course contre la routine ; c'était en effet du Portugal qu'il avait téléphoné à sa femme.

X sous l'Équateur

Une jeune Équatorienne aux longs cheveux noirs, au doux visage affligé, fut observée en train de balayer les plafonds malades, les murs et les planchers gris de poussière d'un ancien magasin de meubles. Une cuisinière fatiguée, un frigo cabossé, deux salons de jardin en plastique blanc tout neufs entrèrent dans la place, et nous apprîmes l'ouverture d'un restaurant sud-américain à X, la liste de quelques plats scotchée sur la vitrine au cadre pourrissant devant en convaincre d'éventuels clients.

Elle s'appelait Pia. Elle était la mère de deux enfants, Luis trois ans, et Lucie six.

Parmi les indigènes, quelques femmes s'émurent du sort de Luis et Lucie souvent livrés à eux-mêmes, errant main dans la main au mépris de la nuit liquide, du flot automobile, tout ruisselants d'ennui, et quelques hommes recrus de vie conjugale s'intéressèrent à Pia, tellement mieux dessinée que le gros des femelles du cru dont la rougeur et l'embonpoint précoces étaient le reflet des leurs.

De les voir cheminer tous trois entre un restaurant sans nom barbouillé de buée et une école noircie par l'incessante pluie sous laquelle ils allaient tête nue, trop légèrement vêtus, inspirait l'image de naufragés échoués sur une côte ingrate où ils ne mangeraient jamais que de la vache enragée.

Et ce qui devait arriver arriva ; à la sortie des classes maternelles, j'invitai Luis, Lucie et leur mère à venir goûter, à boire un chocolat, un thé, et conséquemment, s'ils le voulaient bien, à nous dire comment ils imaginaient le lendemain, voire le printemps, cet appendice pluvieux de nos hivers humides.

Luis et Lucie engloutirent une montagne de tartines et question rigolade s'en payèrent une bonne tranche, la maison résonnant des cavalcades de quatre enfants euphoriques. Pia nous décrivit la précarité de sa situation d'étrangère sans titre de séjour, de restauratrice hors-la-loi, de mère célibataire fouaillée par la mélancolie. Le père de Lucie, un Français, ne voulait pas d'enfant, et Pia n'avait plus voulu du père de Luis, équatorien, sitôt la naissance du garçon. Elle était revenue en France poursuivre les études qu'elle avait fuies à vingt ans, et s'était fait rattraper par la nostalgie de l'Équateur qu'elle était résolue à ne pas regagner sans pécule.

Nous les garderions à dîner. Je ne me souviens pas si c'était jour de fermeture pour le restaurant ou si Pia avait préféré notre compagnie à la solitude qui aurait été sienne dans son restaurant ouvert.

Descendu au jardin j'en suivais l'allée lorsque ma fille me héla : « Papa ! » Elle n'avait rien à me dire, rien à me demander, elle avait juste cédé au plaisir de me héler depuis le balcon de la cuisine, Lucie à sa droite, Luis à sa gauche.

Tandis que je retraversais le jardin, un potiron sous le bras, une bouteille à la main, je fus bombardé de « Papa ! Papa ! Papa ! Papa ! Papa !... » depuis le balcon de la cuisine où Luis et Lucie étaient seuls à percher, pathétiques et joyeux, la bouche pleine de ce mot à eux si exotique : papa !

La soirée fut longue, et quelques moyens d'améliorer le sort de nos hôtes étaient déjà esquissés lorsqu'ils nous quittèrent pour rejoindre la vieille Opel verte qui allait les ramener chez eux. Pia nous apprit que le logement au-dessus du restaurant étant inhabitable, elle louait une maison glaciale perdue dans la campagne. L'Opel toussa, cracha tout noir, s'étouffa, toussota, crachota, et quand elle s'étouffa définitivement Marie et moi étions gelés, tandis que Luis et Lucie roulés dans des couvertures dormaient déjà à l'arrière.

Je fis ce que je ne pouvais pas ne pas faire : je levai avec aversion le capot de l'antiquité. Durant quelques secondes, j'eus l'impression de survoler une marée noire, d'où le bloc moteur émergeait telle une épave de tanker. Pia ramena le drame à de plus justes proportions : « Ce matin, à Alençon, j'ai refait le niveau d'huile. J'ai dû oublier de revisser le bouchon. » Alençon ! J'étais admiratif devant l'exploit de ce tacot venu traîner son hémorragie jusqu'à ma porte si éloignée d'Alençon.

Nous les garderions à coucher.

Tôt le lendemain, je fus tiré du sommeil par un coup de sonnette. C'était le garde-champêtre, déjà informé par le voisinage que la propriétaire d'une Opel verte avait passé la nuit au 27, Opel verte qui empêchait un marchand de primeurs d'installer son étal. La clé du véhicule importun étant pendue dans l'entrée, je ne pouvais que laisser dormir sa propriétaire et m'employer sans délai à la manœuvre. Elle fut pénible, malgré l'aide du garde-champêtre et du marchand, la bête n'entendant toujours pas démarrer, et n'acceptant que de mauvaise grâce d'être arrachée à son caniveau, de traverser la rue et, sous nos poussées conjuguées, d'exécuter un créneau honorable.

Vers onze heures, un arsouille au grand jour et bricoleur au noir approché par Pia lui promit un sauvetage de l'Opel dans la journée.

À la nuit, l'Opel n'avait pas bougé de place et je fis la tournée des bars pour retrouver cet homme providentiel que j'avais conseillé à Pia d'oublier mais en lequel elle gardait foi. Il remplaça sa promesse défectueuse par une neuve, que j'enveloppai de scepticisme pour la rapporter à Pia.

Nous l'invitâmes elle et ses enfants à prolonger leur séjour, la perspective de les reconduire pour les abandonner sans moyen de transport dans leur maison loin de tout n'étant pas de celles qui enchantent.

Au matin, un homme en cotte grise et casquette rouge sonna au 27. Il se présenta comme étant un vidangeur qui avait à curer un égout, ce à quoi je ne voyais rien à redire. Il me précisa que la plaque d'accès de celui-ci se trouvait malencontreusement sous l'Opel verte stationnée là, dont la pro-

priétaire, selon ce qu'on lui avait affirmé, résidait actuellement ici. Un juron entre les crocs je m'attelai donc une nouvelle fois à la tâche, vite assisté par un poivrot de passage qui emporté par une trop grande générosité de lui-même glissa sous la bagnole et s'y pela un tibia.

Sans nouvelle du bricoleur vraisemblablement trop noir pour distinguer une soupape d'un ballon de calva, Pia tapa dans l'œil – ce fut la seule explication que je trouvai – d'un garagiste de Lisieux qui s'engagea à opérer l'Opel à cœur ouvert pour le prix d'un bidon de lave-glace et d'une paire de plaquettes. Et afin de prouver son sérieux, ce magicien réclama une semaine de délai.

Pia ne se frappa guère, affirmant que les enfants et elle circuleraient à pied durant cette période, et voilà tout. Imposer à de si jeunes enfants dix kilomètres tôt le matin pour se rendre à l'école et tard le soir pour rejoindre une maison glaciale, le plus souvent sous la pluie, semblait la pire des solutions, et nous nous donnâmes le week-end pour en trouver une moins mauvaise, voire une bonne. Ainsi je conduisis Pia à ladite maison qu'elle y prît quelques affaires.

Elle n'avait pas forcé le trait, l'endroit était on ne peut plus perdu, au bout d'un long chemin boueux tiré dans des labours détrempés, et la seule vision de la maison avachie dans un roncier noirâtre pouvait donner une pneumonie. En revanche, lorsque j'en franchis le seuil, je ne la trouvai pas glaciale, un courant d'air brûlant profitant de la porte ouverte pour s'échapper en me bousculant au passage. Il devait faire là-dedans une bonne trentaine de degrés. Deux énormes radiateurs électriques donnaient leur maximum pour entretenir cette pénible température. « La maison est tellement glaciale, je suis bien obligée de la chauffer à fond, se justifia Pia, mais heureusement ça ne me coûte rien, j'ai bloqué la roue du compteur avec une aiguille. À côté de ce que les Occidentaux ont fait dans mon pays, c'est une bricole. »

Elle alla ouvrir une fenêtre, non pour aérer la pièce mais pour récupérer un sac à main pendu à l'un des volets. « Je l'avais oublié à Alençon, et une copine de la communauté en remontant sur le Havre devait me le cacher là. C'est à cause de cette maison, de ses ondes négatives, que je suis allée revoir mon maître. La distance ne l'a pas empêché de sentir les choses comme moi, toutes les ondes magnétiques sont brouillées ici, mais il m'a donné de quoi y rétablir l'harmonie. » Et Pia de tirer de son sac quatre gros aimants. « Pour les quatre points cardinaux, tu comprends ? » Elle s'empressa de les disposer, avec force commentaires doctoraux.

En quelques secondes, la jeune femme, certes fragile mais tenace, vigoureuse, aucunement fruste, que nous hébergions, venait de se muer sous mes yeux en adepte éblouie par les lumières fumeuses d'un gourou, d'un maître à dépenser – les aimants n'étant pas donnés. Celle qui parlait si bien d'architecture (sa passion, l'objet de ses études) se contentait soudain de régurgiter les bouts d'une construction mentale échafaudée par un mariole, qu'elle appellerait d'une cabine dès notre retour à X afin de solliciter le complément de foutaises qu'elle nous servit au dîner : les aimants, pour être restés en paquet au fond du sac, avaient perdu leurs vertus, pire, ils étaient désormais fichus d'aggraver les problèmes, et Pia se devait d'en acheter d'autres.

Nous l'assurâmes que nous restions disposés à l'aider à remonter la pente que son gourou selon nous n'était bon qu'à savonner, mais lui exposâmes l'impossibilité dans laquelle nous serions de prendre des initiatives si Pia tenait à les soumettre à l'examen du maître d'Alençon.

Une nouvelle fois consulté par elle, ce dernier lui recommanderait de se défier de nous, ce dont, pour être sincères, nous lui fûmes reconnaissants, car si le sort des enfants, délaissés, mal alimentés, nous préoccupait de plus en plus, leur mère nous devint vite insupportable.

En attendant la réparation de leur voiture, nous fûmes trois personnes à nous relayer pour faire le taxi. Il y avait Raphaëlle, jeune mère de deux enfants, en procédure de divorce et en grande difficulté, sans emploi, et Jean-Luc, ex-directeur d'une société de production cinématographique, ruiné par les malversations d'un associé, accablé de dettes monstrueuses et de soucis de santé, replié avec femme et enfants sur une propriété campagnarde en complète désolation autour de laquelle tournoyaient des huissiers, celle où un dimanche nous fûmes invités à déjeuner. Pia et ses enfants l'étant aussi, Jean-Luc partit les chercher en voiture sur le coup de midi.

Il revint avec six personnes, Pia, Luis, Lucie, Raphaëlle et ses enfants, Jonathan et Chloé. Il sortit de sa voiture comme on se jette d'un immeuble en flammes. Hirsute, les yeux hors la tête, frémissant de rage dans son costume directorial depuis longtemps crevé aux coudes, il m'entraîna à l'écart, devant le tas de bois que son voisin agriculteur lui avait vidé en vrac au milieu de la cour, du bois fraîchement coupé sur lequel il pleuvait tant qu'une bûche mettait une soirée entière à partir en fumée. « Pour moi c'est terminé, je ferai plus le taxi macrobiotique ! » Allusion au fait que Pia, apprenant qu'il n'y aurait que des grillades au menu, avait proclamé qu'elle n'y toucherait pas, décrié les mangeurs de viande, et chanté les vertus de la bouillie d'algues. Quant à la présence de Raphaëlle et de ses enfants, il me l'expliqua ainsi : « Je m'engage sur ce mauvais chemin et je vois Luis qui s'amène tout seul, l'air boudeur, qui ne veut rien me dire mais ne se fait pas prier pour monter. Peu après, j'embarque Raphaëlle et les deux gamines. Loin derrière je trouve Jonathan, accompagné de Pia qui porte un grand parapluie multicolore complètement déglingué. Et voilà Raphaëlle qui se met à hurler. Ce parapluie c'était le sien, un parapluie tout neuf. Tu veux savoir ce qu'il lui est arrivé, c'est une histoire de dingues. La veille au soir, Raphaëlle et ses mômes avaient raccompagné Pia et les siens dans leur Autobianchi. Ils sont restés dîner, et puis finalement coucher. Au milieu de la nuit, les voilà tous réveillés par des bruits de verre et de ferraille. Qu'est-ce qu'ils voient dans la cour ? La bagnole de l'ex à Raphaëlle, et lui en train de démolir l'Autobianchi à coups de club de golf. Pas de téléphone. Les femmes elles crèvent de trouille. Elles se barricadent dans une chambre avec les gamins. Elles ont attendu la fin de matinée pour oser mettre le nez dehors. L'Autobianchi étant bonne pour la casse, la troupe s'en va à pied. Pia ferme la marche avec Jonathan. Elle lui tient tout un discours à propos des mecs, de Luis qui ne connaît pas son père et tant mieux, et pour Lucie pareil, et puis elle avise un arbre au bord du chemin, elle refile le parapluie à Jonathan et *elle lui dit : « C'est pas un arbre, c'est ton père. Tape ! Tape ! » Et comme ça le Jonathan il fusille le parapluie de sa mère. Des dingues ! Tous des dingues ! Ils avalent un morceau et j'en veux plus chez moi ! »*

Informés par Raphaëlle que Pia faisait de fréquentes visites à Alençon en laissant ses enfants seuls, qu'elle n'avait presque plus aucun souci de leur entretien ni de leur santé et sombrait dans la paranoïa, nous alertâmes les services sociaux qui prirent aussitôt la famille en charge.

Un matin, Raphaëlle se présenta chez nous très bouleversée. Elle nous demanda de bien vouloir garder Jonathan tandis qu'elle se rendrait à la gendarmerie avec Chloé qui, lors d'une visite dans la famille de son père, avait été victime d'attouchements sexuels de la part d'un parent.

Un autre matin, elle se présenta à nouveau, plus bouleversée encore, mais nous refusâmes de lui rendre le service qu'elle sollicitait. Là, dans la minute, elle entendait nous confier ses deux enfants pour quelques semaines environ, tandis qu'elle se rendrait à l'étranger préparer leur exil. Dans quel pays ? Elle ne souhaitait pas nous l'apprendre, par souci de sécurité, mais elle formula le vœu que nous nous adressions le plus souvent possible en anglais à ses enfants, afin de les préparer. Roulant ses yeux énormes, incroyablement translucides, elle ajouta : « Nous sommes en danger. Mon ancienne belle-mère a des pouvoirs puissants. Dans cette famille, on est sorcière de mère en fille. »

Le temps suspendu

Ce fut par une nuit pluvieuse, à quelques jours de l'an 2000, que le gros 2 et les trois 0 lumineux pendus à leur câble électrique tendu entre la mairie et notre maison vinrent, après la rupture dudit câble côté mairie, s'écraser du nôtre pour s'y tordre et crépiter, constellant le trottoir d'inquiétantes étincelles. Les pompiers, appelés sur les lieux mais n'ayant pas accès au boîtier de coupure de l'éclairage public, firent appel aux lumières de l'Élu.

Vingt-cinq minutes après son arrivée, l'Élu désemparé ne trouvait mieux à faire que regarder le câble fumer et se consumer, au point qu'un jeune pompier impatienté l'apostropha ainsi : « Est-ce que vous vous décidez ? On ne va pas y passer la nuit !

– Hé, moi je découvre le problème, et je vous dis qu'on est drôlement emmerdés. »

Sortant son canif, le jeune pompier réitéra sa proposition de séparer les fils en amont et de les neutraliser en deux temps, et il s'offrit pour cette tâche. L'Élu, bien dans son style, lui manifesta sa totale opposition… mais le laissa faire. L'opération réussit, et je fis don à ma commune du domino de gros calibre propre à assurer l'isolation de l'ouvrage.

Le 2 et un 0 ayant par miracle résisté à leur chute vertigineuse, je les confiai à l'Élu, lui disant : « On nous prédit l'année 2000 comme celle de toutes les malédictions, et il semble en effet que ça ne s'annonce pas très bien. »

Tandis que je le regardais rejoindre son logis, lentement, pesamment, le 2 dans la main gauche, le 0 dans la droite, j'entendis un pompier dire à ses collègues : « Ce soir on a eu d'la chance, il était en pleine forme ! »

Le lendemain, montrant une détermination que personne ne lui soupçonnait, l'Élu fit racheter deux 0 et rependre un lumineux 2000 entre sa mairie et notre maison. Ainsi, ceux qui empruntaient la rue n'ignoraient pas dans quelle année ils allaient entrer, du moins s'ils venaient de Lisieux ou Lieurey, car s'ils venaient de Pont-Audemer et levaient les yeux, ils ne pouvaient évidemment lire que trois 0 suivis d'un signe énigmatique.

Un an plus tard, à la stupéfaction de beaucoup, le 2000 fut remis en place et y resta jusqu'à la mi-janvier, l'Élu ayant dû considérer malin d'amortir un des deux 0 supplétifs en faisant l'économie d'un 1.

Pour avoir depuis longtemps quitté X à l'aube de 2002, j'ignore si encore on y a suspendu le temps.

*

* *

Ce jour-là avait tout pour être communément particulier, trompeusement ordinaire. Un jour comme un autre, à la fois inédit et sans promesse. Un jour d'hiver où quelque chose avait décidé de montrer le bout obscène de son nez.

Il a descendu l'escalier assassin – un escalier en s où chaque membre de la famille s'était un jour ramassé. *Il* a emprunté le long et étroit couloir pris entre la Maison de la presse et la pâtisserie mitoyenne. *Il* a dit bonjour au Marchand, marchand de journaux malgré lui, papetier refroidi, libraire parce que c'était écrit sur la façade de sa boutique. *Il* a descendu la rue Principale, serrant à mi-parcours la main du Primeur, homme las du métier mais qui désespérait de pouvoir jamais vendre sa « grosse affaire » et se pensait condamné au cageot jusqu'à la retraite ou la ruine. Le Primeur lui a demandé si ça allait et *il* lui a répondu que oui, merci, ça allait, s'abstenant avec tact de lui renvoyer la question, sachant trop bien que ça ne pouvait aller pour quelqu'un qui souhaitait vendre une petite fortune la grosse affaire où il se plaignait de ne rien gagner en turbinant de l'aube au crépuscule.

Il a rejoint la station-service puis le hangar déglingué d'une arrière-cour en coupant par la piste, échangeant au passage un signe de tête et un sourire avec la dame derrière la vitre, la Marchande d'essence, que certaines femmes de X jalousaient férocement et n'appelaient que « la pute », en référence à des jambes rarement soustraites à l'intérêt général, des décolletés défiant la congestion pulmonaire jusqu'aux températures les plus basses, une blondeur électrique et un bronzage indéfectible, une démarche insolemment cadencée – même avec un pied dans le plâtre –, des tenues d'une rare extravagance pour une mère de famille « plus du tout toute jeune » (selon l'expression d'une envieuse très ratatinée), et qui avouait sans gêne savoir faire rentrer l'argent et déclarait se moquer des cons, plus nombreux ici qu'ailleurs selon son analyse.

Dans la pénombre du hangar, *il* s'est mis au volant d'un vieux break gris, qui, après les hésitations au démarrage dont il était coutumier, a bien voulu se laisser conduire sur les hauteurs du village, jusqu'au pavillon de Fred.

Fred était son professeur de karaté, le mari de Joëlle, le père de deux filles, Sabine et Angela. Fred était chef d'atelier dans un grand garage de la côte, la Côte fleurie. Par amitié, Fred lui avait proposé de se pencher sur le moulin poussif de sa grosse auto, un authentique moulin de camion, persuadé d'être en mesure de le ravigoter parce que sinon « pour doubler avec ça, il vaut mieux prendre rendez-vous ».

Fred s'activait calmement. À ses côtés, inutile et attentif, *il* s'efforçait par esprit solidaire de salir ses mains inoccupées. Une fois les opérations achevées, ils remontèrent du sous-sol pour prendre un apéritif au salon. Là, en compagnie de Joëlle, ils évoquèrent l'affaire qui secouait alors le bocage.

En effet, un village plus loin, à seulement quelques kilomètres de X, venait d'éclater le scandale Vadeboncœur, du nom de ce prêtre d'origine québécoise écroué depuis le premier décembre 2000 pour des viols sur mineurs.

Jusque-là, *il* n'avait entendu que louanges de ce Vadeboncœur, par des familles heureuses de l'accueillir à leur table, d'être à tu et à toi avec un homme de Dieu aussi nature. Telle femme, qui des années durant avait fait avec lui de la pastorale sociale, disait ne pas seulement se sentir trahie depuis la découverte des faits, mais encore mortifiée, tant cet homme l'avait bernée. Le rouge au front, elle se souvenait d'avoir osé lui demander s'il n'avait jamais souffert de ne pouvoir se marier, fonder une famille, Vadeboncœur lui confiant qu'il en souffrait, effectivement, lui qui adorait les enfants, « et le lendemain il partait en camping avec un groupe d'adolescents, et j'étais contente que mon fils soit du voyage ! »

Alerté sur les antécédents de ce prêtre (condamné en 1985, au Canada, pour douze chefs d'inculpation), son supérieur, Mgr David, avait mis des années à s'émouvoir, ou, disons plutôt, à mesurer le danger qu'il y avait pour lui-même et l'Église à feindre plus longtemps l'ignorance. En effet, la dernière lettre que ce monseigneur avait reçue d'une ancienne victime de Vadeboncœur, Éric V., était lourde de menaces.

« Denis Vadeboncœur continue de séduire et d'abuser des mineurs de votre diocèse [...] L'Église l'a protégé depuis plus de 23 ans, il est temps que Denis Vadeboncœur soit confronté pour ses crimes [...] J'aimerais que vous considériez cette demande comme votre dernière chance pour prendre vos responsabilités [...] Si des actions concrètes ne sont pas prises dans des délais raisonnables, je ferai suivre ce dossier aux autorités policières d'Évreux... »

Bon Dieu ! Il devenait urgent pour le monseigneur d'empoigner sa robe à deux mains, de la relever jusqu'aux genoux, et de trotter au-devant de la vérité.

La première lettre d'Éric V. à Mgr David, vieille de trois ans, n'éclairait-elle pas d'une lumière assez crue les dessous douteux que Vadeboncœur promenait sous son aube ? Qu'on en juge.

« Denis était l'abbé de la colonie ; il avait une tente où il recevait des jeunes avec lesquels il s'entretenait intimement. On parlait beaucoup de sexe dans cette tente et cela m'intriguait... Comme il semblait s'intéresser à moi, je suis resté dans la tente jusqu'à ce qu'il n'y ait plus que nous deux. Il s'est rapproché de moi et m'a dit qu'il aimerait s'occuper de moi durant l'été [...] il est devenu de plus en plus affectueux à chaque rencontre [...] prenait le rôle du père que je n'avais pas eu... Denis s'est couché nu et m'a suggéré de faire pareil [...] une relation sexuelle complète... la douleur a été très forte... »

Éric avait douze ans, et son calvaire en durera treize.

« À chaque fois que c'était possible, Denis m'entraînait dans sa chambre et me faisait participer à des relations sexuelles... Il m'a écrit et m'a téléphoné souvent pendant l'année qu'il a passée en prison et je peux vous assurer, Monseigneur, que Denis n'a jamais démontré quelque remords que ce soit... je n'ai senti chez lui que de la rage pour ce qu'on lui faisait subir... » Libéré, Vadeboncœur séjourne en maison de repos pour religieux, et puis quitte le Canada pour la France.

« Il m'a invité à venir le visiter au presbytère de L. Je m'y suis rendu avec la ferme intention de n'avoir aucune relation sexuelle avec lui. Je croyais avoir la force de lui résister... Encore une fois, Denis a obtenu ce qu'il voulait. Pendant mon séjour à L., j'ai bien vu que Denis réussissait toujours à s'entourer de jeunes, très souvent des jeunes en difficulté provenant de familles brisées et souvent des jeunes sans père, comme moi... Denis continue de coucher avec des jeunes... mené par son sexe... continue de ruiner des vies et de se servir de son état de prêtre... Il faut que l'Église cesse de protéger Denis Vadeboncœur... »

Éric V. n'avait pas eu à exécuter sa menace, une autre victime de Vadeboncœur ayant porté plainte, ce qui amena la révélation suivante : Mgr Gaillot, Jacques Gaillot, prédécesseur de Mgr David, avait été informé par les autorités religieuses canadiennes du passé pédophile de Vadeboncœur, et ce dès l'arrivée de celui-ci en France. Gaillot, bon chrétien, avait d'abord nié ce fait, puis s'était vu contraint de le reconnaître, s'affirmant « évidemment blessé par ce qui s'est passé », sans néanmoins nous préciser la gravité de ladite blessure, ni la localiser (par défaut, situons-là dans son orgueil). Gaillot, de très bonne foi, avait donc jugé opportun à l'époque de confier à Vadeboncœur une mission qui le mettait au contact de jeunes gens, initiative qu'*évidemment* il regrettait désormais, d'autant que ça lui valait de voir la commune de L. se porter partie civile contre lui.

Diable ! Les temps changeaient-ils un peu ?

Il comprit que Joëlle avait envie de le penser, lorsqu'elle lui lança soudain : « Il y en a un autre qui devrait être en prison… » Et elle désigna l'Enseignant. *Il* la fit répéter et elle lui confirma qu'elle parlait bien de cet homme-là, en charge du cours préparatoire à l'école du village.

Il avait été quelques années le voisin des vieux parents de l'Enseignant, qui étaient restés des amis. Avec l'Enseignant, *il* leur avait encore brouetté une livraison de charbon à la fin de l'été dernier. Mais *il* ne l'avait jamais senti leur Enseignant de fils, avec son aspect lourd et mou, sa poignée de main sans consistance, son regard éternellement masqué par des verres teintés, son habitude de geindre et de soupirer à tout propos.

Deux de ses enfants ayant effectué leur cours préparatoire avec cet homme, *il* avait eu à mesurer l'archaïsme de ses pratiques, celui auquel il devait probablement sa réputation de bon pédagogue. Austérité, sévérité, esprit tatillon, références poussiéreuses sont autant de qualités pour nombre de parents qui, quand bien même ils gardent de l'école un souvenir fait de peur et d'ennui, n'aiment rien tant que louer les maîtres *à l'ancienne*. Et peu importait à beaucoup qu'en matière de pratique artistique l'Enseignant ne connût que le pot de yaourt découpé, ni qu'il considérât le sport comme une récompense, dont les enfants d'ailleurs étaient très souvent privés, du fait de bavardages ou d'un travail en retard ou de trois gouttes de pluie.

« Il y en a un autre qui devrait être en prison… » Si tranchée que fût cette phrase, elle ne l'avait pas stupéfié. Un malaise de vieille date l'avait préparé à l'entendre. Et cette phrase ne stupéfia pas non plus Marie lorsqu'*il* la lui rapporta.

Tous deux, en diverses occasions, avaient évoqué le cas de l'Enseignant, partagé leurs doutes sur la netteté du personnage, habités d'un pressentiment que rien jamais n'était venu gommer malgré l'absence d'indices dignes de ce nom. À plusieurs reprises l'Enseignant les avait conviés à prendre un verre chez lui, et toujours ils s'étaient dérobés.

Comme *il* demandait à Joëlle ce qui lui permettait d'être aussi catégorique, elle lui répondit qu'il y avait neuf ans de cela, leur fille Angela, alors âgée de six ans, était rentrée de l'école en disant que l'Enseignant prenait sur ses genoux et déshabillait. Questionnée, Angela avait maintenu ses affirmations, mais : « Nous sommes restés sans réaction. » Joëlle ajouta : « Depuis, elle nous a parlé d'une de ses copines de lycée, qui à l'époque aurait subi d'autres choses de l'Enseignant, et aujourd'hui irait très mal à cause de ça. »

Angela étant présente dans la maison, elle vint confirmer les propos de sa mère. « Pour ma copine c'était pire. Maintenant elle a de gros problèmes et personne ne fait rien. »

Il raconta en quoi consistaient les ateliers d'écriture qu'*il* conduisait depuis quelques années, dans des cités, des prisons, des écoles, ateliers qui l'amenaient régulièrement à révéler des maltraitances, des abominations. Cette expérience pouvant lui permettre d'être utile à la copine d'Angela, *il* se dit prêt à la rencontrer, à sa convenance. Angela s'engagea à en répercuter la proposition.

Elle vaudrait d'être exposée cette expérience, par des portraits d'enfants qu'on croirait d'un pays en guerre civile, guerre de *civilisés* contre les plus faibles d'entre eux sous le regard mort des institutions. C'est en France, en sous-France que cette guerre a lieu, toujours lieu, que des enfances sans nombre sont passées par les armes qui ont nom cruauté, bêtise, indifférence.

Une semaine s'écoula. Et puis une autre. Nul signe, nul écho. Chez le marchand de journaux, dans quelques familles, *il* lança des sondes à propos de pédophilie, d'éventuelles rumeurs autour de l'école, vainement. Marie et lui avaient amené leurs enfants à évoquer leurs passages respectifs au CP de l'Enseignant, sans lire chez eux de trouble notable.

L'attente devenant inquiétante, *il* envisagea une nouvelle initiative auprès de la copine d'Angela, car respecter son silence, sa pudeur, n'était peut-être en fait que la laisser prisonnière de son secret. Un soir, *il* décida de s'en ouvrir à Joëlle, après le cours de karaté, mais peu avant le début de celui-ci Joëlle vint droit à lui et glissa dans sa main un morceau de papier portant un numéro de téléphone et un prénom : Candice. « Tu devines de qui il s'agit. Elle aimerait que tu l'appelles. »

Il appela chez Candice. Ce fut Candice qui répondit. *Il* se présenta, décrivit sa famille, dit où *il* habitait, ce qu'*il* faisait dans la vie, ce qu'*il* était tout disposé à faire : écouter.

Candice, d'une voix très douce et sur le ton de la camaraderie, lui dit qu'elle n'avait jamais beaucoup parlé de *ça*, qu'elle avait jusque-là préféré que *ça* ne se sache pas trop, qu'elle voulait que désormais tout le monde soit au courant de *ça*.

Alors *il* lui fit l'offre de se rendre aussitôt chez elle malgré l'heure tardive, si cela lui convenait, ainsi qu'à ses parents.

Elle avait posé la question autour d'elle puis répondu un « oui » enthousiaste immédiatement suivi d'un « d'accord » assez sourd, puis d'un « si vous voulez » qui laissait percer de l'incrédulité. Elle expliqua où trouver dans la campagne obscure un pavillon et sa haute haie de lauriers près de la ferme familiale.

Il roulait donc vers le carrefour à ne surtout pas manquer. Le break avalait les côtes sans trop mollir. Fred avait bien travaillé.

Un toutou au poil ras tournait tournait tournait autour de la table où *il* avait pris place, face à Candice et sa mère qui conjuguaient leurs voix. Attablé lui aussi mais à l'écart, un homme au regard inquiet les laissait raconter une histoire qui ne semblait pas la sienne, du moins pas une histoire qu'un homme et qui plus est un père pût revendiquer sans embarras, presque une histoire de femmes à ne partager qu'entre femmes.

« Notre fille a aujourd'hui quinze ans, n'est-ce pas Candice, et depuis… sept ans, depuis sept ans que nous savons mais en réalité depuis… neuf ans que c'est arrivé, depuis son cours préparatoire à X, Candice ne va pas bien. Et là maintenant elle va très mal. Cela ne se voit peut-être pas (Candice eut un gracieux sourire), elle supporte, il le faut bien, elle est courageuse et je veux l'être aussi, mais là maintenant nous allons très mal et ça n'est plus possible. »

Sept ans plus tôt, au retour de l'école, Candice a dit à ses parents avoir vu, vu par la fenêtre de la classe de l'Enseignant alors qu'elle était en récréation, vu l'Enseignant couché contre une petite fille. Candice a dit à ses parents que d'autres enfants avec elle les ont vus, l'Enseignant et la petite fille, et que l'un de ceux qui ont vu n'était autre que le frère de la petite fille. Candice a dit à ses parents que l'Enseignant a vu qu'il était vu et qu'il s'est vite levé, qu'il est sorti en colère de sa classe et qu'il a puni tout le monde, sauf Candice.

Ses parents tentant de la convaincre qu'elle avait peut-être mal vu, qu'elle avait sans doute mal vu, qu'elle ne pouvait qu'avoir mal vu, Candice s'était exclamée : « Et qu'est-ce que vous croyez qu'il m'avait fait à moi, au CP ! »

Les yeux de la mère de Candice s'embuèrent. « Cette phrase, je l'entendrai toujours. »

Candice répéta ce qu'elle avait alors révélé de son année de CP. Elle le fit sans hésiter devant aucun mot, de sa voix douce et toujours sur le ton de la camaraderie, de la confiance, mais du regard elle semblait guetter la seconde où son interlocuteur cesserait brutalement de la croire.

« L'Enseignant prenait des enfants sur ses genoux. Quand j'étais sur ses genoux, pendant la classe, il avait souvent la braguette ouverte et je devais le toucher. La première chose que je faisais en sortant de la classe, c'était de me laver la main. Il me demandait de porter des robes plutôt que des pantalons. Un jour il m'a dit qu'il aimerait bien me voir chez moi. »

Ainsi, deux ans après ces faits, lorsque Candice et quelques autres surprendraient l'Enseignant couché contre la petite fille, ce dernier jugerait inutile de punir cette ancienne victime qui jamais ne lui avait causé d'ennuis.

« À l'époque, Candice nous avait demandé de ne rien dire, de ne rien faire, rien, surtout. Et puis qu'aurions-nous pu faire si nous l'avions voulu ? Aujourd'hui qu'elle ne veut plus qu'on se taise c'est différent, sans qu'on sache trop quoi faire pour autant. »

La mère de Candice fondit en larmes. Elle s'en

excusa. Elle dit que cela lui arrivait souvent, que tant d'années de secret et d'angoisse avaient détérioré sa santé, détruit leur vie de famille.

« Je sais, sans doute il a continué. Il a fait d'autres victimes, c'est bien sûr. Mais qui allait nous croire, moi, mon mari, un fermier ? J'ai une parente qui maintenant pleure pour sa fille autant que moi pour Candice, mais quand je lui avais dit de prendre ses précautions elle m'avait répondu que si c'était vrai ça se saurait. Et puis tenez, un jour, la mère est une voisine et je connaissais si bien la petite qui faisait son CP, j'ai alerté la mère de mon mieux et elle… ce qu'elle m'a répondu, elle m'a répondu qu'elle n'était pas inquiète, que sa fille lui disait tout. »

Il aurait aimé que le toutou cessât de leur tourner autour. Ce manège rendait encore plus folles les confidences qu'*il* prenait en note. Devait-*il* bien écrire qu'une mère désinvolte avait dédaigné de la sorte le morbide avertissement d'une mère désemparée ?

Il dit : « Ce fut sa seule réponse, vraiment ?

– Oui. Je me suis même dit que j'aurais mieux fait de me taire, comme Candice préférait.

– Mais pour que sa fille puisse lui dire ce que Candice vous a dit un jour, ou quelque chose de ressemblant, d'aussi atroce, comment n'a-t-elle pas songé qu'il fallait que ce quelque chose se soit passé, qu'il fallait qu'il soit trop tard. C'est absurde, épouvantablement absurde.

– Voyez, moi-même je n'y ai pas songé comme ça sur le coup.

– En somme : c'est sans importance si ça arrive, puisque si ça arrive… je le saurai.

– Juste j'ai pensé qu'elle se mettait le doigt dans l'œil en croyant qu'une gamine de six ans dit tout à sa mère. J'avais compris avec la mienne. Deux ans sans rien lâcher, et moi sans rien deviner, hein ma chérie ?

Remarquez qu'elle a finalement eu raison sur moi ma voisine, car elle, sa fille lui a bien dit tout de suite ce que l'Enseignant lui faisait. Elle a eu plus de chance. Comme ça elle a pu demander un entretien à la Supérieure de l'Enseignant. Mais ça n'a rien donné. Alors nous non plus ça n'aurait rien donné, forcément. »

Maintenant que le toutou se tenait tranquille sous la table, *il* aurait aimé que la lumière qui frappait le visage de la mère de Candice et lui arrachait ces aveux de faiblesse fût moins crue, craignant qu'elle ne révélât l'effarement dans lequel de pareils aveux le jetaient.

Il dit : « Et cela fait donc sept ans... » Mais *il* fut incapable de poursuivre, la laideur de ce chiffre sept dans sa bouche lui faisait l'effet d'avoir vomi un crapaud. Sept ans d'accoutumance à la monstruosité. Sept ans à baigner de larmes le cadavre de sa volonté. Sept ans de paix royale pour l'infamie. Et déjà au nombre de quatre les enfants violentés.

Il dit : « Crois-moi Candice, nous allons toi et moi mettre très vite fin à tout ça. »

Candice lui apprit que deux jours auparavant, à son lycée, elle s'était confiée à Mme le Médecin scolaire, qui avait alors manifesté le souhait de s'entretenir avec ses parents, rendez-vous étant pris pour la fin de semaine.

Il dit : « Encore du temps perdu et je m'en étonne. Dans un tel cas, la loi fait obligation d'aviser immédiatement et directement le Procureur de la République, d'autant que l'Enseignant est toujours en exercice. »

Ensuite, *il* fit lecture à Candice et à ses parents de divers extraits du numéro du *Bulletin officiel de l'Éducation nationale* concernant les violences sexuelles. *Il* en avait reçu copie quelques années auparavant par son amie Claire, institutrice. Ce document lui avait déjà été d'une vive utilité dans une première affaire liée à l'école de X. Voici dans quelles circonstances.

À la fin de l'année scolaire 2000, Marie et lui apprirent de leur fille et d'une de ses amies alors âgées de huit ans que leur camarade de classe, Noémie C., disait à qui voulait l'entendre que son beau-père l'avait violée. Selon l'amie de leur fille, la chose était connue de beaucoup de gens, et même avait été jugée.

Tenant à s'en assurer, *il* questionna celle qui alors dirigeait la classe de Noémie, une Collègue de l'Enseignant. Elle affirma tomber des nues, mais lui apprit qu'elle avait rendez-vous le soir même avec la mère de Noémie, et qu'elle aborderait le sujet au cours de l'entretien.

Informée des accusations de sa fille, la mère de Noémie aurait spontanément cette phrase terrifiante de clarté à propos de celui qui avait été son compagnon : « Je ne pensais pas qu'il était allé jusque-là. » Elle dirait comprendre enfin pourquoi sa fille, qui chaque matin jusqu'à l'heure de l'école avait à rester seule avec celui qu'elle appelait son beau-père, suppliait sa mère de l'habiller avant son départ au travail.

Encore une de ces mères aveugles comme *il* en avait déjà vu trop, des mères aux paupières encroûtées et cousues de fil blanc. Celle-ci réclama que le signalement vînt de l'école. *Il* fut informé que la Collègue allait prendre les dispositions nécessaires avec sa Supérieure.

Noémie. Depuis une semaine, curieusement, ce prénom-là avait pour lui un visage. En effet, chaque fois qu'*il* accompagnait ses enfants à l'école, une gamine venait se pendre à la barrière et lui lançait : « Vous êtes beau ! », et détalait en riant.

Noémie. La grande Noémie, son regard blessé et sa gaîté folle et ses deux ans de retard. L'élève difficile par excellence.

La semaine suivante, le premier « Vous êtes beau ! » de Noémie le bouleversa. Tandis qu'elle se sauvait comme à son habitude, *il* pensa : c'est facile d'être beau, il suffit de prendre souci de quelqu'un comme toi.

Il ne suffit souvent que de cela, oui, pour pouvoir se regarder en face. Pourtant, *il* apprit que l'histoire de Noémie était connue d'un certain nombre de parents d'élèves, sans que personne n'eût pris jamais la moindre initiative. Parle petite ! Dis ton malheur à la ronde ! Et crève !

Quelques jours plus tard, *il* reparla à la Collègue. Elle l'informa que sa Supérieure n'était pas favorable à un signalement, les enfants, selon celle-ci, se plaisant dans le fantasme. Et voilà tout.

Immédiatement, Marie et lui sollicitèrent la venue de la Collègue à leur domicile. Ils lui signifièrent que si l'école se dérobait ils se substitueraient à elle, ceci sous-entendant qu'il leur faudrait encore signaler le refus de signalement. Mais la Collègue les assura de sa détermination, et, souhaitant étayer sa connaissance des faits, leur indiqua qu'elle allait dès le lendemain matin mener son enquête auprès des camarades de Noémie.

Sitôt après, *il* fouilla dans ses archives pour remettre la main sur la copie du *Bulletin officiel de l'Éducation nationale* concernant les violences sexuelles. *Il* y découvrit la phrase suivante : « Il n'appartient à personne au sein de la communauté scolaire de valider, d'une quelconque manière, la parole de l'enfant. »

L'initiative de la Collègue pouvant donc avoir de fâcheuses conséquences et l'exposer au soupçon de manipulation, *il* jugea indispensable de l'en prévenir, et le lendemain matin un peu avant neuf heures *il* se présenta à l'école avec à la main le *Bulletin officiel*. La

Collègue s'en fit une photocopie, et l'assura, désormais instruite de la marche à suivre et munie d'une lettre type au Procureur de la République, qu'elle posterait son signalement le jour même.

Il revint de l'école avec des sentiments mêlés, l'irritation le disputant à la satisfaction. Un parent d'élève ne venait-il pas de fournir à une enseignante un *Bulletin officiel de l'Éducation nationale*. Quelle sinistre ironie !

Peu après, *il* apprendra de la Collègue que sa Supérieure l'avait finalement « suivie ». Évidemment. Le train étant parti, il y avait du danger à l'avoir manqué. La Supérieure avait du coup couru derrière pour sauter dans le dernier wagon.

Si la Justice a le don d'effrayer ceux qui doivent en appeler à elle, *il* mesura néanmoins l'heureux effet qu'eut la simple lecture de la loi sur une famille aussi désorientée que celle de Candice.

Le viol (articles 222-23 à 222-26 du Code pénal).

L'agression sexuelle la plus grave est le viol, crime qui fait encourir à son auteur une peine de quinze ans de réclusion criminelle, voire de vingt ans de réclusion criminelle dès lors qu'une circonstance aggravante est retenue.

Le viol consiste en un acte de pénétration sexuelle (pénétration vaginale, anale, au moyen d'un organe sexuel, d'un doigt ou d'un objet), ou encore en un acte de pénétration buccale par un organe sexuel, effectué sur une personne de sexe masculin ou féminin, sans son consentement.

La loi pénale exclut toute notion de consentement quel que soit l'âge de l'auteur si la victime est âgée de moins de quinze ans. Il s'agit même d'une circonstance aggravante, faisant encourir à son auteur une peine de vingt ans de réclusion criminelle.

En clair, un rapport sexuel avec un mineur de quinze ans est toujours qualifié de viol, quelles que soient les déclarations de la victime, laquelle, en raison de son âge, est toujours considérée comme ayant été abusée par l'auteur.

Par ailleurs, la loi retient comme circonstance aggravante faisant encourir à son auteur une peine de vingt ans de réclusion criminelle, « le viol commis par un ascendant légitime naturel ou adoptif ou par toute autre personne ayant autorité sur la victime », ou qui « abuse de l'autorité que lui confèrent ses fonctions ».

Cette définition légale vise expressément les faits susceptibles d'avoir été commis par un père, un beau-père, un oncle, un grand-père, éventuellement un voisin ou un ami de la famille qui aurait une relation d'autorité sur l'enfant, mais aussi, notamment, un enseignant (*sourire de Candice*), un chef d'établissement scolaire, un éducateur, un moniteur, un animateur, un éducateur sportif.

Les autres agressions sexuelles (articles 227-25 à 227-27 du Code pénal).

Cette seconde catégorie d'agressions sexuelles concerne tous les faits d'attouchements sexuels commis avec violence, contrainte, menace ou surprise, sans acte de pénétration sexuelle.

La peine encourue est de cinq ans d'emprisonnement et de 500000 F d'amende.

La peine est élevée à dix ans d'emprisonnement et à 1000000 F d'amende lorsque les agressions sexuelles dont a été victime un mineur de quinze ans ont été commises :

– par un ascendant légitime, naturel ou adoptif ou par

une personne ayant abusé de l'autorité que lui confèrent ses fonctions,

– par plusieurs personnes.

Il est donc important de noter que la loi réprime avec la même vigueur les agressions sexuelles commises par un membre de la famille, par plusieurs personnes, ou par un membre de la communauté scolaire ou éducative.

Les atteintes sexuelles (articles 227-25 à 227-27 du Code pénal).

Cette troisième catégorie d'infractions concerne les attouchements sexuels commis par un majeur sur un mineur de quinze ans sans violence, contrainte, menace ni surprise.

La loi retient, là aussi, plusieurs circonstances aggravantes qui font encourir à l'auteur une peine de dix ans d'emprisonnement et de 1000000 F d'amende s'il s'agit d'un parent ou d'une personne ayant abusé de son autorité, ou encore si les faits sont commis par plusieurs personnes.

La mère de Candice sollicita le prêt de ces textes, pour quelques jours. D'évidence, si elle en avait bien cru ses oreilles, elle avait besoin d'en croire aussi ses yeux, ses yeux rougis.

Il poussa vers elle le document, ouvert à la page présentant la lettre type à adresser au Procureur de la République.

Monsieur le Procureur de la République,

En ma qualité de……, et en vertu de l'article 40 du Code de procédure pénale, j'entends vous aviser des faits suivants, susceptibles de revêtir une qualification pénale,

dénoncés par.......
à l'encontre de.......
et révélés dans les circonstances suivantes : ....

À cet instant, la mère de Candice brûlait d'écrire cette lettre, d'en combler les vides, des vides vieux de sept ans.

« Mais où dois-je l'adresser ?

– Au tribunal de grande instance dont nous dépendons, en l'occurrence celui de B.

– B.

– Oui, vous trouverez facilement l'adresse.

– Vous croyez ?

– Oui, dans l'annuaire. Elle ne peut que s'y trouver.

– Vous croyez ? »

Il comprit que c'était à lui de fournir cette adresse, de concrétiser l'opération psychique en cours. Peu avant, on ne le connaissait pas. *Il* avait simplement appelé. Simplement *il* était venu. *Il* avait donné des armes, certes, mais on pouvait encore craindre qu'elles ne fussent que des jouets.

« Avez-vous un annuaire ?

– Bien sûr. »

On lui remit cet annuaire et *il* fournit l'adresse. C'était si facile, si compliqué d'apprendre où l'on devait expédier un avis de renaissance après un si mauvais et si long sommeil.

À l'adresse du tribunal *il* ajouta la sienne, et son numéro de téléphone. *Il* assura Candice et sa mère qu'elles ne devaient jamais hésiter à en faire usage, qu'elles avaient son complet soutien.

Se tournant vers le père de Candice, toujours assis au bout de la table et qui depuis trois heures n'avait pas ouvert la bouche, *il* ajouta : « Et vous, monsieur, vous n'avez rien dit, vous ne dites rien, que dois-je en penser ?

– Oh moi, vous savez, je suis… impuissant.

– Mais vous approuvez la démarche de votre femme et de votre fille ?

– Bien sûr. Seulement c'est dommage que cette histoire ne soit pas déjà finie alors qu'elle pourrait l'être. Un jour, le grand-père de Candice, qui conduit si mal, est allé prendre de plein fouet la voiture de l'Enseignant, mais seule la voiture est morte. S'il l'avait tué lui, ça aurait été un beau geste du destin.

– Le destin, dans ces cas-là, on peut rarement compter sur lui. Mais dites-moi, s'il vous plaît, autrefois, avant les révélations de Candice, n'avez-vous jamais dit comme la plupart des pères que vous feriez la peau à celui qui toucherait à un cheveu de votre fille ?

– Je l'ai dit plus d'une fois.

– Et puis ?

– C'était des mots. »

Avant qu'*il* prît congé on lui indiqua qu'à la réunion prévue ici en fin de semaine avec Mme le Médecin scolaire, seraient présentes une cousine de la mère de Candice et Laurine, sa fille de dix-sept ans.

« Laurine a fait deux tentatives de suicide, la dernière en octobre 2000, et Laurine a expliqué son geste, dit la mère de Candice.

– C'est à cause de ce que l'Enseignant lui a demandé, dit Candice d'une voix chancelante.

– Elle aussi pendant son CP, dit la mère de Candice.

– Il lui a demandé une fellation, dit encore Candice dans un souffle.

– À une enfant de six ans », dit la mère de Candice.

Il sentit qu'un quelque chose le quittait, se détachait tout sanglant de son esprit et le laissait évidé, douloureux.

Il avait appris pour Angela, par Angela pour Candice, par Candice pour deux autres et maintenant pour Laurine et *il* comprenait, par toutes les cellules de son corps *il* comprenait qu'*il* était loin d'en avoir fini avec ces ricochets morbides.

Il repoussa sa chaise et se leva.

« Nous traversons vraiment une sale période, lui dit le père de Candice, vous le savez si vous lisez le journal.

– Oui bien sûr, Vadeboncœur.

– Et puis la fermeture de l'équarrissage. »

Suivi du toutou *il* se mit à déambuler à travers la pièce en écoutant le père de Candice lui conter les malheurs de l'équarrissage Flessingue, fermé pour absence de conformité, les malheurs des éleveurs comme lui qui se retrouvaient avec des cadavres en train de pourrir au milieu des prés.

Et cette vision le frappa. L'équarrissage était fermé, mais à l'école, on continuait de dépouiller des enfants, de les réduire en chair à fantasmes.

Le toutou dans les pattes *il* s'approcha d'une fenêtre. La lumière qui en émanait permettait de distinguer les arrières du pavillon, un petit chien triste et sale assis le cul dans la boue près de sa gamelle et enchaîné à une niche de fortune.

Il se souvint qu'à la ferme de Longeville-sur-la-Laines c'était ainsi, comme dans tant d'autres fermes : il y avait le chien favori qu'on laissait trotter et auquel on lançait le gras du rôti, il y avait le chien attaché à un tonneau renversé et qui n'était nourri que de pain trempé. Le petit chien gardait une immobilité totale en le fixant de ses yeux rouges. Pauvre vieux, si ça pouvait te consoler de savoir que depuis sept ans, le sort de tes maîtres a ressemblé au tien. Le toutou lui gratouilla le mollet pour ramener son intérêt vers l'intérieur de l'habitation.

Lorsqu'*il* se retourna, Candice lui sourit. *Il* répondit par un sourire et ajouta : « Puisque ça va si bien, je m'en vais. »

Le frère de Candice, qui tout au long de l'entretien s'était tenu en retrait, muet, délicatement absent, continuait de noyer son regard cerclé de lunettes dans la contemplation d'un immense aquarium. C'était son aquarium. C'était ses poissons, dont il entreprit d'apprendre les noms au visiteur. « Et celui-ci ? »

La nuit était d'un noir sans merci. Les phares peinaient à tailler dedans la route de sa maison. Les accusations de Candice imprégnaient son esprit, passant et repassant à travers les tamis que l'expérience lui avait appris à disposer dans les propos des enfants, des adolescents.

De la sincérité de Candice, *il* ne doutait aucunement, mais *il* savait devoir considérer d'un œil aussi insensible que possible son récit des faits, à neuf ans de distance, après neuf ans de supplice, un récit énoncé devant ses parents et alors qu'elle avait dans son entourage amical et familial deux jeunes filles qui au même âge avaient souffert des agissements du même homme.

En de semblables circonstances et quand autant d'années ont été perdues, un étranger est pour une victime plus facilement providentiel qu'un proche. Le principal impératif pour l'étranger est d'inspirer confiance, pour la victime d'imaginer que ses confidences ne demeurent plus sans conséquences, avec pour elle ce risque effroyable d'une nouvelle déconvenue qui lui enfoncerait plus profondément dans le crâne le soupçon de sa propre culpabilité, là où il finirait par se muer en certitude pernicieuse.

Contrairement à la croyance qui en arrange beaucoup et selon laquelle les enfants ne parlent généralement jamais de ces *choses-là*, *il* avait, dans la très grande majorité des cas, reçu des confidences déjà faites à d'autres adultes par des enfants non encore résignés à s'accommoder de leur tourment ou à en crever.

Si un enfant, par une sorte d'insolence vitale, révèle des abominations mais que celles-ci demeurent comme ignorées, il lui faudra en déduire que l'abomination est la règle, et payer en soumission et en maladie mentale l'impertinence qu'il a eue de croire son sort injuste.

Songe, lecteur, à Xavier, qui lui la paya en humiliation, Xavier qui confia à son père que le curé le touchait, Xavier que son père calotta, que son père traîna à l'église et fit s'agenouiller devant le curé et demander pardon de ses *calomnies*. Et songe un peu, lecteur, à la jouissance du curé.

« La première chose que je faisais en sortant de la classe, c'était de me laver la main. » Cette phrase de Candice ne revenait pas à son oreille comme un fragment de témoignage, un élément secondaire. Elle était la trace, et même l'odeur, du crime. Son analyse valait celle d'un ADN. Tout le drame y était contenu.

Plus *il* approchait de X plus *il* roulait des pensées guerrières. Et lorsqu'*il* en vit le clocher chauffé à blanc par sa batterie de projecteurs, voguant tel un vaisseau lunaire sur une vallée d'ombre, *il* se mit à frapper son volant et à vociférer contre l'école de merde d'un village de merde au fond d'une Normandie de merde !

Le break s'enfonça telle une lame dans le village en sursis dont on verrait bientôt s'écouler les entrailles putréfiées. Avec la fermeture de l'équarrissage Flessingue, avec les puanteurs de l'affaire Vadeboncœur, tout le canton allait d'un coup embaumer la charogne.

Quand d'une voix altérée *il* commença à faire à Marie récit de sa visite, *il* faillit pleurer. Mais l'aurait-*il* voulu après avoir rapporté les supplices de Candice et Laurine, *il* en aurait été incapable. *Il* enrageait. *Il* s'emportait. Jamais les choses n'auraient dû en rester là, figées depuis si longtemps dans une lâcheté de glace, alors *il* s'emportait, et déjà Marie savait où leur découverte les mènerait tous deux, sur le terrain d'une adversité à laquelle d'autres combats les avaient préparés.

Mais l'invariable tolérance dont avait bénéficié l'Enseignant dans sa trajectoire scélérate était à coup sûr celle de trop de gens pour ne pas promettre une lutte des plus âpres, d'autant que le nombre des parents de victimes déterminés à être de cette lutte pouvait se révéler très faible, et la détermination de ceux-là vite plier sous les coups – les parents de Candice redoutaient moins ceux de l'Enseignant que ceux de l'Éducation nationale, des gendarmes, de la Justice.

Marie le questionnait. *Il* relisait ses notes et essorait sa mémoire tuméfiée. Tant et tant d'enfants exposés au cours de tant et tant d'années, et deux des leurs parmi eux. Ils en voulaient déjà mortellement à certains, pressentant que sous peu ils allaient en vouloir à beaucoup… qui leur en voudraient mortellement de ne pas avoir laissé l'école dans sa pénombre d'abattoir.

Il appela, à Paris, son ami maître Turk, l'avocat de belle pointure, qui lui détailla la procédure dans de telles affaires.

Marie et *lui* reprirent chaque témoignage et l'analysèrent et délibérèrent et puis recommencèrent et puis recommencèrent… recommencèrent… et ils ne dormirent que très peu et très mal, sur le matin.

Une journée passa, pour l'essentiel consacrée à remuer le passé et à le décanter, à défaire l'Enseignant de ses semblants et à relire ses ambiguïtés. Une journée très courte, très violente.

Et puis ce fut le jour attendu, le jour annoncé où des parents ne devaient plus différer, où un médecin devait faire ce qu'il n'avait que trop tardé à faire, le jour à partir duquel l'Enseignant ne devait plus avoir devant lui qu'un modeste répit.

À vingt et une heures, *il* reçut un appel de la mère de Candice. Elle lui rapporta la rencontre de l'après-midi, après laquelle elle avait posté, en recommandé, sa lettre de révélation des faits au Procureur de la République du tribunal de grande instance de B.

Sa cousine, la mère de Laurine, envisageait d'en faire de même dans les jours suivants, mais elle avait dit craindre « des coups de fil d'insultes ».

Quant à Mme le Médecin scolaire, elle avait été manifestement ébranlée par la présence de Laurine, et par l'annonce que Candice s'était entre-temps confiée à un monsieur de X, un écrivain. « Elle ne connaissait pas Laurine mais avait l'air de très bien savoir qui elle était. Son mari est médecin comme elle, le médecin de la famille de Laurine, et c'est lui qui a eu à s'occuper de Laurine après sa tentative de suicide. Il n'a rien fait d'ailleurs. »

Un seul dé, un seul, avait donc été lancé et roulait vers le tribunal de B. Certes la partie était de fait engagée, mais sous les auspices de la peur. Ceux qui avaient à introduire d'autres actions semblaient ne devoir se déterminer que d'après le sort qui serait fait au témoignage de Candice. Une attitude d'autant plus regrettable que ce témoignage, demeurant isolé, serait considéré avec un surcroît de circonspection, voire de défiance, ce qui ne pourrait, insupportable perspective, qu'ajouter à la souffrance de Candice.

Il se rendit immédiatement chez Fred et Joëlle, et fut soulagé de les trouver résolus à écrire au Procureur de B., Angela et sa sœur étant désireuses de témoigner.

Oui, la sœur aînée d'Angela elle aussi, qui depuis le premier entretien avait dominé sa pudeur et confié être elle-même passée par les genoux de l'Enseignant.

Mauvaise nuit. Usante matinée. Son esprit avait pris la consistance d'une pierre qui tournait sans fin, et sur laquelle venaient se polir soupçons et révélations. *Il* avait la conviction que ce qu'*il* ignorait encore était d'une ampleur monstrueuse, et que ce qu'*il* savait n'était pour une part que ce qu'*il* croyait savoir, les contours en pointillé de ce qu'*il* lui faudrait découvrir à force de recherches et de recoupements.

Deux choses le troublaient particulièrement.

La première, c'était la mention d'une démarche faite auprès de la Supérieure. Une mère l'avait alertée, et ça n'avait « rien donné ». Resongeant à l'attitude déplorable de cette Supérieure face au drame de Noémie C., ayant à plusieurs reprises dû constater l'insensibilité et déjouer l'obstruction de l'institution scolaire dans de pareils cas, *il* subodorait là encore une *cécité* de confort.

Nombre d'affaires de pédophilie ont montré qu'en la matière, l'Éducation nationale et l'Église rivalisent d'infamie. Si les victimes de l'Enseignant l'avaient aussi été d'un système, elles étaient en grand danger. L'Enseignant ne pourrait guère que réfuter des accusations, quand le système, lui, s'emploierait à réduire les accusateurs. L'Enseignant n'avait sans doute réclamé la mansuétude de personne, ni de sa hiérarchie, ni de ses collègues, mais la bureaucratie et le corporatisme la lui avaient octroyée de fait.

La seconde, c'était l'attitude de Mme le Médecin scolaire, cette absence d'empressement à prendre ses responsabilités, et ce malaise éprouvé devant Laurine, dont la situation l'inquiétait, *lui*, tout particulièrement, car le combat contre l'Enseignant venait d'être engagé et les parents de Laurine n'en étaient pas, toujours pas, et Laurine, déjà si fragile, pouvait en concevoir un funeste désappointement.

Il téléphona à Mme le Médecin scolaire. S'étant présenté, *il* lui exposa en quelques mots les motifs qui lui faisaient solliciter une entrevue le jour même. Elle lui assura que dans l'affaire qu'*il* évoquait les démarches nécessaires étaient faites, et déclara regretter de ne pouvoir le recevoir, étant sur le départ pour le week-end. « La chance voulant, madame, que vous ne soyez pas déjà partie, et que nous ne soyons séparés que par quelques kilomètres, voulez-vous bien m'accorder le temps de vous rejoindre ? Dix minutes tout au plus, somme toute peu de chose quand le calvaire de certaines jeunes filles dure depuis tant d'années. »

Mme le Médecin scolaire en convint.

Ils se retrouvèrent face à face dans un petit salon très ordonné. Mme le Médecin scolaire se dit retournée par les révélations de Candice, et ses traits, son attitude, sa voix trahissaient en effet un émoi considérable. Elle lui répéta qu'elle avait rédigé, sitôt après avoir quitté le domicile de Candice, un signalement au Procureur de la République.

« Pour autant, madame, dès lundi, des dizaines d'enfants seront encore confiés à l'Enseignant. Comment empêcher cela ?

– Eh bien, je ne devrais pas vous le dire, et je vous demande d'en garder le secret, mais j'ai prévenu l'Inspection académique. »

Dès lors, et au vu de la gravité des accusations, il paraissait inconcevable que des mesures de précaution ne fussent pas décidées sans délai, le temps du déroulement de l'enquête. *Il* crut pouvoir s'autoriser la faiblesse d'en éprouver un soulagement, le premier depuis quatre jours. *Il* remercia Mme le Médecin scolaire de sa confidence, et lui révéla la défiance qu'il avait de la Supérieure suite à l'affaire Noémie C., qu'il raconta.

Mme le Médecin scolaire se déclara stupéfaite, car si elle connaissait Noémie C. pour s'être occupée d'elle à la demande du Procureur de la République en charge du dossier, jamais, ni la Supérieure ni la Collègue partie prenante ne l'avaient informée des circonstances de la découverte du drame de Noémie, ni ne s'étaient souciées une seule fois auprès d'elle de l'enfant.

Quand *il* en vint à évoquer le cas de Laurine, *il* nota chez Mme le Médecin scolaire les marques d'une extrême tension. Mais à propos du fait, préoccupant, que la mère de Laurine avait différé son signalement, Mme le Médecin scolaire avait là encore une information rassurante à livrer : « Laurine doit, très rapidement, prendre contact avec son médecin à ce sujet. »

Seulement là, au lieu de s'autoriser de nouveau à éprouver du soulagement, *il* fut piqué par un petit regret, celui de constater que Mme le Médecin scolaire n'avait pas souhaité le rassurer plus pleinement en lui apprenant, du moins en croyant lui apprendre, que le médecin en question n'était autre que son mari. Une réserve à mettre sur le compte de la discrétion professionnelle, sans doute.

Sans doute, et cependant le petit regret était comme un grain de sable dans une machine longtemps restée en panne qui soudain s'animait merveilleusement et baignait dans l'huile. Alors, tandis qu'*il* jugeait des efforts de son interlocutrice pour mettre fin à l'entretien, *il* songea à tenter un stratagème qui aussi éculé fût-il échoue rarement.

Il prit donc congé, serra la main de son hôtesse en la remerciant copieusement, franchit le seuil, et puis se retourna brusquement vers Mme le Médecin scolaire dont l'expression indiquait assez le soulagement auquel elle s'était déjà abandonnée, et *il* lui tendit une perche à propos de l'identité du médecin, une perche infiniment facile à saisir : « Vraiment, au sujet de Laurine, il me semble que chaque heure compte, que nous risquons la catastrophe. Ne sauriez-vous pas comment alerter son médecin afin que ce soit lui qui fasse une démarche auprès d'elle, sans attendre ? »

Mme le Médecin scolaire, blafarde, tordit lentement le cou, tailla dans son visage un sourire qui avait tout d'une grimace de douleur, et bredouilla : « N'ayez crainte, il a été prévenu dès hier soir. »

« Prévenu au-dessus d'un bol de soupe, cachottière ! » se dit-*il* en la quittant cette fois pour de bon, convaincu qu'elle n'avait pas appris les mœurs de l'école de la bouche de Candice mais de celle de son mari après qu'il en avait reçu le récit de la bouche de Laurine des mois auparavant, madame adoptant alors l'attitude de monsieur, celle de ne pas desserrer les dents.

Après avoir regagné X, coupé la piste de la station-service et rangé le break dans son hangar, *il* engagea la conversation avec la Marchande d'essence et son mari, qui du fait de leur métier étaient en général remarquablement informés des rumeurs du village. *Il* leur glissa qu'après celle de Vadeboncœur une autre affaire de pédophilie allait frapper ici, à X.

Leur surprise parut totale, et il en fut désappointé. Rien ne semblait avoir filtré à la station-service.

« Dites-nous-en plus, s'il vous plaît, demanda la Marchande d'essence.

– Cela va concerner l'école.

– Ne dites plus rien ! s'écria-t-elle alors avec un haut-le-corps, l'index pointé vers son interlocuteur. Ne dites plus rien ! C'est… » et elle cria par deux fois le nom de l'Enseignant.

En proie à la plus grande agitation, d'une voix vibrante, elle déclara qu'à l'époque où leur fils cadet fréquentait le CP de l'Enseignant, il leur avait dit, indigné, que le maître n'arrêtait pas de prendre ses chouchous sur les genoux, de les tenir contre lui, et que telle gamine (une gosse à la dérive dans une famille arriérée) était sa très grande « chouchoute ».

La Marchande d'essence, à qui l'Enseignant inspirait depuis toujours un violent dégoût, considéra alors indispensable de s'en ouvrir… non pas à la Supérieure, dont elle se défiait, mais à la Collègue, qu'elle pensait la plus capable de prendre souci du sort des enfants. « Jamais depuis elle ne m'en a reparlé, et c'était il y a huit ans ! »

On prenait donc les mêmes… et recommençait… la danse macabre. Et nul doute que l'on aurait pu tous les prendre, les chers collègues de l'Enseignant, aucun ne se serait intéressé au sort des enfants du CP, aucun ne se serait inquiété du fait qu'année après année, l'Enseignant avait passé tant et tant de récréations seul dans sa classe avec telle ou telle fillette, et à seulement quelques mètres d'eux. Quel visage peut avoir une fillette de six ans qui vient d'être contrainte de fermer les lèvres sur le sexe de son instituteur, et rentre dans le rang ? Quel visage ? Ils ne vous le diront jamais.

Le règlement des écoles interdit formellement de priver un enfant de récréation, et tous les collègues de l'Enseignant, la Supérieure en tête, n'avaient pu qu'en constater la violation en de multiples occasions. Mais quelle importance ? À l'école de X, le règlement, il était de coutume de s'asseoir dessus.

Le règlement prohibe-t-il les devoirs à la maison, celle-ci, vieille figure grise et sèche, en accablait ses élèves, qui devaient y consacrer près d'une heure chaque soir, exception faite de la fille des écrivains, ses parents ayant exigé l'application du règlement.

Le règlement proscrit-il les coups, celle-là, moniale à peine manquée, bottait le cul à toute volée.

À l'école de X, il y avait une loi très au-dessus du règlement : celle du silence.

Dans sa classe, « chacun sa merde ». Dans sa classe, l'enseignant était seigneur avant d'être maître. Chacun sa merde, et les petits cons étaient bien gardés. Chacun sa merde et le syndicat pour tous. Celle-là, du genre pot à tabac oxygéné, la sienne, de merde, c'était l'insulte à répétition et le mépris social.

Quant à cet instituteur des cavernes incapable d'un bonjour, sa merde à lui c'était la terreur par la vocifération permanente.

Seuls échappaient à l'aigreur enseignante les très bons élèves, singulièrement ceux dont les parents manifestaient leur attention. Pour les autres, cette école, régentée par les mêmes pisse-froid depuis des lustres, avait des allures de caserne. Tout le monde apprendrait bientôt qu'elle s'apparentait davantage encore à une maison close, dont la classe du CP et la bibliothèque étaient les chambres de persécution.

Il mena l'enquête la journée entière, multipliant les visites et les appels téléphoniques. Dans la soirée, le bilan était abominable.

Il savait que le chiffre d'une dizaine de victimes allait être dépassé. *Il* savait que l'Enseignant s'en prenait aux garçons comme aux filles. *Il* savait que ce n'était pas un mais deux signalements au moins qui avaient été faits auprès de la Supérieure, la même année, en 1996, sans résultat.

X était une banquise qui ne tarderait plus à rompre et à partir en morceaux. Songeant que seraient sans doute nombreux les enfants laissés à la dérive, *il* fit part à Fred de son projet d'alerter l'Élu, de lui proposer d'élaborer des mesures pour assister les familles les plus désemparées. Fred approuva ce projet, malgré le peu de confiance que lui inspirait l'Élu : « Ça m'étonnerait qu'il soit l'homme de la situation.

– Oh, je crois qu'il n'a jamais été et ne sera jamais l'homme d'aucune situation. Mais il faudra faire avec, le moins mal possible. »

Désireux de rassembler des soutiens, *il* se rendit chez la famille de l'Ingénieur, dont un des fils était l'ami d'un des siens. La femme de l'Ingénieur l'écouta, et en fut anéantie. L'Ingénieur lui aussi l'écouta, mais il se débattit pour écarter de lui une révélation qui risquait de lui interdire sa coutumière et immodérée modération sur tout sujet, obligeant son visiteur à se répéter, le coupant sans cesse par des « ça n'est pas possible ! », « ça n'est pas croyable ! », « je ne veux pas le croire ! », tout en continuant de poser le carrelage de sa cuisine.

Considérant avec humeur cet homme agenouillé, *il* laissa tomber : « Cela fait au moins douze ans que des adultes se refusent à croire des enfants, s'obstinent à trouver leurs accusations in-cro-yables, pour le plus grand bonheur de l'Enseignant. Moi je dis qu'il y en a marre, que l'incrédulité aujourd'hui c'est la pire des insultes ! »

Il passa une grande partie de la nuit à taper les quantités de notes prises depuis sa visite à Candice, qui ne datait que de trois jours mais paraissait remonter à loin.

Après cette visite, le temps s'était mis en boule et puis avait dévalé, dévalé, jusque dans une fosse commune qui avait nom École publique.

Et après ce fut dimanche. Et comme c'était dimanche, les gens qui avaient fini de bavarder se quittaient en se souhaitant un bon dimanche. Lui, s'*il* pressait le pas vers la maison de l'Élu, c'était plutôt pour gâcher le dimanche de cet homme.

Il y avait du monde chez l'Élu, beaucoup de famille en visite, et nul endroit pour assurer un peu de confidentialité à l'entretien. L'Élu enfila sa parka et ils partirent pour l'ancien café de l'Hôtel de ville.

« Elles m'inquiètent ces choses très graves que vous avez à me dire. Vous êtes sûr que c'est si important ?

– Tous les gens de X sont concernés, dramatiquement concernés.

– Même moi ?

– Comme chacun.

– Ça m'étonnerait beaucoup. »

Recevant l'Élu dans son bureau, *il* lui fallut une demi-heure pour l'informer de ses découvertes, mais l'Élu, s'il était ébranlé, continuait de s'accrocher à l'idée qu'il restait étranger à l'affaire.

« C'est quand même ce que je vous disais, cette histoire est terrible, mais heureusement, heureusement, nous ne sommes pas tous concernés.

– Nous le sommes à travers les victimes que nous connaissons.

– Dans ce sens-là, oui, bien sûr.

– Nous le sommes à travers les victimes que nous aurons très vite à connaître.

– Pourvu qu'elles soient les moins nombreuses possible !

– Et chaque famille doit envisager le pire, dit-*il* en poussant vers cet indécrottable biaiseur la photo de classe qu'*il* espérait capable de sortir l'Élu de sa circonspection. »

L'Élu regarda longuement la photo avant de murmurer, comme s'il venait d'identifier un cadavre : « Oui, c'est bien ma petite-fille. »

Sa petite-fille en robe verte, sur le même rang que l'Enseignant en chemise bleue, ventre lâché, mains dans le dos.

Le voyant enfin concerné, *il* lui exposa brièvement les quelques mesures qu'*il* imaginait les plus utiles de prendre, notamment en matière d'assistance juridique. Les bras croisés, le regard songeur, l'autre écoutait. Puis *il* conclut son propos en demandant à l'Élu ce qu'il envisageait donc de faire en la circonstance. Question fatale !

L'homme sembla se réveiller d'un coup, étonné de s'être laissé entraîner sur pareil terrain, et fit cette déclaration sans appel : « Ah mais je n'envisage rien du tout ! Ça ne peut être l'affaire que de la Justice ! » Et se levant de son fauteuil, les mains aux accoudoirs, - il ajouta, bonhomme : « Vous pouvez dire que vous m'avez assis ! » Et il se trotta.

C'était cet homme qu'une majorité de gens de X avait choisi pour les représenter, et il se confirmait que ce choix avait été judicieux, que l'Élu représentait bien la majorité des gens de X, et qu'il faudrait s'attendre à des dérobades sans nombre.

Et puis ce fut lundi. Lundi matin. Lundi après-midi. L'Enseignant fit classe. L'Inspection académique n'avait pas bougé. Le premier signalement expédié au tribunal n'avait rien produit.

Marie et lui étaient catastrophés.

Il appela chez Laurine. Sa mère lui raconta qu'après sa deuxième tentative de suicide, Laurine avait été prise en charge aux urgences de L. On lui avait demandé le pourquoi de son geste. Elle avait révélé ce qu'elle avait subi au CP. On l'avait alors dirigée vers une psychiatre de la région, qui lui avait simplement conseillé « d'oublier », et de se faire suivre par son médecin de famille. Laurine avait donc consulté M. le Médecin, avait redit les faits. Et le conseil que ses parents et elle avaient alors reçu fut celui de renoncer à s'attaquer à l'Enseignant, « enfant du pays », un scandale n'apportant jamais rien de bon.

Carte blanche à l'enfant du pays pour continuer à se faire masturber et sucer par les petits enfants du pays, le scandale n'étant pas que ça continue mais que ça se sache.

Vraiment, oui, quel charmant pays ! En plusieurs occasions Marie et lui avaient songé à le quitter, mais cette fois, sitôt le grand ménage achevé, ils déchireraient leur bail avec la Normandie en tout petits morceaux.

Il demanda à parler à Laurine. *Il* lui dit un peu qui *il* était, que dès l'enfance *il* avait eu à se battre contre un monstre, et que depuis *il* avait eu de nouveau à se battre, et qu'*il* ne lâchait jamais, que l'Enseignant finirait au trou. Elle, d'une voix bouleversante, s'empressa de l'alerter sur le sort d'Alizée, une gamine de sept ans, qui, pour être passée l'année précédente entre les mains de l'Enseignant, n'aspirait qu'à la mort. Elle lui confia son nom et *il* la vit sur la photo de classe, au deuxième rang, quand la petite-fille de l'Élu était au troisième, et son fils au premier.

Il tenait la confirmation que l'Enseignant était resté un prédateur, qui avait dû ne jamais s'arrêter depuis qu'il avait commencé. Mais quand avait-il commencé ? Chacun devait trembler de l'apprendre.

Laurine et lui convinrent de se rencontrer dès le lendemain matin, dix heures trente. C'était la seule perspective réjouissante dans ce panorama de guerre.

En fin de soirée, Candice et ses parents passèrent à l'ancien café. Un point complet fut fait de la situation, exécrable sous de nombreux aspects, mais la plaisante métamorphose qu'*il* constatait dans la physionomie de Candice, dans son attitude, et le timbre affermi de sa voix, lui furent d'un vif encouragement.

L'avis du père de Candice était que l'Enseignant s'était attaqué aux enfants dès ses débuts. « Il y a plus de vingt ans, à P., je m'en souviens très bien, les gens se désolaient de ça, de l'Enseignant avec cette gosse. Et puis il a épousé la mère, beaucoup plus vieille que lui, et les bruits se sont arrêtés.

– Pour autant, le jour venu, vous lui avez confié votre fille.

– C'est sûr, mais sinon… où serait-elle allée ? »

Nuit. C'était la nuit. Une nuit blanche à faire peur. Marie et lui rendus fous, incapables de se taire une seconde, incapables de ne pas se répéter cent fois, incapables de supporter que les choses suivissent longtemps encore leur cours paresseux. Ils ne pourraient pas, dans quelques heures, laisser tous ces parents livrer à l'Enseignant son quotidien de chair fraîche. Mais quel moyen employer pour ce faire ? Aucun signe du Procureur. L'inspection académique impotente. Les parents attentistes. L'Élu replié au fond de sa coquille.

Marie lui dit : « Tu dois aller le chercher. »

C'était très simple, trop simple, trop court, ça venait de naître de la rage et de la détresse, et c'était cependant prodigieux d'évidence.

Plus d'une heure durant *il* arpenta le petit jardin, élaborant le scénario de la neutralisation de l'Enseignant.

Et puis *il* rejoignit Marie et lui dit : « Je vais aller le cueillir. » Et *il* lui expliqua quand et comment. Et Marie trouva ça bien. Alors *il* s'y prépara.

D'abord, par un réexamen complet de chaque témoignage, en laissant au doute toutes ses chances, mais rien ne vint contrarier ses premières déductions (la thèse du *complot* de victimes imaginaires, que les incrédules aiment à dérouler en de pareilles affaires, ne résistait pas quand garçons et filles avaient entre sept et dix-sept ans, que certains s'étaient confiés à leurs parents dès leur CP, d'autres beaucoup plus tard, certains il y avait sept ans de cela, d'autres depuis seulement quelques mois, tous ayant un jour présenté des troubles, parfois les signes d'une souffrance extrême et des pulsions morbides, tous les ayant rattachés à leur fréquentation du CP de l'Enseignant).

Ensuite, par l'exercice physique. Le sommeil l'ayant fui, *il* avait à lutter contre l'épuisement. À cinq heures du matin *il* courait à travers le village, effectuant des repérages aux alentours de l'école, puis de la gendarmerie. *Il* alla s'assurer que la voiture tournait rond. Ensuite *il* déjeuna. Puis *il* regarda le jour prendre tout son temps pour se lever.

Huit heures quinze. *Il* était garé dos au bureau de poste, ce qui lui assurait le contrôle des deux rues par lesquelles l'Enseignant pouvait arriver, et lui permettrait de démarrer sans effectuer de manœuvre. Plus l'échéance approchait, moins *il* imaginait l'Enseignant lui tenir tête, cas de figure auquel *il* s'était préparé à faire face. Pour autant, l'extrême tension qui l'habitait ne s'en trouvait pas diminuée.

Huit heures trente. Trente-cinq. Quarante. *Il* avait vu passer plusieurs collègues de l'Enseignant. Le flot des enfants grossissait.

Quarante-cinq. L'Inspection académique, le Procureur, étaient-ils intervenus ?

Évidemment non. Voilà qu'arrivait sur sa droite la Peugeot 205 verte de l'Enseignant. Une série spéciale *Sacré numéro*, c'était écrit sur le flanc. Quelle dérision ! *Il* en éprouva une détente inespérée.

L'Enseignant fit un créneau. Il descendit de voiture. Il ferma sa portière. Son gros cartable à la main il marcha vers l'école, y faire sa besogne.

Il alla à sa rencontre, souriant. *Il* le salua, lui serra la main. *Il* dit avoir à lui parler… d'une chose qui réclamait… une certaine discrétion, que sa voiture, garée juste là, permettrait d'assurer.

Les voici côte à côte, portières closes.

Durant un long silence *il* le dévisagea, et puis *il* lui dit que c'était fini, que les petites filles c'était fini, que Laurine, Candice, Angela et combien d'autres, c'était fini ! *Il* lui dit qu'*il* allait le conduire à la gendarmerie, et que s'il lui restait un fond de dignité il n'allait rien tenter.

L'Enseignant esquissa une lamentable moue d'incompréhension, écarquilla des yeux où l'étonnement feint était comme le vernis du grand dépit qui s'y peignait, et en quelques secondes il se décomposa, la face cramoisie, la lèvre pendante.

Dodelinant de la tête, l'Enseignant choisit de se tasser sur son siège où Laurine, Candice et Angela, par la seule force de leurs prénoms, le tenaient en respect.

Alors *il* dit : « On y va ! » Et *il* démarra.

Il remonta la rue de l'École jusqu'au stop de la rue Principale, sa rue, qui lui parut alors dangereusement plus étroite que d'habitude. L'Enseignant demanda : « Est-ce que mes parents sont au courant ? »

Il considéra ne pas avoir à répondre. Cette question,

malgré sa forme d'aveu, le dégoûtait, qui était un peu celle d'un vieux petit garçon ayant fait *une grosse bêtise*.

Ils furent très vite à la nouvelle gendarmerie, d'architecture éminemment mesquine, jouxtant les funèbres locaux de l'ancienne. *Il* coupa le contact, retira la clé, quitta le véhicule qu'*il* contourna rapidement, son passager tardant quant à lui à s'en extirper.

« Tu oublies ton cartable ! »

Et ce gros cartable, une fois au bout du bras de l'Enseignant d'allure si molle et grasse, accentua soudain le caractère déplorablement immature du personnage.

Il sonna à la porte grillagée de l'enceinte, face à un hall vitré où parut une silhouette bleue qui pressa le bouton de déverrouillage. *Il* fit passer l'Enseignant devant lui pour franchir les quelques mètres les séparant du hall. Deux jeunes gendarmes se tenaient derrière un long comptoir, d'où ils saluèrent les arrivants. *Il* les salua à son tour et ajouta : « Messieurs, je vous amène un pédophile multirécidiviste qui à l'école où il enseigne s'est rendu coupable d'un nombre considérable d'exactions qu'il vous appartient de découvrir. »

Très posément, un des gendarmes s'adressa alors à l'Enseignant en ces termes : « Monsieur, vous avez quelque chose à dire ?

– Bah, soupira l'Enseignant avec l'air de celui qu'on embête exagérément, j'ai violé personne.

– Je t'avais demandé de la dignité ! »

Et l'Enseignant de baisser la tête, de regarder ses pieds joints, le cartable toujours au bout du bras, l'air si vulgairement résigné que le jeune gendarme en fut impressionné et prit une contenance plus raide.

Ayant ordonné à l'Enseignant de s'asseoir, il s'empressa d'aller quérir son Chef.

Sous le regard contraint du second gendarme et tandis que l'Enseignant s'était prostré sous une haute plante verte, *il* déambulait, songeant combien la suite des événements se serait présentée de manière plus rassurante avec le prédécesseur du Chef, le maréchal des logis B., un homme auquel il s'était un jour ouvert des difficultés qu'il rencontrait dans un roman relativement à la procédure judiciaire, à quoi B. avait répondu par une longue et passionnante visite à son domicile, montrant autant de compétence que de curiosité d'esprit. Mais B. s'en était allé et le Chef s'en était venu.

Il le connaissait assez peu le Chef, mais ce peu suffisait à l'inquiéter beaucoup.

On se souvient que par une nuit pluvieuse, à quelques jours de l'an 2000, un câble électrique se rompit, entraînant dans sa chute un gros 2 et ses trois 0 lumineux, événement qui jeta l'Élu dans un extrême embarras. Ce que l'on ignore, c'est qu'avant la venue des pompiers puis celle de l'Élu, le Chef, qui alors patrouillait dans X, s'était déjà penché sur le problème, le décrétant très anodin du fait que les guirlandes de Noël fonctionnaient systématiquement en 12 volts. Tenant à en faire la preuve, le Chef posa le pied sur l'extrémité incandescente du câble qui sifflait et fumait sur le granit mouillé, prétendant ainsi l'éteindre comme un vulgaire mégot. Ce fut en vain. Têtu, le Chef se mit alors à trépigner sur le câble, et tandis qu'il s'agitait de la sorte, son flingue dansant à sa ceinture, la pluie et la nuit s'emplirent d'un indubitable parfum d'alcool.

À leur arrivée sur les lieux, les pompiers lui apprirent que la guirlande était branchée sur l'éclairage public, où couraient assez de volts pour coller un Chef en slip et lui griller le poil à la vitesse de l'éclair.

« Alors alors, qu'est-ce qu'il nous arrive ? » demanda le Chef de l'air de celui qui va vous régler la difficulté d'un claquement de doigts. Après un coup d'œil à l'Enseignant réfugié sous sa plante verte et qui gardait la tête basse, le Chef écouta les premières explications de celui qui avait jugé bon de considérer que la place de cet individu n'était plus dans une classe, puis il l'invita à passer dans son bureau pour approfondir l'entretien.

Ce fut dans une pièce qui sentait le neuf et le tabac froid qu'*il* fit part au Chef de ses découvertes, de l'attitude des institutions, des démarches en cours, dont la lenteur selon lui ne devait plus profiter à l'individu de la salle d'attente.

Le Chef ayant pris des notes, il entreprit de les vérifier, et composa le numéro du tribunal de B., où son interlocutrice lui assura ne détenir aucun signalement concernant un instituteur de l'école de X, aucun.

« Rien ce mardi, à B., distant de vingt-huit kilomètres, et dans le même département, quand une lettre recommandée est partie d'ici vendredi ! » dit-*il* avec humeur, tandis que le Chef se caressait la joue comme on caresse un doute.

Il se fit la réflexion que si là-bas il n'y avait rien encore, vraiment rien, *il* ne saurait être mieux ailleurs qu'ici pour tout faire sauter. *Il* engagea le Chef à se renseigner du côté de Mme le Médecin scolaire, qui confirma aussitôt qu'il y avait bien eu un signalement contre l'Enseignant, des signalements même, information qui sembla tout autant contenter le Chef que le rendre perplexe, car du coup il ne savait absolument plus quoi faire de celui qui devenait très sérieusement un suspect.

« Vous n'auriez pas dû me l'amener. Qu'est-ce que je vais en faire ?

– Ce que vous voulez, pourvu qu'il ne rejoigne pas sa classe.

– Ça bien sûr, c'est hors de question. »

Pauvre Chef, il était dépassé.

Soudain on frappa à la porte, et un de ses subordonnés lui apprit qu'étaient là les parents d'une jeune Candice, ainsi qu'une jeune Laurine et sa mère, tous pour porter plainte contre le type de la salle d'attente.

« Mais c'est très bien, c'est très bien ! s'écria le Chef. Vous étiez au courant de ça ?

– Oh, lui dit-*il*, j'avais rendez-vous ce matin avec Laurine, sans doute ma femme l'a-t-elle appelée pour annuler et lui aura dit où j'étais.

– C'est très bien ! » répéta le Chef particulièrement guilleret, qui s'en alla recevoir les arrivants.

En fait, c'était délibérément qu'un peu après neuf heures, Marie avait appelé chez Candice, chez Laurine, avait appelé Fred à son travail, leur annonçant ce qui était en cours, et les invitant à se rendre à la gendarmerie le plus tôt possible.

Le Chef étant revenu le prier, avec une extrême courtoisie, de libérer le bureau où un de ses subordonnés devait officier, *il* rejoignit le hall d'accueil et son long comptoir au-dessus duquel *il* se pencha pour embrasser la mère de Candice, scène qui n'échappa pas à l'Enseignant qui eut une sorte de haut-le-cœur, se leva brusquement et prit la porte.

Aucun gendarme n'était à cet instant présent pour

s'en soucier. Mais de fait, l'Enseignant demeurait libre de ses mouvements, aucune garde à vue ne lui ayant été signifiée. Il ne se trouvait là que pour avoir accompagné sans protester l'homme qui l'accusait de s'être attaqué sexuellement à des enfants de six ans.

Quelques minutes plus tard, l'Enseignant, particulièrement ébranlé, serait de retour sous sa plante verte, situation assez ridicule qui eut le don d'amuser Laurine.

Laurine, ce visage, ces yeux-là, qu'*il* découvrait. Ce visage d'une pâleur inouïe, ce regard cent fois recousu mais dont la beauté avait tenu.

Le Chef souhaitant un nouvel entretien, *il* le retrouva dans son bureau. Le Chef était dans une animation extraordinaire, débordait de bonne volonté. Il lui dit avoir parlé à Laurine comme un père (ce qu'*il* ne trouva pas très rassurant), que Laurine ne lui avait rien caché de ce qu'elle avait subi de l'Enseignant, que plainte était déposée, que…

Le Chef fut interrompu par un appel téléphonique émanant du tribunal de B., où semblait-il on avait enfin jeté un regard aux panières et déniché du courrier, mais pour ce qu'*il* comprenait de la conversation à travers les réponses très respectueuses et parfois gênées du Chef, *il* lui sembla que le tribunal de B. n'était pas enclin à se réjouir de la tournure de l'affaire, et ce fut un Chef singulièrement refroidi qui raccrocha. Il affirma avoir désormais la situation parfaitement en main, se déclara moins disponible qu'il ne le croyait, et demanda à son témoin de revenir dans l'après-midi faire une déposition la plus détaillée possible.

Il retrouva Marie et les enfants, leurs trois enfants, dont seul le plus jeune était allé à l'école ce matin-là, l'école maternelle, pas l'autre. Aux deux aînés, ils expliquèrent la situation, mais ne firent qu'esquisser sa probable évolution tant elle pouvait consterner.

Marie, qui à midi était allée observer la sortie des classes, lui décrivit dans quelle confusion elle s'était faite, l'affolement des parents, entre autres de la belle-fille de l'Élu, qui n'en savait apparemment pas plus que le début de rumeur courant les rues et le square.

Ayant téléphoné à Laurine, *il* roulait maintenant vers le « pavillon neuf entouré de thuyas » dont la mère de Laurine lui avait décrit le chemin.

Il avait du temps à donner. *Il* imaginait même avoir tout son temps, faute de savoir ce que Laurine croyait qu'*il* savait. Une Laurine douloureuse, vacillante, déconcertée par la bonne humeur de son interlocuteur, et qui seulement près de vingt minutes plus tard, comme pour faire taire un indécent optimiste, un idiot, lui lancerait soudain : « À quoi bon tout ça, puisqu'ils l'ont relâché ? »

Deux mains énormes venaient de l'empoigner par les joucs. Deux mains énormes lui modelaient une gueule de sinistre ahuri, celle qu'*il* tourna vers la mère de Laurine qui en assura la finition par ces mots : « Oui, en sortant de la gendarmerie on l'a vu s'en aller lui aussi. On vous croyait au courant. »

Au courant de quoi ? Que les institutions de ce pays couvent les pédophiles comme de vieilles poules revêches.

Que ce pays, qui adore moquer la patrie de Dutroux, n'a rien à lui envier en matière de pitreries gendarmesques.

Que, dans cette dictature de la notabilité, la Justice n'est qu'un distributeur de peines pour les uns et d'impunité pour les autres.

Comment aurait-*il* pu ignorer la veulerie et la cruauté de cette société si facilement fière d'elle-même, lui qui avait subi dans l'indifférence générale et durant toute l'enfance les violences folles de son militaire de père, lui qui en aidant des dizaines d'enfants à révéler leur martyre à travers des écrits avait eu si souvent à combattre des élus, des enseignants et tout un tas de petits chefs qui entendaient censurer ces écrits. Mais tout de même ! Que certains en fussent encore à ménager l'Enseignant, imaginant peut-être même le laisser poursuivre ses œuvres après qu'il a suivi dans une gendarmerie l'homme qui l'accusait des nombreux actes pédophiles que des victimes étaient elles-mêmes venues dénoncer : ça, c'était à s'ouvrir le crâne avec les ongles, sous peine d'étouffer.

« Est-ce qu'ils l'ont interrogé ?

– À mon avis non, il n'est pas allé plus loin que la salle d'attente », se lamenta la mère de Laurine.

Une seule chose à faire : retourner à la gendarmerie et en remuer la merde. *Il* étreignit les poignets de Laurine : « Les choses n'en resteront pas là. Ce sera l'Enseignant ou moi mais je te jure bien qu'ils vont devoir en enfermer un ! »

Dans le hall de la gendarmerie, *il* croisa la Marchande d'essence, quittant les lieux avec un air exaspéré, et qui lui adressa au passage un petit signe du genre *ils ne tournent pas rond là-dedans*.

La tension était palpable. Les trois gendarmes présents paraissaient accablés. Et quand *il* évoqua l'absence de l'Enseignant, l'un d'eux soupira et lâcha : « C'est difficile à avaler. »

Le Chef surgit plein d'entrain, la satisfaction aux lèvres, s'affirmant heureux de le revoir et pressé d'enregistrer sa déposition.

Sitôt dans le bureau, *il* interrogea le Chef sur la

sidérante nouvelle du départ de l'Enseignant, aucunement inquiété, ni même interrogé.

« Ne craignez rien, je vous l'ai dit, je vous le répète, j'ai la situation en main.

– Laurine l'a vu partir, tranquillement, avec son cartable, elle qui venait de vous dire à quoi il l'avait contrainte, n'est-ce pas, vous savez parfaitement à quoi, et elle l'a vu partir, tranquillement, et à elle qui a déjà tant souffert c'est un mal impardonnable qui vient d'être fait.

– Si je l'ai renvoyé chez lui c'est par stratégie, pour mieux le coincer plus tard. Il est convoqué demain à quatorze heures. Et je vous dis bien, ajouta le Chef d'un ton guerrier, que s'il n'est pas là à quatorze heures une, j'ai une voiture qui filera le prendre et me l'amènera ici.

– Demain !

– Aucun danger. Il ne doit pas retourner dans sa classe. Nous nous sommes mis d'accord pour qu'il se dise fatigué. La directrice est prévenue. Et maintenant passons à vous. »

Le Chef pivota d'un quart de tour pour faire face à un ordinateur et défier l'informatique. Yeux brillants, teint brouillé, timbre pâteux, gestuelle, ce n'était plus le Chef du matin qu'*il* avait face à lui, et la pièce s'était emplie du même indubitable parfum d'alcool qu'une certaine nuit pluvieuse à quelques jours de l'an 2000.

« Tous ces pauvres gosses ! Ah ! J'ai rien pu avaler à midi, ça m'a coupé l'appétit. »

Mais pas la soif, se dit-*il*, très inquiet de la tournure prise par les événements.

Et les voilà partis, terriblement mal partis. Le Chef, en même temps qu'il tapait, ânonnait ou, pour être exact, marmonnait des phrases bancales qu'il considérait être le parfait reflet de la pensée du témoin, et les lui attribuait d'autorité. S'il était écrivain, le Chef ne l'était pas moins et entendait le démontrer. Il se voulait le roi du synonyme besogneux et de l'approximation maximale. Il avait sa syntaxe très personnelle et travaillait à l'imposer, pilonnant celle de l'autre sous les marteaux qu'étaient devenus ses poings. C'était un sourd qui frappait sur un clavier les mots qu'il avait lus sur des lèvres sans les regarder. C'était un traducteur libre au guidon d'une moissonneuse boiteuse qui divaguait dans le champ de la littérature policière. Il s'embourbait dans les dates. Il confondait les personnages.

« Chef, puisque c'est ma déposition, n'est-il pas important qu'elle soit faite de mes propres mots ?

– Non non, vous n'avez pas l'habitude, et nous on a une formation pour ça. »

Et le cauchemar reprit. Cependant, *il* entreprit de mettre un frein sévère aux libertés que prenait son vis-à-vis. Le Chef lui refusait-il une expression, *il* faisait de même avec la sienne, et ensemble ils peinaient longtemps à accoucher d'une troisième, souvent si insatisfaisante qu'*il* parvenait à replacer la première.

À ce jeu, le Chef s'épuisa, qui le nez contre l'écran finit par concéder qu'il ne se comprenait plus très bien, et accepta d'être aidé. *Il* passa alors avec sa chaise de l'autre côté du bureau, et prit place près du Chef. Comme *il* n'avait plus de cigarettes, le Chef lui offrit de taper à volonté dans son paquet de mentholées.

Durant une pause cigarette, le Chef lui confia que le métier n'était pas facile, et la vie encore moins, qu'il élevait seul ses enfants depuis son divorce. Il se plaignit des fuites et des malfaçons de son logement de fonction tout neuf. Il lui raconta sa dernière fête d'anniversaire.

Et pendant que le Chef monologuait, *lui* faisait courir ses yeux sur l'écran, où ils trébuchaient sur des tapis de fautes d'orthographe. Alors tous deux, cuisse contre cuisse, dans les relents d'alcool et les nuages de menthol, entreprirent de les corriger avant de poursuivre le récit de l'histoire.

Pour ce faire *il* se leva, vint se placer dans le dos du Chef et se mit à dicter lentement, tapotant l'écran du doigt pour signaler une erreur, épelant les terminaisons difficiles.

Quand *il* rapporta sa rencontre avec l'Élu et la dérobade de ce dernier, le Chef tourna vers lui une face réjouie. « Et vlan ! » s'exclama-t-il, joignant le geste à la parole.

En revanche, quand *il* voulut user du mot de pédophilie, le Chef s'y opposa radicalement.

« Là non, je vous arrête…

– C'est votre métier qui veut ça », se crut-il autorisé à plaisanter, gagné par l'atmosphère boulevardière du bureau.

Mais le Chef était sérieux.

« Vous me parlez de pédophilie mais vous faites erreur, la pédophilie, c'est des rapports sexuels entre adultes consentants du même sexe. »

Il sentit le sol se dérober sous ses pieds. Ce n'est pas une manière de dire, *il* le sentit réellement. *Il* se mit à bredouiller sa conviction d'être dans le vrai, mais pour le Chef, il n'était pas question d'en démordre.

Après deux heures de ce régime ils furent presque au bout de leurs peines. Le Chef fit un premier tirage papier. *Il* corrigea une vingtaine de fautes oubliées. Le Chef fit un deuxième tirage. Et *il* signa.

Il s'empressa de rendre visite à la Marchande d'essence, dont l'exaspération ne s'était nullement atténuée.

« Je suis allée là-bas pour apporter mon témoignage, et le Chef m'a dit qu'il avait mieux à faire, que d'ailleurs j'avais tort de parler de pédophilie, que ça concerne… des adultes consentants du même sexe. J'ai cru devenir chèvre. Je suis revenue ici me précipiter sur un dictionnaire. Ce type ne va pas bien du tout. C'est une catastrophe. »

Ce serait un Chef du même tonneau auquel Fred aurait affaire.

« Il m'a tenu des propos complètement incohérents. Et puis il a refusé de prendre ma plainte, disant qu'il était dessaisi, que c'était toujours pareil, qu'il n'y avait pas d'estime pour les hommes du terrain, qu'il était bon que pour les corvées. »

Le Chef dessaisi. Enfin une bonne nouvelle à transmettre à Laurine et Candice, le signe qu'on commençait à s'intéresser sérieusement à elles.

Restait que l'Enseignant était là-haut, chez lui, dans son pavillon du plateau, libre de se foutre en l'air, de flinguer sa famille comme certains l'ont fait en pareil cas, libre de prendre la route, libre de menacer ses anciennes victimes, de faire disparaître tout objet ou document compromettant.

On avait dessaisi le Chef, preuve qu'on mesurait la gravité de la situation, mais on ne s'était pas saisi de l'Enseignant, preuve d'une extrême légèreté.

C'était soir d'entraînement pour le club de karaté. *Il* rejoignit le gymnase avec encore plus de plaisir que d'habitude. *Il* avait un corps à détordre, beaucoup de tension à brûler. L'échauffement tarda à commencer. L'affaire occupait toutes les conversations.

Deux des adolescents présents affirmèrent que lors de leur CM2 à l'école de X, un de leurs jeux était, à la récréation, de se glisser sous les fenêtres du CP pour tenter de surprendre l'Enseignant avec une gamine.

Mme G., qui accompagnait sa fille de treize ans, eut

alors avec elle la conversation suivante : « Toi il s'est bien passé ton CP, hein, tu ne nous as jamais rien dit.

– C'est vrai que l'Enseignant il avait toujours des copines à moi sur les genoux.

– Tiens, tu ne m'avais pas dit ça.

– Et puis le pauvre Jérémy, il le sortait dans le couloir et il le tabassait.

– Ah bon ! Tu ne m'avais jamais dit ça non plus.

– C'est à cause de ce que je viens d'entendre. Ça me casse. Ça me casse complètement ! »

Le cours se déroula dans une atmosphère étrange, particulièrement amicale et violente à la fois. Tout le monde était à cran et les combats firent très mal.

À la fin, Mme G. vint à lui et dit : « Vous voyez comme sont les choses, ma fille vient de m'apprendre que l'Enseignant l'avait déculottée et lui avait donné une fessée. »

Il recommanda à Mme G. d'aller en faire déposition à la gendarmerie, qui sans nul doute allait recevoir ce genre de visite un nombre inimaginable de fois.

La nuit était sur X pour de longues heures encore. Nuit sur le vieux théâtre, les platanes, l'ange femelle qui couronne les morts glorieux. Nuit sur l'ancien arsenal des pompiers, où en dessous de l'inscription POMPES À INCENDIE on lisait tel un synonyme le mot BIBLIOTHÈQUE. Nuit noire comme la Rivière agrafée sous ses ponts. Nuit sur l'école primaire. Nuit sur les deux pharmacies, les deux agences bancaires, les trois épiceries, nuit sur tous les coiffeurs. Nuit sur les boucheries. Nuit sur la rue des parents de l'Enseignant. *Il* ne leur reparlerait plus. Dans la soirée ils l'ont invectivé au téléphone, et *il* les a envoyés bouler. Nuit sur l'église haut perchée, le cimetière plus haut encore, ce qui faisait dire aux vieillards que les morts avaient la vue la plus belle. Nuit sur l'ancien café de l'Hôtel de ville dont *il* connaissait la moindre cheville, le moindre graffiti d'avant-guerre. Nuit sur un tas d'histoires drolatiques.

Le mercredi, à dix heures, l'Enseignant faisait le plein de sa 205 *Sacré numéro* aux pompes du *Champion*. Croyait-il sa route dégagée, ses victimes trop écrasées pour lui nuire ?

Il reçut un appel de Mme G. Sa fille venait de lui révéler qu'elle n'avait pas été déshabillée une mais plusieurs fois, hors de la classe, dans le couloir.

Il reçut un appel de la mère de Laurine. *Il* apprit que Laurine et sa mère sortaient d'un entretien avec la mère d'une jeune victime de l'Enseignant, convoquée aujourd'hui par le Procureur, et dont les révélations avaient jeté ses parents dans l'épouvante. À propos de la mère de l'enfant, la mère de Laurine eut cette phrase :

« Je me suis mise à sa place.

– Mais vous y étiez déjà à sa place, autant qu'elle se trouve désormais à la vôtre.

– Il faut que vous sachiez qu'aujourd'hui ma fille m'a appelée maman chérie. Il y a si longtemps que ça n'était pas arrivé. Il y a aussi une chose qui nous est revenue, le scandale très bizarre fait par cette Collègue de l'Enseignant à propos des tenues "indécentes" d'une gamine. La gamine en avait pleuré, et sa mère en avait parlé à plusieurs parents. La Collègue devait se douter de quelque chose pour agir comme ça, une manière de protéger la gosse. »

Combien de familles allaient être frappées de la sorte ? Et rien n'était mis en place pour y faire face.

Il décida donc d'appeler l'inspecteur local de l'Éducation nationale, dont la secrétaire lui répondit d'un ton acariâtre qu'il était indisponible. *Il* demanda à lui laisser un message. La harpie lui grogna qu'elle ne prenait pas de message. *Il* réclama de pouvoir au moins laisser ses coordonnées téléphoniques. « Nous ne rappelons personne ! »

Elle venait de lui écraser un nerf, la toupie ! *Il* se mit à hurler dans le combiné : « Madame, je vais vous dire deux choses, la première : pé-do-phi-lie, la deuxième : école de X. Maintenant voici mon numéro de téléphone : 02 32 56 56 87. Pour vous qui n'aviez encore jamais pris de message, je crois que c'est un bon début ! » Et *il* raccrocha.

Les chances de faire des progrès de ce côté étant quasi nulles, il fallait taper plus haut, à l'Inspection académique, l'Inspecteur en personne.

Là, on ne l'envoya pas promener, mais on le balada. Une secrétaire, et puis une autre, une autre encore : « Veuillez patienter monsieur.

– Désolé, c'est une chose que je ne peux me permettre aujourd'hui. »

Ton comminatoire, pas de bonjour ni de formule de politesse, *il* enfonçait les portes, ct si l'une d'elles résistait, *il* se servait du mot pédophilie comme d'un pied-de-biche.

Il finit par obtenir le directeur de cabinet de l'Inspecteur d'académie, qui déclara son supérieur absent. *Il* lui balança ses informations : multiplicité et gravité des agressions, signalements enterrés, enfants et adolescents laissés à leur détresse : que faisait donc l'Inspection académique face à cela ?

Moins absent qu'annoncé, et parfaitement averti du sujet de la conversation (dont à l'évidence il n'avait rien manqué), c'est l'Inspecteur d'académie en personne qui lui répondit. Il se déclara surpris que quelqu'un détînt une telle somme de renseignements à propos d'un enseignant dont le dossier était vide, comme il l'avait personnellement constaté après le coup de fil du médecin scolaire. Là-dessus, il affirma que l'Inspection académique ne ferait rien, ne devait surtout rien faire sans l'autorisation du Procureur.

« Que j'obtienne son feu vert et alors une équipe de psychologues peut être constituée rapidement. S'il s'agissait d'un accident, un accident de car scolaire par exemple, ce serait différent.

– Eh bien je vous l'annonce tout de suite monsieur l'Inspecteur d'académie, ce qui s'est passé ici est un des plus graves accidents dont l'Éducation nationale aura à répondre. De fait, apprenez que l'affaire est déjà jugée si sérieuse que la brigade de X en a été dessaisie dès hier en fin d'après-midi.

– C'est vraiment curieux le nombre de choses que vous semblez savoir, monsieur.

– Contrairement à votre administration.

– C'est un fait, je vous l'ai dit, le dossier de cet enseignant est vide.

– Eh bien j'ai de quoi le remplir sans tarder, ce qui doit permettre, si je ne fais pas erreur, le déclenchement d'une enquête administrative.

– Sans doute, mais certaines de vos informations me semblent tout de même très curieuses, et puis de toute façon il est impératif que vous me les transmettiez par écrit.

– Je comprends. Je comprends que l'urgence, pour votre administration, semble celle de se presser le plus lentement possible. »

Peu d'échos, et tous sujets à caution, de ce qu'il advenait pendant ce temps-là de l'Enseignant à la gendarmerie. Mais il semblait bien que cette journée ne finirait pas aussi lamentablement que celle de la veille.

Renseignements pris, l'information de la mère de Laurine se confirma. La Collègue s'était effectivement scandalisée avec une particulière véhémence de la tenue vestimentaire d'une gamine de sept ans prénommée Zoé. Mesure de précaution ?

Les pédophiles, il est vrai, avancent régulièrement l'argument selon lequel ils ne font que succomber aux provocants exercices de séduction des enfants.

Elle collectionnait sérieusement les ambiguïtés, la Collègue. Après son peu d'empressement à intervenir dans l'affaire Noémie C., son absence de réaction face à l'attitude de la Supérieure en la circonstance, après l'alerte sans effet de la Marchande d'essence, voilà maintenant cette découverte qu'elle s'était attaquée, complètement hors de sa compétence, à « l'indécence » d'une enfant, sans s'être préoccupée une fois de celle éventuelle de son collègue.

Il se procura son numéro et l'appela. *Il* lui demanda si elle savait ce qui était arrivé la veille à l'Enseignant.

Elle répondit que : non ! Et s'emporta aussitôt contre son interlocuteur, dit trouver son attitude inqualifiable et lui annonça qu'à propos de tout ça elle avait à lui dire quelque chose de très désagréable… *Il* la coupa pour lui faire remarquer que c'était lui qui avait appelé afin d'être désagréable, et qu'*il* en savait assez pour lui signifier qu'*il* la jugeait indigne de confiance et retirait définitivement son fils de sa classe, que si elle avait un tant soit peu tenu compte des propos de la Marchande d'essence…

L'évocation de la Marchande d'essence la fit hurler. *Il* l'informa que la Marchande d'essence était résolue à témoigner. « Ça, s'écria-t-elle avec un rire grinçant, ce sera parole contre parole ! Vous intervenez dans ma vie privée ! »

Il lui répondit qu'*il* ne savait pas ce que valait sa vie privée, mais que sa vie publique lui faisait horreur, et *il* lui raccrocha au nez.

Il reçut un nouvel appel de la mère de Laurine, terrorisée.

« Ils ont encore relâché l'Enseignant ! Et cette fois c'est pire, les gendarmes l'ont même ramené chez lui dans une de leurs voitures. Quelqu'un vient de m'appeler qui les a vus passer. » *Il* sourit. *Il* se crut autorisé à sourire, autorisé à rassurer.

« Les gendarmes peuvent être des gens serviables, c'est vrai, mais de là à se mettre à plusieurs pour raccompagner gentiment un suspect… Non, je crois plutôt que c'est bon signe, qu'ils sont allés visiter son domicile, et qu'il va passer une nuit difficile. »

Dans la matinée du lendemain, deux gendarmes sonnèrent à sa porte. Ils l'informèrent que l'Officier désormais en charge de l'enquête attendait sa visite à la gendarmerie.

Lorsqu'*il* s'y présenta, l'ambiance y était autrement meilleure que deux jours auparavant. Beaucoup de visages nouveaux, beaucoup d'activité, une amabilité marquée de la part des deux jeunes gendarmes qui les avaient accueillis l'Enseignant et lui.

On lui offrit un café, qu'*il* but debout, appuyé de l'épaule à l'une des lourdes portes bleu vif des cellules.

L'Officier se présenta. *Il* le suivit jusqu'à un bureau que l'Officier entreprit de séparer en deux à l'aide d'une cloison de plastique du genre accordéon, ce afin de les isoler d'un gendarme attablé devant un ordinateur.

« Vous voyez nos conditions de travail.

– À ce sujet, une mère vient de m'apprendre que sa fille, auditionnée ici et qui vous a déclaré n'avoir rien subi de l'Enseignant, aurait été terrorisée par le fait qu'elle le savait dans la pièce voisine, l'avis de la mère étant qu'elle ne s'est pas pleinement confiée.

– Merci de cette information. Donnez-moi son nom et nous la réentendrons. »

Et là-dessus l'Officier chassa d'un coup sa belle cordialité.

D'un ton sec il reprocha à son interlocuteur d'avoir eu dans cette affaire une attitude hasardeuse, qui avait failli se révéler très dommageable. Puis d'un ton cette fois brutal et où planait de la menace, l'Officier l'accusa peu ou prou d'être responsable des ratés du premier jour.

Il ne le laissa pas aller au bout de sa diatribe, l'avertissant que leur entretien s'arrêterait là s'il entendait le conduire sur ce mode, et qu'*il* ne se laisserait pas charger quand *il* avait été le témoin de la façon lamentable dont les choses s'étaient passées ici. « Sachez encore monsieur l'Officier que je suis fils d'un militaire alcoolique et violent qui m'a souvent tabassé mais jamais soumis, et que depuis aucun uniforme ne m'impressionne. Maintenant, je veux bien prendre votre attitude pour la confirmation qu'enfin quelqu'un de sérieux s'occupe de cette affaire et s'inquiète du déplorable effet que le gâchis du premier jour pourrait avoir. Car enfin, vous avez lu ma déposition, je ne suis pas intervenu du fait de vagues présomptions. Et pourquoi suis-je intervenu ? Pour deux raisons. La première, et la principale, que l'Enseignant ne devait pas une minute de plus avoir loisir de martyriser des gosses de six ans. La seconde, que depuis vingt ans personne n'a jamais voulu se mouiller, que certains même ont protégé l'Enseignant, et que mardi dernier il ne fallait toujours compter sur personne pour mettre fin à cette saloperie. Qu'est-ce que j'ai fait ? Une enquête. Et puis j'ai aidé des familles à trouver la force de se battre. Et puis je me suis fait accompagner du suspect jusqu'ici, sans violence. Et dans l'heure qui a suivi, il y avait des plaintes sur ce bureau, où on pouvait lire les mots attouchement, masturbation, fellation, et le suspect attendait à côté qu'on veuille seulement lui adresser la parole. Osez me dire qu'une garde à vue ne pouvait pas, ne devait pas commencer à partir de là ! Osez me dire qu'il a été judicieux de lui offrir vingt heures pour faire ce que bon lui semblait ! Qui en a pris l'initiative, moi peut-être ? Et voulez-vous qu'on parle des conditions dans lesquelles j'ai dû effectuer ma déposition ? Voulez-vous qu'on parle du Chef ?

– Monsieur, reprenons calmement. Je suis effectivement au courant que des choses ne se sont pas passées comme elles auraient dû, et le Chef, vous le savez maintenant, a été dessaisi.

– C'était souhaitable, tant il est vrai que j'ai été auditionné par un homme… disons… très… fatigué. Me comprenez-vous ? demanda-t-*il*, se collant le poing à hauteur du nez et l'animant de petits mouvements circulaires dont le sens ne pouvait échapper.

– Je ne suis pas d'ici monsieur, et j'ai découvert qu'en Normandie on boit effectivement beaucoup. »

Il avait dit ça avec le sourire, l'Officier, le sourire d'un type solide, doué de culot, de souplesse, et de ce fait, il aurait été mesquin de demeurer fâché de son attitude première.

L'entretien, de querelleur qu'il était, devint constructif. L'Officier le questionna longuement sur X, ses habitants, les mentalités, le fonctionnement de l'école, les collègues de l'Enseignant, qu'il convoquerait, et l'informa sur la manière dont se présentait l'enquête. Enfin, l'Officier lui demanda de lui rapporter toute information ou témoignage qu'*il* recevrait en confidence, ce dont *il* l'assura. Et puis, tandis qu'ils se séparaient, l'Officier lui dit que puisqu'*il* était écrivain *il* devait certainement connaître des journalistes, et avait peut-être déjà songé à alerter la presse, qu'il n'y aurait là rien d'anormal, mais que la presse, évidemment, présentait souvent les choses sous un jour particulier, et bref, il s'agissait d'être prudent.

Il n'aurait pu être plus courtoisement prévenu.

Sitôt rentré, *il* s'employa à alerter la presse.

L'après-midi, dans la cave de l'ancien café de l'Hôtel de ville qui avait nom *Théâtre de la Terre battue*, les enfants interprétèrent une pièce de leur composition intitulée *Le Périple de trois amis*, en quatre tableaux d'une très grande gaîté. Leurs parents applaudirent à tout rompre, tout, même l'angoisse.

Fugace répit. Des semaines durant il n'y en aurait plus. Les jours, les nuits, les dates seraient roulés, disloqués, emportés par un flot monstrueux de révélations et de commentaires. Bientôt la sonnette de l'entrée ne cesserait plus d'être écrasée. Bientôt le téléphone mangerait la moitié du temps. Bientôt Marie et les enfants devraient fuir un X en démence.

Il les accompagna au train de Paris. Puis *il* alla faire l'acquisition d'un téléphone portable, dont l'utilité en pareilles circonstances ne faisait aucun doute, d'autant que son téléphone fixe était soudain devenu bien étrange, comme tous ses interlocuteurs le remarquaient, qui avaient l'impression de parler dans une cathédrale tant l'écho était important. *Il* avait appelé un technicien de *France Telecom* à ce propos. Après vérification, celui-ci l'avait rappelé avec ce diagnostic : « Vous avez une fuite sur votre ligne.

– Une fuite ?

– On appelle ça comme ça.

– Et d'où vient-elle, cette fuite ?
– On ne peut pas savoir.
– C'est arrivé depuis que je me suis attaqué à une affaire dont les journaux commencent à beaucoup parler. Vous croyez que c'est un hasard ?
– Alors là… (rire)
– Et le problème va se régler comment ?
– Il va falloir voir. »

Une panne informatique du magasin empêcha le vendeur d'ouvrir l'abonnement et de créer la ligne du portable. Le vendeur le pria de revenir ultérieurement. Mais comme *il* souligna l'urgence du besoin qu'*il* avait de l'appareil, le vendeur alla s'entretenir avec le directeur du magasin, dans son bureau vitré, et *il* vit le directeur regarder dans sa direction avec insistance, et puis venir à lui, très droit, très grave, la cinquantaine, vêtu d'un costume sombre, et qui d'une voix remarquablement douce lui dit : « Nous sommes effectivement en panne informatique, mais je fais mettre en œuvre une autre solution, car je vous ai reconnu monsieur, pour avoir vu votre photo dans la presse, où j'ai appris ce que vous avez fait pour ces enfants, et je tenais à vous en remercier, car sans le savoir, vous l'avez aussi fait pour moi. » Son visage se creusa sous la violence de l'émotion, ses yeux s'embuèrent. Il lui serra la main et regagna précipitamment son bureau.

À X, il y avait ceux qui chevauchaient l'incrédulité et n'entendaient se laisser démonter par rien. Et il y avait ceux, dont le nombre irait croissant, qui avoueraient avec plus ou moins de gêne ou proclameraient fièrement… qu'ils savaient !

Le correspondant local de *Paris-Normandie* était de ceux que l'affaire n'avait pas surpris. Il soutenait qu'à

P., quand l'Enseignant y officiait, tout le monde savait, et qu'alors il avait su, comme tout le monde. Mais si certains avaient peut-être oublié, pas lui. Et il se souvenait d'ailleurs qu'un article du *Pays d'Auge* s'en était même fait l'écho à l'époque.

Effectivement, l'édition du 20 mai 1977 rapporte les démêlés de l'Enseignant avec le conseil municipal et des parents d'élèves.

« … la colère éclate, des bruits courent… Naturellement les pires accusations tombent. Ainsi, l'instituteur, qui s'est lié d'amitié avec des parents d'élèves, est reçu chez eux et quelquefois la fille de ceux-ci vient voir l'enseignant en dehors des heures de classe. Le téléphone aidant, la nouvelle fait le tour du pays. »

L'Enseignant a le soutien de certains parents, mais d'autres, ainsi que des élus « convoquent l'instituteur qui doit s'expliquer devant un véritable tribunal populaire. Les questions pleuvent, les accusations aussi… »

Cet article n'aurait-il pas dû être glissé dans le dossier de l'Enseignant à l'Inspection académique ? Sans doute. Mais l'Éducation nationale a sa manière à elle de traiter ces affaires : elle mute l'individu à problèmes. Quelques mois après, l'Enseignant s'attaquerait donc aux nouveaux petits que sa hiérarchie lui offrait.

L'Enseignant, on le découvre sur la photo accompagnant l'article, portait alors les cheveux longs, des pantalons pattes d'éléphant. Il est debout, très voûté, face à un enfant agenouillé et une douzaine d'autres assis en tailleur dans un carré d'herbe couchée, qui tous ont les mains en l'air (un jeu ? une suggestion du photographe ?). Seulement, toutes ces mains en l'air maintenant semblent être celles de prisonniers devant un gardien de camp. La plus banale des photos est devenue un document de guerre.

Tout le monde savait à P., mais combien savaient à X depuis que l'Enseignant y exerçait ? Combien ont su au fil des années ? Beaucoup.

Loin de s'estomper avec le temps, l'information s'est renforcée et répandue, mais selon des modes tortueux.

Il apprit d'une femme récemment installée au village et qui avait sollicité des renseignements sur l'école et son CP avant d'y inscrire son fils – ce qu'elle se félicitait de ne pas avoir fait –, que des habitants de X lui avaient signalé les mœurs suspectes de l'Enseignant et déconseillé l'inscription de l'enfant, de la même manière qu'ils auraient déconseillé la table de telle auberge.

Une autre, en larmes, s'en voulait d'avoir agi autrement : « On m'avait clairement prévenue. Et puis voilà, il a abusé d'elle, et je n'y peux plus rien. »

Un père, à qui il avait été dit : « Tu as mis ta fille chez le tripoteur », avait répondu, avec ce qu'il imaginait être du bon sens : « Si c'était vrai, il ne serait plus là. »

Une mère d'élève et représentante de parents à l'école l'aborda dans la rue de la sorte : « On m'avait bien dit que ça devait sortir mais je finissais par me demander si ça sortirait un jour. » Et si ça n'était pas *sorti*, nul doute qu'elle attendrait toujours.

Un qui finalement n'attendit pas, n'attendit pas le feu vert soi-disant indispensable du Procureur pour se remuer, ce fut l'Inspecteur d'académie. Ni une ni deux, il bombarda des psychologues ou supposés tels sur l'école, dans une confusion et avec un amateurisme sidérants. Sur un coin de pupitre, sans concertation des parents, hors de tout cadre juridique, nombre d'enfants ont été *interrogés*, et l'effet pour certains en fut dramatique.

Il reçut l'appel d'un père dont la fille était rentrée en larmes de l'école, où, interrogée, elle avait fini par « dire des choses » sur l'Enseignant, mais en était depuis terrifiée, persuadée que ses révélations allaient déclencher contre elle la colère de la Supérieure.

Apprenant qù'au nombre des distingués psychologues il fallait compter Mme le Médecin scolaire, dont la cécité et la surdité avaient été si remarquables, *il* maudit plus que jamais l'Éducation nationale, ses vices et sa bêtise.

Il appela l'Inspecteur d'académie pour lui dire son fait. *Il* tomba sur un homme qui avait le sentiment de contrôler une situation nullement catastrophique, et qui n'hésita pas à manier l'intimidation.

« Je dois vous avertir que des enseignants et des parents d'élèves nous ont signalé qu'ils envisagent de porter plainte contre vous.

– Alors je vous en prie monsieur l'Inspecteur d'académie, si vous avez quelque pouvoir sur eux, encouragez-les ! Encouragez-les ! »

Au club des anciens de X (dont deux d'entre eux, par extraordinaire, n'étaient pas des vieux cons et lui dénonçaient les conversations de leur sage assemblée) on lui cassa des tonnes de sucre sur le dos, et une pétition de soutien à l'enfant du pays était dans l'air.

Le milieu syndical enseignant crut également devoir, dans un irrépressible instinct corporatiste, esquisser les premières lignes d'une pétition en faveur du collègue mis en cause, mais se verrait assez vite dissuadé de faire tourner sa photocopieuse.

Du côté du tribunal de B. on semblait également s'agiter. Maître Turk reçut un appel du Procureur, celui-ci tenant à s'entendre confirmer (sans doute pour s'en être fort étonné) que deux victimes de la campagne proche de X avaient effectivement confié leur défense à un avocat parisien.

Les familles de Laurine et de Candice, qu'*il* avait convaincues de l'importance du choix de leur avocat et de la nécessité de sa présence immédiate à leur côté, se trouvèrent du coup exposées à de pénibles pressions, et s'entendirent prédire leur ruine.

Certains, à l'évidence, auraient préféré les savoir défendues par quelque avocaillon du bocage expert en divorce et conflit de mitoyenneté, comme *il* en rencontra un qui tentait de se greffer sur l'affaire et l'avait approché, bredouillant son Code pénal, et terminant une phrase sur deux par un « Vous voyez ce que je veux dire » qui n'aurait pu qu'être du meilleur effet dans une plaidoirie d'assises.

Il était allé faire les courses au *Champion*. *Il* ne détestait aucunement faire les courses. Mais en la circonstance, cela lui faisait énormément plaisir. C'était comme une récréation.

Alors qu'*il* était au rayon fruits et légumes, *il* sentit un regard se poser sur lui. Le temps qu'*il* en prît bien conscience, l'auteur de ce regard était déjà en train de se dérober en direction des produits frais, indubitablement en train de se dérober, mais *il* l'avait reconnue et manœuvra pour lui couper la route.

« Pardonnez-moi si je fais erreur, mais n'êtes-vous pas madame le Médecin scolaire ? »

C'était bien elle évidemment, qui se trouvait soudain contrainte d'évoquer cet instituteur à elle si familier.

« Je n'aurais jamais cru cela de… » Et elle nomma l'Enseignant par son prénom.

Il lui fit un effet répugnant ce prénom marmonné par Mme le Médecin scolaire. Et songeant à toutes les insomnies de Laurine et Candice, *il* eut envie de s'assurer que Mme le Médecin scolaire en eût aussi, alors *il* lui parla de ses dernières découvertes à propos des complices passifs de l'Enseignant, et puis, les yeux dans les yeux, *il* conclut par ces mots : « Il paraîtrait même que des médecins seraient concernés de près. Bon dimanche, madame. »

Un médecin en tout cas s'était soudainement et de lui-même senti assez concerné pour convoquer Laurine sans délai et effectuer le signalement au Procureur qu'il s'était refusé à faire des mois auparavant, et ce médecin, c'était évidemment monsieur.

Quand Laurine lui apprit cela, *il* fut pris d'une rare nausée.

Tout au long de cette affaire, les médias jouèrent un rôle considérable, mais une très notable partie de la presse en eut un essentiel, menant un formidable travail d'enquête avec souvent une longueur d'avance sur les autorités.

Ce fut sur le site Internet de l'AFP que l'affaire sortit.

NEWSAFP

Instituteur pédophile : la directrice et un inspecteur mis en examen.

11/02/2001 19 h 38

– La directrice d'une école de *X* et un inspecteur de l'Éducation nationale à la retraite ont été mis en examen après l'interpellation d'un instituteur soupçonné de pédophilie, a indiqué dimanche à l'AFP le procureur de la République de *B*.

Ces quelques lignes arrachaient d'un coup le blindage sous lequel l'Enseignant avait si longtemps fait prospérer sa petite entreprise criminelle.

L'information de l'AFP était tombée un dimanche dans la soirée, et on ne saurait la qualifier autrement que de succincte. Pour autant, l'édition de *Paris-Normandie* le lendemain faisait beaucoup plus que la rapporter, ce qui, compte tenu des délais de bouclage, indiquait avec certitude que le journal avait joui d'indiscrétions de la part des milieux de l'enquête, et donnait donc à lire une sorte de version officielle. Elle était loin d'être sans saveur.

« Ça va faire encore du bruit à *X* [...] Cinq plaintes ont été enregistrées avant le week-end [...] et quatre autres plaintes ont été déposées dimanche, a précisé hier le procureur de la République de *B*. En début de semaine dernière, les gendarmes sont saisis d'une plainte. Une adolescente [...] se confie à un médecin puis à ses parents. Elle évoque avec eux le comportement déplacé de son instituteur alors qu'elle est en cours préparatoire à l'école communale. Les propos de la jeune fille sont pris très au sérieux par les parents qui décident d'alerter l'association des parents d'élèves avant d'aller finalement trouver les gendarmes. Une enquête est ouverte, diligentée par les hommes de la BR (brigade de recherche). Ils ne tardent pas à découvrir que les faits rapportés par la jeune collégienne ne semblent pas uniques. Quatre ou cinq enfants, garçons et filles âgés de six à huit ans, auraient ainsi subi les assauts de l'instituteur... »

Des parents responsables, l'association des parents d'élèves en alerte, un médecin avisé, des gendarmes zélés, un Procureur qui donne des précisions et un suspect immédiatement mis hors d'état de nuire, il y avait vraiment là de quoi se flatter d'être citoyen d'un pays où tout marchait si bien, si vite, tellement vite même que l'histoire y était réécrite avant d'avoir été dite.

Cet empressement, malheureusement, fut facteur d'erreurs, et, par exemple, sous la mention « La directrice de l'école et un inspecteur poursuivis pour non-dénonciation », ce que l'on découvrait, c'était une photo de la façade de l'école maternelle (c'était pourtant écrit dessus), ce dont sa directrice fut grandement affectée.

En revanche, pas de doute, les vigoureux propos rapportés en fin d'article ne pouvaient émaner que de l'Élu.

« C'est incroyable ! Je n'ai jamais entendu parler de ça. Je n'ai rien d'extraordinaire à dire sur cet homme. On en parlait toujours en bien de cet instituteur. »

Le joli vernis de la première version relative à la découverte des faits allait vite s'écailler, contraignant les autorités à de délicats exercices d'explication. Le pourquoi des vingt heures de liberté si étonnamment accordées à l'Enseignant serait, d'après le Procureur, celui-ci : « L'instituteur est évidemment ressorti libre mardi car nous n'avions pas à ce moment-là assez de preuves pour le retenir. »

Pour accepter l'argument, il faudrait qu'une garde à vue soit impossible sans preuves, quand la vocation d'une garde à vue est précisément de permettre d'établir les faits et de rassembler les preuves avant une éventuelle mise en examen. User d'un tel argument, c'était miser sur l'ignorance publique. Et d'ailleurs, de quelles preuves a-t-on besoin dans de pareilles affaires ? D'analyses de sperme ? De prélèvements buccaux ? Non. Dans de pareilles affaires, dont les débuts remontent parfois à loin dans le temps (les victimes mineures au moment des faits peuvent porter plainte jusqu'à dix ans après leur majorité), les données fondamentales sont les témoignages et leurs recoupements.

Qui croirait que le dossier était trop maigre quand, quelques heures après que le Chef avait renvoyé l'Enseignant chez lui, il apprenait son dessaisissement au profit de la brigade de recherche ? Ce dessaisissement n'était-il pas la preuve que la gravité de l'affaire avait alors sauté aux yeux ?

Dès lors, une autre question ne pouvait que brûler les lèvres : quelles preuves la nuit avait-elle apportées pour que l'Enseignant, lorsqu'il se présenta le lendemain à la gendarmerie, se vît immédiatement signifier sa garde à vue ?

Rien n'avait changé. Les éléments étaient les mêmes. Des plaintes pour abus sexuels sur mineurs par personne ayant autorité, une qualification de viol, des témoignages concordants, des signalements, et la déposition très circonstanciée faite par celui que l'Enseignant avait suivi.

La Supérieure, qui avait eu un entretien téléphonique avec l'Enseignant durant son attente de la veille, et l'avait questionné à propos de son absence à l'école, déclara qu'il lui avait répondu qu'on l'accusait d'attouchements sexuels et qu'il attendait comme un con dans le couloir. Pour un peu, l'Enseignant lui-même s'offusquait de l'indifférence dans laquelle on le tenait.

D'un jour à l'autre il n'y avait que cela qui avait changé : on s'était enfin intéressé à lui. Et il passa aux aveux.

L'Enseignant menotté fut conduit dans sa classe, pour une perquisition. Le fruit de cette perquisition ne resta pas secret longtemps : dans le tiroir du bureau du maître fut trouvé et saisi un sexe masculin en pâte à modeler bleue.

À l'Éducation nationale, pour une fois on s'agitait. On faisait tomber ce qui ne tenait plus et on bétonnait derrière. Le Recteur appela ses personnels à la vigilance, évoqua une procédure disciplinaire en parallèle de la procédure judiciaire. L'Inspecteur d'académie avait enfin lancé son enquête administrative, et allait recevoir la Supérieure qui pourrait faire l'objet d'une suspension temporaire, voire d'un déplacement d'office. Quant à l'Inspecteur local (dit de circonscription), il déclara que l'Éducation nationale devait « réfléchir sur la déontologie et l'éthique de son fonctionnement quotidien ». Parole si belle que l'on ne pouvait douter de ses effets cicatrisants sur les victimes.

Et quand on savait qu'en trois ans des centaines de procédures avaient été engagées contre des personnels de l'Éducation nationale pour des faits de pédophilie, on comprenait qu'il y avait effectivement lieu de soigner la dialectique.

L'Élu pour sa part continuait d'égrener les déclarations fracassantes, notamment à *France-Soir*, où il évoqua l'Enseignant en ces termes : « Il était un peu timoré. [...] On lui donnait dix ans de plus que son âge. Mais je le trouvais sympathique, gentil même. »

Pendant ce temps, de nouvelles familles étaient chaque jour précipitées dans le vide. *Il* en rencontra plusieurs. *Il* apprit des faits d'une sordidité ahurissante. Dans sa classe, le *timoré* usait avec certains enfants des plus scabreux outils de coercition, et adorait humilier.

De récit en récit *il* sentait sa raison vaciller, et grandir son désir de craquer. Et *il* craquerait. La faute à Laurine, formidable Laurine.

Un soir, au journal télévisé, *il* reconnut soudain un pavillon au milieu de thuyas et la voix d'une silhouette filmée à contre-jour. En quelques phrases Laurine a tout dit, tout balancé calmement, et renvoyé les incrédules à leur médiocrité. Et *lui*, l'émotion l'a submergé, anéanti, enfin.

Un peu plus tard, *il* a appelé Laurine qui la veille encore l'assurait ne vouloir parler à aucun journaliste, et *il* la trouva ravie de l'avoir tellement surpris, tellement bien démoli, et pour la première fois *il* l'entendit rire, et en fut comblé.

De ce jour, Laurine n'a plus été une jeune fille autant séduite par la mort, mais une ennemie farouche de tous ceux qui l'avaient condamnée.

Il rencontra longuement Evelyne M., la plus batailleuse des mères de victimes. Elle était de celles qui, en 1996, avaient dénoncé le comportement de l'Enseignant à la Supérieure, et s'étaient vues traitées par le mépris.

L'Enseignant avait nié, une psychologue avait fait faire des dessins au fils d'Evelyne, « et tout en est resté là ». Elle avait alors appelé le rectorat. « Ils m'ont demandé si j'avais des preuves matérielles. Ils voulaient quoi, des photos ? Tout ça était abominable, j'étais perdue. »

Depuis l'éclatement de l'affaire, elle faisait de son témoignage une arme à répétition et mitraillait avec une santé rare. De courageux individus s'en étaient vite émus et s'étaient répandus à coups d'appels anonymes et d'insultes.

Evelyne disait s'en battre l'œil, comme du fait d'être parfois surnommée « la star ». Elle s'en voulait trop de n'avoir pas su comment crever l'abcès dès 1996 pour s'inquiéter désormais de sa réputation.

Un autre qui canardait dru, c'était Cornevin, patron de bar et de restaurant. Son établissement était devenu la plaque tournante de tous les médias, jamais déçus par ses déclarations à l'emporte-pièce, qu'ils ne répercutaient pas toujours, comme celle-ci, à propos des collègues de l'Enseignant que Cornevin déplorait de voir encore en poste : « Pour moi cette affaire, c'est comme la vache folle, quand une bête est malade faut abattre tout le troupeau. »

Sa femme était là pour tempérer un peu ses emportements. Alors qu'il exposait son projet d'une journée ville morte en hommage aux victimes, il s'était entendu dire par madame, pendue à la tireuse de bière : « S'il fallait baisser le rideau chaque fois qu'il y a un crime quelque part ! »

X n'aurait pas de journée ville morte, pas de marche silencieuse non plus, pas d'occupation de l'école comme le bruit avait couru qu'*il* en fomentait une, effrayant une enseignante qui avait réclamé la protection de la gendarmerie.

Beaucoup de parents disaient n'avoir plus aucune confiance dans les collègues de l'Enseignant : « Lui, c'est un malade, mais eux… » Et pourtant, après des hésitations, des conciliabules sur le trottoir, tous continuèrent à leur confier leurs enfants, déplorant seulement que rien ne fût fait en haut lieu.

Les trois enfants de l'ancien café de l'Hôtel de ville, ainsi qu'une jeune victime, furent les seuls à être retirés de l'école. À l'ancien café s'improvisa une petite école parallèle. Plusieurs parents se dirent intéressés par cette solution, mais personne n'osa franchir le pas.

Un père, pour expliquer qu'il préférait malgré tout livrer ses fils à l'école publique (une école où rien ne tournait rond, où la douleur était maîtresse et les maîtresses à bout de nerfs, folles d'inquiétude pour elles-mêmes), avança même cet argument calamiteux : « Je ne veux pas couper mes enfants de la réalité. »

Sans doute la réalité de l'Inspecteur local, déclarant :

« L'école doit continuer de fonctionner en protégeant la communauté éducative qui est très perturbée. »

Jamais aucun enfant n'avait été protégé par cette *communauté éducative*, et que l'on sût, l'Enseignant n'avait jamais violenté aucune de ses collègues, mais c'était le corps enseignant qui restait l'objet d'attentions jalouses.

Un professeur à la retraite, monsieur B., de Caen, vint à X pour y proposer son aide aux familles, et les mettre en garde. L'homme, pour les avoir endurées, connaissait bien les méthodes de l'Éducation nationale en de pareilles circonstances. Parce qu'il avait osé dénoncer un collègue pédophile, il avait subi diverses sanctions, et toute une panoplie d'humiliations, tandis que le collègue en question jouissait de la plus vive bienveillance, malgré les témoignages accablants de quatre garçons.

Radié du tableau d'avancement, puis interdit d'enseigner, monsieur B. s'était pourtant montré d'une telle opiniâtreté que son collègue avait fini devant la Justice. La gratitude de l'Éducation nationale n'alla pas jusqu'à le réintégrer dans son poste. On le consigna dans un petit bureau du lycée, où il ne put que tordre des trombones et confectionner des cocottes en papier jusqu'à l'heure de la retraite.

Une ancienne fonctionnaire de l'Éducation nationale tint elle aussi à faire part de sa triste expérience professionnelle : « Ce qui a été dit sur le fait que nous devons déclarer toute affaire grave est faux. Combien de fois j'ai entendu dire, c'est secret. Ça me travaille, car cette hypocrisie m'était insupportable, au point que je n'ai pu rester en fonction. Certains y arrivent, moi pas. Mais je culpabilise un peu aussi, moi, la petite fonctionnaire au bas de l'échelle, d'avoir adhéré à ce devoir du secret qui me poussait même à me taire chez moi sur ce que je savais. C'est vrai que des enseignants ont été parfois mis à pied. Mais pour cela il faut un inspecteur de circonscription qui soit très efficace. Sinon, on mute. Il faut arrêter de dire que tout est épluché. Quand je voyais arriver les enveloppes grises, et que tout le monde disait, c'est grave, combien de fois on a simplement changé les gens de secteur. »

À combien d'enfants fut, est, et demeurera fatale l'arme de la mutation ?

La question n'était soi-disant plus d'actualité, les mœurs de l'Éducation nationale ayant été assainies.

« Nous n'avons pas cherché à dissimuler quoi que ce soit », affirma l'Inspecteur d'académie, ajoutant qu'il avait lui-même « demandé au médecin de transmettre cette information (les agressions sur Candice) au Procureur », faisant ainsi la révélation, aucunement surprenante, que Mme le Médecin scolaire n'avait agi que sur demande, et pas d'elle-même comme elle le prétendait.

Mieux encore, l'Inspecteur d'académie déclara s'être assuré personnellement de la bonne marche du processus : « Dès le lundi matin 5 février, j'ai vérifié auprès du Procureur que le signalement avait bien été effectué. Il m'a été confirmé que le document était bien arrivé et dûment enregistré. »

Comment alors ne pas s'étonner, grandement s'étonner, que le lendemain, le 6, le pauvre Chef s'entendît, lui, répondre qu'il n'y avait rien au tribunal de B. concernant l'école de X, comme il l'écrirait d'ailleurs dans un rapport ?

Détail piquant, le signalement de Mme le Médecin scolaire en date du samedi n'a pas été adressé (par distraction ? par incompétence ?) au tribunal de B.

mais à celui de Z, et un tel transit en plein week-end rendait encore plus branlante la version de l'Inspecteur d'académie, à moins que celui-ci ait répété l'erreur de Mme le Médecin scolaire en appelant Z, ignorant que l'affaire devait être traitée par le tribunal de B.

Rien décidément ne pouvait convaincre que la clarté était devenue reine, pas même la lettre que le ministre de l'Éducation nationale adressa à toutes les familles de l'école de X, sauf à celle habitant l'ancien café de l'Hôtel de ville.

Et ce fut par une journaliste qu'*il* apprit que le Procureur organisait une soirée au théâtre de X pour les familles d'enfants qui avaient eu l'Enseignant en CP, mais là encore on oublia d'y inviter la famille de l'ancien café de l'Hôtel de ville.

Il parut que ce fut pour le Procureur l'occasion d'annoncer le dépôt de treize plaintes (douze pour agression sexuelle, une pour viol), et celle de dénoncer en son absence l'attitude du « justicier local » qui avait failli faire capoter l'enquête.

La même journaliste l'informa encore qu'une nouvelle satirique de son cru, récemment publiée, avait déplu autant que sa personne au Procureur, auquel un journaleux dut donc faire formidablement plaisir dans un article où à « justicier local » il préféra « écrivain public et romancier du coin », parlant d'un homme qui « gère sa gloire sans excessive modestie. L'auteur de *Parties fines : récit à caractère provincial et pornographique*, assure qu'il n'est pas un héros et qu'il n'a fait que son devoir. Il entend désormais prendre "du recul" et ne parle à la presse que par communiqués. Reste que sans lui, *l'Enseignant* prendrait toujours aujourd'hui des petits sur les genoux. »

De quelle immodestie s'était-*il* donc rendu coupable ?

Celle de limiter scrupuleusement ses prises de parole, de refuser d'intervenir en direct dans les journaux de radio et de télé, de refuser tous les plateaux, de ne s'adresser à la presse que dans un cadre défini, tout ceci afin d'éviter une personnalisation du combat qu'il menait et de ne pas prêter le flanc à des manœuvres dilatoires de la part des institutions mises en cause, continuant de recueillir les témoignages, d'accumuler les informations, de les rendre accessibles, charge restant aux médias de les vérifier et les rendre publiques.

Mais le pire sans doute, c'était qu'*il* avait eu l'immodestie de refuser au journaleux l'entretien privé qu'il sollicitait avec une insistance pénible, et de mettre à la porte celui qui tardivement arrivé à X souhaitait l'entendre lui réciter tout l'historique de l'affaire. *Il* avait également eu l'affront de réclamer du journaleux, devant plusieurs de ses confrères, que celui-ci cessât de ricaner après la lecture qu'*il* donna d'une lettre reçue d'une jeune femme de la région.

« Monsieur, [...] j'ai passé ma vie à pleurer, à souffrir silencieusement. Durant toute une année scolaire, j'ai été violée par un enseignant qui habite dans une petite campagne de l'Eure. J'ai vécu sans vivre. J'ai trente-cinq ans. J'ai un enfant de dix ans et je ne vis que pour lui. J'ai senti il y a quelques mois que j'étais en train de "déraper", j'avais envie de mourir... Je me sens tellement lâche de n'avoir jamais rien dit, car malheureusement il enseigne encore. Combien d'enfants y sont passés après moi ? Combien de vies ont été brisées à cause de mon silence ? À cause de ma peur ? Je subissais des sévices corporels et des viols (pénétration dans la bouche). Je partais à l'école avec le mal au ventre et envie de vomir. J'étais tellement terrorisée par cet homme qu'il savait qu'il pouvait faire ce qu'il voulait...

J'ai imaginé tellement de choses pour le supprimer. Je sais que je ne passerai jamais à l'acte. […] il y a maintenant un peu plus de vingt-cinq ans que cela est arrivé… Je voudrais tellement vivre normalement, être heureuse, mais il y a toujours cette maudite boule dans l'estomac et ces larmes la nuit. […] Aujourd'hui c'est à vous que je m'adresse, c'est un S.O.S. que je vous lance. […] Veuillez m'excuser, Monsieur, de vous avoir écrit, je sais que mon courrier n'est pas drôle à lire… »

Le chiffre de dix-sept plaintes fut rapidement atteint. Les observateurs croyaient pouvoir penser que l'Enseignant choisissait ses victimes en raison de leur vulnérabilité (timidité, milieu social défavorisé, parents divorcés). Assez vite on découvrirait que le milieu social de l'enfant lui importait finalement peu, et que l'Enseignant pouvait s'en prendre à un enfant dont le père était policier ou gendarme.

Depuis que l'Enseignant usait d'un ordinateur, il aimait reproduire son portrait, que les enfants devaient coller dans un de leurs cahiers. Son visage, ainsi, accompagnait ses victimes hors la classe.

On en apprit chaque jour sur les méthodes de l'Enseignant, qu'analysa entre autres maître J., avocat spécialiste des questions de la maltraitance et des agressions sexuelles.

« On est ici en présence d'un "serial agresseur", c'est-à-dire à l'évidence, de quelqu'un qui de longue date commettait de telles agressions sur les enfants avec une stratégie parfaitement organisée. On aurait tort de croire que les pédophiles agissent dans un état second, sous l'effet d'une pulsion soudaine. La plupart du temps, leurs actes sont pensés, calculés. Il est clair que ce monsieur considérait sa classe comme un vivier… Il met en œuvre trois procédés quasi hypnotiques : la culpabilisation, la terreur et la banalisation.

La culpabilisation, en intimant l'ordre aux petites filles de ne rien dire à leur mère, sous peine de leur faire du mal, en leur infligeant des punitions incessantes, des lignes, de telle sorte qu'elles aient toujours le sentiment de n'être pas bonnes élèves. Ainsi en les rendant coupables, il leur interdit de se penser victimes.

La terreur, en les menaçant de sévices épouvantables du style : "Si tu n'apprends pas tes leçons, je vais te mettre la tête sous l'eau bouillante ou te faire saigner les ongles", menaces qu'un enfant de six ans prend évidemment au premier degré.

Et enfin la banalisation, par la répétition d'attouchements qui à la longue finissent par être "normalisés" par la collectivité des enfants.

Tout ceci se déroulant dans le contexte d'un lien et d'un lieu d'autorité, l'école, avec l'assentiment tacite des autres maîtres, on comprend que ce mode opératoire ait abouti à la soumission effrayante et effrayée des enfants.

L'analyse de cette situation traduit une situation de mode concentrationnaire qui met des petits enfants aux prises avec la toute-puissance d'un adulte bourreau. »

Il attendait impatiemment de pouvoir quitter X, de rejoindre Marie et les enfants à Paris. La santé des enfants avait rapidement été affectée, comme celle de nombreux autres. Les murs de la maison ne les avaient protégés que mal de la pression de la rue. Une caméra était régulièrement plantée devant la porte, à laquelle quantité de journalistes, de visiteurs, se présentaient sans discontinuer.

À l'exception du cas cité plus haut, les journalistes eurent dans leur ensemble un comportement remarquablement correct, et quelques-uns, par la délicatesse de leur approche et la vigueur mise dans leurs investigations, leurs écrits, et même leurs prises de position, peuvent inspirer aujourd'hui encore un puissant sentiment de gratitude. Ils arrachèrent jusqu'aux derniers lambeaux le voile mortuaire jeté depuis tant d'années sur ce village, lambeaux auxquels des habitants s'accrochèrent jusqu'au bout.

Quelques menaces de mort circulaient à son endroit, charitablement répercutées par le club des anciens, mais dans sa boîte à lettres ne tombaient que des mots d'encouragement, des offres de soutien.

Un jeune couple l'arrêta un jour dans la rue, et le père, sa gamine dans les bras, lui dit : « Merci, sans vous on allait la lui donner. »

Certains, avec la multiplication des révélations, parlaient de l'Enseignant comme d'un ogre, fascinés par le fait qu'à chaque rentrée de septembre, comme à une cérémonie du fond des âges, des parents étaient venus lui remettre son contingent de jouets vivants.

Au vrai, les marques d'hostilité lui importaient peu désormais, et les menaces, même de mort, le faisaient sourire. Ça n'était pas bravade de sa part, mais que pouvait-*il* craindre, lui le horsain, l'étranger, de quelques autochtones tout juste bons à distiller la chiasse qui leur avait toujours servi de carburant, à éviter de se mouiller, à boutonner la Normandie dans sa caricature ? Certainement bien peu de chose.

L'absence de monsieur M., enfant du pays et député, et président de la communauté de communes, et maire du village voisin, et bientôt porte-parole de l'UDF, fut remarquée.

Quelques jours avant que n'éclatât l'affaire il était omniprésent, et d'une grande disponibilité envers les médias. En effet, sous son impulsion, et communiant dans une ébouriffante modernité, les habitants de X, trois jours durant, réglèrent leurs achats en euros, du moins firent semblant, ou en vérité tentèrent de faire semblant, avec des euros factices et des francs en vigueur qui embrouillèrent tout le monde.

À propos de monsieur M. et de sa soudaine discrétion, une grande gueule locale eut cette formule : « Semaine de l'euro, on voit que lui, semaine de l'horreur, il a disparu ! »

Tandis que la Justice s'était donné deux mois pour entendre près de trois cents enfants passés par la classe de l'Enseignant, on découvrit certains propos que ce dernier avait tenus aux gendarmes lors de sa garde à vue.

« Je reconnais avoir caressé les sexes de trois petites filles. Cela se passait dans la classe, pendant les heures de cours. Les élèves venaient s'asseoir sur mes genoux. Je passais la main à l'intérieur des sous-vêtements et me retrouvais donc en contact direct avec le sexe de l'enfant. Je ne pense pas que j'éprouvais du plaisir. Peut-être que si, puisque je l'ai fait. »

Et aussi, évoquant Laurine : « J'ai sorti mon sexe et je lui ai demandé de le mettre dans sa bouche. J'étais en érection. »

Certaines des premières victimes de l'Enseignant, dans les années soixante-dix, ne pouvant plus porter plainte du fait de la prescription, se délivrèrent enfin de leur mutilant secret.

Ils étaient agriculteur, livreur ou ouvrier, avaient un peu plus de trente ans. Ils s'étaient mariés, avaient eu des enfants, et vivaient là même où très jeunes ils avaient souffert le martyre, dans cette campagne aux écoles mortes et aux haies arrachées, où le labour dévorait la prairie.

« Dans la classe il y avait un poêle à fuel, *l'Enseignant* me faisait grimper dessus et me balançait par terre. Il m'a aussi enfermé quelquefois durant des heures dans les toilettes dehors. Il me mettait aussi dans le placard puis imitait le bruit des souris jusqu'à ce que je hurle. Parfois il nous giflait. On saignait du nez. Il mettait aussi des coups de poing. On pouvait aussi passer sous son bureau où il nous retenait avec ses pieds. »

Quand des élèves terrorisés urinaient dans leur pantalon, l'Enseignant se chargeait de les changer, sous le préau, sans témoin.

Rien de pire que d'avoir été son « chouchou ». Les gestes, les soupirs, l'odeur de l'Enseignant avaient imprégné votre âme à jamais.

« Il me prenait sur ses genoux derrière le bureau pendant les heures de cours et glissait ma main dans son pantalon. Il m'obligeait à le toucher. Quand sa femme n'était pas là, il me faisait monter dans la chambre de sa maison, voisine de l'école. Il me déshabillait entièrement et se livrait à des attouchements. Il suçait mon sexe. »

Un frère et une sœur, âgés de cinq et six ans à l'époque, pour avoir eu un père alcoolique indifférent à leur sort et une mère gravement malade, se définissaient comme ayant été des « victimes idéales ».

Ils arrivaient à l'école en bus, une demi-heure avant les autres élèves. L'Enseignant les attendait. Parfois il était nu. Les enfants devaient le rejoindre dans sa maison. « Et c'était le tour de l'un ou de l'autre. Il s'occupait toujours de nous séparément, il était malin. Celui qui n'était pas avec lui faisait le guet dehors devant la porte. On devait frapper en cas de visite. Il n'y a jamais eu personne. » À midi, la pratique pouvait se répéter. « Nous étions les seuls à ne pas rentrer chez nous pour déjeuner. » Et le soir également. « Le soir, nous étions régulièrement punis. On repartait ensuite chez nous à pied. Trois kilomètres dans le froid et la nuit. »

Il les fait et les refait mentalement, et si péniblement, ces trois kilomètres, chaque fois qu'*il* est amené à rapporter ce témoignage. Le froid, la nuit, le retour de ces deux enfants étourdis de sévices vers un foyer sinistre. « On ne pouvait rien dire. » Cette envie de mourir qu'au lieu du goût de lire et écrire un immonde petit maître a inspirée à tant et tant de mômes.

Trois kilomètres, c'était à peu près la distance qui séparait X de la maison de l'Enseignant. Du fait de leur amitié avec ses parents, l'Enseignant les y avait plusieurs fois invités, Marie et lui. Ils s'étaient toujours dispensés de la visite.

Il enfourcha son vélo. *Il* gravit la Torse rue. *Il* gagna le plateau. *Il* rejoignit le hameau de S.

Quatre murs beiges tombés tout raides dans un paysage meurtri, au pincement de deux routes. C'était là. C'était ça. Trois kilomètres et c'était ici que sa 205 *Sacré numéro* ramenait l'Enseignant. C'était cette pelouse qu'il tondait. C'était derrière ces fenêtres qu'il préparait ses leçons. C'était par ces fenêtres qu'il regardait, qu'il ne voyait rien de particulier. Ses thuyas. Son portail. Du gravier.

Voisine du pavillon de l'Enseignant, l'ancienne école de S. agonisait discrètement. L'Enseignant n'y avait exercé qu'une fois, à l'occasion d'une animation intercommunale. Une classe *comme autrefois* y avait été reconstituée. Des familles entières s'étaient tassées derrière les pupitres d'autrefois tachés d'une encre d'autrefois, et l'Enseignant leur avait donné le spectacle d'un maître d'autrefois, doué de la sévérité d'autrefois, et à en croire la journaliste présente : tout le monde a bien ri.

Il a écrit à la plume. *Il* a l'âge d'avoir eu des maîtres d'autrefois. *Il* n'oublie pas qu'*il* ne les aimait pas. *Il* n'a pas oublié leurs rituels d'humiliation. *Il* ne trouvera jamais drôle et ne rira jamais d'avoir eu autant peur et de s'être autant ennuyé. S'*il* avait pu paraître aussi malade que l'école le rendait malade, le plus idiot des médecins l'en aurait dispensé définitivement.

Aujourd'hui encore, loin de X désormais, loin du Baden-Baden de son enfance et de son école *Normandie*, quand *il* conduit ses enfants à l'école, quand *il* remonte le couloir des classes maternelles, qu'*il* longe les patères pleines de petites dépouilles, *il* a mal au ventre *comme autrefois*.

Marie l'assure que leurs enfants, eux, ne souffrent que très raisonnablement de l'école. *Il* adore la croire alors *il* la croit, sans pour autant renoncer à sa puérile acrimonie envers l'école, à laquelle *il* ne reconnaît que le mérite de donner un sens au mot vacances.

Il lut dans *Paris-Normandie* que les enfants de X venaient de reprendre le chemin de l'école. « Tous les élèves étaient là, en dépit d'une rumeur de boycott de la part de certains parents. »

Non. Les enfants de l'ancien café de l'Hôtel de ville, eux, n'étaient pas à l'école, mais sans doute comptaient-ils pour du beurre dans les statistiques du moment.

La veille de cette rentrée, plusieurs parents l'avaient appelé pour connaître sa position vis-à-vis des enseignants sursitaires, et lui avaient dit partager ses vues. Restait pour eux à entrer en résistance et à en supporter tous les effets.

« Toujours méfiants vis-à-vis des collègues de l'instituteur qu'ils accusent d'un silence complice, certains parents ont amené hier leurs rejetons à reculons. »

Dans leur majorité, les parents d'élèves ne changeaient pas, n'avaient pas été métamorphosés par la folle cascade des révélations. Certains, qui vilipendaient les collègues de l'Enseignant dans leurs déclarations à la presse, étaient aussi les signataires d'une pétition de soutien à ces mêmes collègues, dont l'initiative revenait à une conseillère municipale. Pathétique schizophrénie. L'attentisme, le suivisme, la frilosité, l'esprit d'accommodement, dont l'Enseignant avait si bien profité, ne seraient pas mis au rebut mais, aussi rapidement que possible, ravaudés et rendossés sans gêne considérable.

Il nota que parmi les commerçants (les nombreux commerces de X étaient les lieux privilégiés du débat public), ceux dont le discours ne s'infléchissait pas, ne tournait pas au fatalisme commode, étaient aussi ceux dont la réputation était jusqu'alors la plus malmenée, comme le Primeur, qui lui avait dit qu'*il* pouvait compter sur lui et sur qui *il* a pu effectivement compter, ou la Marchande d'essence, d'une résolution sans faiblesse.

Dans un article de *Paris-Normandie*, *il* découvrit avec satisfaction, une fois n'étant pas coutume, un propos tenu par l'Inspecteur d'académie.

« Nous devons faire face à une situation de traumatisme comparable à un deuil, et aider les enfants et leurs parents à la surmonter du mieux possible. On peut retrouver une vie normale après des sévices sexuels. Il n'y a pas de fatalité. »

Certes, il était indispensable d'enfermer l'adjectif « normale » dans de prudents guillemets, mais ce rejet de la fatalité en la matière était important.

Tant de fois au cours des semaines passées, *il* avait entendu que les victimes d'un pédophile étaient condamnées au malheur pour leur vie entière, et même entendu à deux reprises la sanction formulée ainsi : « Tous ces gosses sont foutus. »

Chaque fois, *il* avait répété sa conviction qu'il pouvait en aller autrement, pourvu qu'on le voulût et qu'on y travaillât si bien que chaque enfant, convaincu du prix et du respect qu'on lui accordait enfin, s'attachât à faire mentir ceux qui le pensaient – et parfois, c'était son sentiment, se complaisaient à le croire – perdu.

Quand la mort se dessinera pour lui en traits épais et sinistres, l'enfant battu qu'il a été l'aidera à en supporter la vision, lui conférant le caractère d'un soulagement.

C'est d'ailleurs lui, cet enfant battu qu'*il* a été, qui lui a inspiré d'aimer vivre comme on aime plaisanter, et sans doute de se battre comme un *perdu* pour ceux qui ont pris sa place dans la ronde scabreuse.

N'accablez plus les enfants martyrs de vos inintéressantes prédictions. Croyez plutôt que beaucoup sauront se rendre et rendre heureux sans pour autant devenir des gens tranquilles, et donc affreusement ennuyeux.

Et puis prenez soin du vocabulaire, n'employez plus le mot *aveu* lorsque vous évoquez le témoignage, les confidences d'un enfant violenté, réservez-le, ce mot d'*aveu*, au tortionnaire s'il reconnaît ses actes.

Ne lisons plus comme on l'a lu : « SYLVAIN, 27 ANS, SE SOUVIENT DE TOUT. EN ROUGISSANT, IL AVOUE POUR LA PREMIÈRE FOIS. »

La Supérieure, suspendue de ses fonctions et enfiévrée par le ressentiment, écrivit aux parents d'élèves.

Sa lettre débutait par un prometteur « **Et maintenant, ça suffit !** »

La suite n'était pas piquée des vers. En voici des extraits.

« On m'avait demandé de me taire [...] j'ai fait l'objet de calomnies [...] J'ai été, comme vous, complètement anéantie par ce qui est arrivé à l'école : c'est un véritable drame [...] nous avons assisté à un véritable lynchage médiatique destiné à salir tous les collègues et à détruire l'ensemble de l'école [...] J'ai toujours travaillé avec passion, avec tout le dévouement [...] sans compter les heures... Et nous aurions renié toutes nos convictions pour laisser un adulte assouvir ses plus noirs instincts en toute sécurité ? **Qu'on nous connaît mal... !** De mon côté, j'aurais influencé des parents "qui savaient" pour les contraindre au silence ? **Soyons sérieux !** Quel argument, aussi puissant soit-il, peut obliger une mère qui sait son enfant en danger à se taire et à assister passivement au supplice sans aucune réaction ? **C'est inconcevable ! En réalité, si personne n'a rien dit, c'est que personne ne savait... !** »

Authentique provocation, cette lettre révolta tant de parents qu'elle faillit leur inspirer le sursaut insurrectionnel tant redouté par l'Inspection académique et les collègues de l'Enseignant. Des pères se promirent, si la Supérieure osait reparaître à l'école, de la jeter à la Rivière (peu profonde, que l'on se rassure). Des mères en larmes crièrent leur indignation.

Mais matin après matin, les enfants furent menés à l'école et livrés à l'équipe louangée par celle que tout le monde vilipendait, et que le Procureur, après lecture de la lettre, décida de placer en garde à vue : « Tout cela commençait à bien faire. On a essayé d'entraver la bonne marche de la Justice. Nous ne pouvions pas laisser faire ça. »

Tous les petits soldats de la paix honteuse étaient en ordre de bataille, et défendaient leur position, comme ces représentants des parents d'élèves qui dans un communiqué affirmèrent ne vouloir « en aucun cas analyser la situation actuelle, la Justice et l'administration de l'Éducation nationale étant les seules à devoir agir », et qui dans le même temps tinrent à témoigner « sympathie, reconnaissance », et « soutien » aux collègues de l'Enseignant, ceux-là mêmes que les gendarmes continuaient à entendre.

X aspirait sans vergogne à redevenir un gros bourg tranquille. Un méchant s'y était caché, le méchant était en prison à bonne distance de là, le conte était terminé, bonne nuit les enfants !

La morale de ce conte, *il* la vit dans cette déclaration faite à son propos par la Supérieure, relativement à son initiative de conduire l'Enseignant à la gendarmerie : « Je m'étonne de l'attitude de M. Cendrey, qui n'a plus d'enfant dans cette classe. »

En 1996, l'année où deux familles lui avaient dénoncé les agissements de l'Enseignant, la Supérieure avait son propre fils dans la classe de ce dernier, classe dont elle l'avait soudainement retiré.

L'Enseignant, dans ce grand élan d'amnésie, ne souhaita plus être en reste.

« Si j'ai fait des aveux, c'est parce que j'étais fatigué. »

Plus d'aveux de sa part, plus que des victimes imaginaires, auxquelles ces dénégations vont faire l'effet d'un crachat.

« J'estime n'avoir eu aucun comportement condamnable à l'égard des enfants qui sont visés dans la mise en examen. Pour être clair, je n'ai commis aucun acte répréhensible au niveau sexuel sur leur personne. »

Le revirement était à la hauteur du personnage.

Lui, *il* se rappelait qu'à ceux qui venaient lui dire « il devait finalement attendre, espérer qu'on l'empêche de continuer, et ton intervention l'a sans doute soulagé », *il* répondait ne pas y croire une seconde, que grisé par un sentiment d'impunité et les jouissances de la duplicité, l'Enseignant serait bien allé ainsi jusqu'à la retraite.

Et s'*il* avait conçu le moindre doute quant à la pertinence de son initiative, ce doute lui aurait été ôté un soir devant l'hôtel de ville, par une femme qu'*il* reconnut comme la mère d'une fillette de CP.

« Il s'en est pris à ma petite, c'est insupportable.

– Savez-vous s'il s'en est pris à d'autres au cours de ce début d'année ?

– Mais monsieur, toutes les mères que vous voyez avec moi sont là pour la même raison », dit-elle en désignant les très nombreuses femmes qui l'entouraient.

Entre la rentrée de septembre et le début de février, il semblait en effet que l'Enseignant s'en était pris, à des degrés divers, à près de la moitié de l'effectif de la classe de CP.

Trente plaintes étaient désormais retenues. L'énormité du crime, la grossièreté des manipulations, l'isolement des familles de victimes avaient convaincu un petit groupe de la nécessité de s'organiser en association.

Il en rencontra très vite le président, qui lui dit : « Tu vois, on a mis un peu de temps, mais ça y est, on se bat. »

S'*il* applaudissait l'initiative, *il* s'inquiétait de la stratégie choisie, trop conciliante à son sens pour avoir pleine efficacité.

« J'ai lu que tu as déclaré, dit-*il* au président, que tu tendais la main aux enseignants. Tendre la main à ces enseignants-là, c'est je le crains, le meilleur moyen pour se faire taper sur les doigts. »

Le président lui apprit que cela venait d'être fait par l'Inspecteur local, qu'il était allé rencontrer plein d'espoir et avec des propositions, et qui l'avait cinglé de son mépris. Quant aux enseignants, il n'y en avait pas eu un pour répondre positivement à son initiative, et désormais la cour de l'école était interdite aux parents.

Pour autant, l'association ne réclamerait le départ de personne.

L'Inspecteur d'académie non plus ne réclamait le départ de personne, mais un renouvellement du personnel lui semblait souhaitable, et il dit à Marie que s'il n'avait pas le pouvoir de muter d'office, il pouvait faire en sorte que des demandes de mutation émanant des enseignants de X fussent étudiées en priorité.

Il dit aussi à Marie que sa femme et lui étaient de ses lecteurs admiratifs. Mais si Marie l'avait appelé, l'Inspecteur d'académie, ce n'était pas pour être louangée, mais parce qu'elle s'inquiétait de l'absence de réponse à son courrier.

En effet, souhaitant voir leurs enfants bénéficier du service d'enseignement à distance de l'Éducation nationale, il leur fallait effectuer une demande d'autorisation auprès de l'Inspection académique. Les enfants de mariniers, par exemple, obtiennent sans difficulté cette autorisation.

Comme ils n'étaient pas mariniers et que l'affaire de l'Enseignant était cause de la déscolarisation de leurs enfants, Marie avait écrit, dans la case **Raison de la demande**, «*problème de pédophilie à l'école*».

Seulement voilà, pour l'Inspecteur d'académie, problème de pédophilie il y avait eu, certes, mais problème de pédophilie, depuis l'incarcération de l'Enseignant, il n'y avait plus, et cela rendait leur demande irrecevable.

Marie lui fit gentiment observer l'indécence de ce refus en pareilles circonstances, et lui dit que puisque la presse, elle, continuait de s'intéresser à leur situation, ils allaient lui apprendre la manière dont les traitait la hiérarchie de l'Enseignant.

Un rien de temps plus tard, au courrier, leur demande d'autorisation leur revint avec avis favorable. Dans la case **Raison de la demande** : la mention de la main de Marie avait disparu sous une grosse couche de correcteur liquide. D'avoir en main ce document ainsi *bricolé* les écœura si fort qu'ils renoncèrent au service d'enseignement à distance d'une Éducation nationale décidément misérable, et ils continuèrent d'enseigner eux-mêmes leurs enfants jusqu'au jour du départ.

Il le voyait et l'entendait de plus en plus manifestement : X aspirait sans vergogne à redevenir un gros bourg tranquille où par tradition on feignait de ne rien voir, de ne rien entendre, et où l'on savait se taire quand la bassesse l'exigeait.

Les nouvelles des communes environnantes, il est vrai, étaient si moches, que cela permettait à celle de X de moins faire tache dans le paysage.

À la maison de retraite de B., un médecin venait de briser le silence.

«J'avais remarqué qu'il y avait des retards dans les pansements, la tenue des piluliers [...] chaque fois que je le signalais à l'infirmière sa réponse était : ça doit être fait aujourd'hui. J'organisais des réunions de discussion, des temps de parole avec le personnel. […] Le directeur est intervenu violemment pour interdire que le fonctionnement de la maison de retraite soit abordé dans ces discussions. À partir de là, il ne m'a plus jamais adressé la parole. […] En rentrant de vacances, je rencontre une infirmière remplaçante de l'infirmière titulaire, qui me raconte des choses incroyables : des pansements d'ulcère faits à main nue, les croûtes grattées avec les ongles […] des bandes propres sur des pansements sales pour faire croire que le pansement a été fait […] la tenue des piluliers [qui] ne serait pas [jugée] importante vu l'âge des résidents […] le personnel est terrorisé. Je demande à être entendu à la brigade de B. Je contacte tous mes confrères intervenant à la maison de retraite […] je n'ai reçu aucune réponse par écrit. Plusieurs membres du personnel me disent que le directeur avait exercé des pressions sur eux, avec menace sur l'emploi, avant leur audition à la gendarmerie. […] Je commence à tout noter. La DDASS fait finalement son inspection […] Je n'ai jamais reçu de compte-rendu […] La vie de certains patients était mise en danger. J'ai rappelé la gendarmerie de B. et redemandé à être entendu. La suite, vous la connaissez. »

La suite, ce fut la mise en examen et le placement sous contrôle judiciaire du directeur et de l'infirmière titulaire.

On aura noté des parentés entre l'affaire de X et celle de B., on fera de même avec celle qui venait d'éclater non loin de X, à Q.

« **Q. : la ferme de l'horreur !** […] au lieu-dit Les Seigneurs, des taureaux, moutons, génisses, gisant un peu partout sur l'exploitation. Des animaux morts de faim qui en côtoyaient d'autres encore en vie, mais pour combien de temps. […] Ce sont deux jeunes filles de Q. qui sont venues porter plainte [...] Un taureau mort depuis dix jours, le ventre tout gonflé, des brebis mortes en mettant au monde leurs petits, des veaux faméliques ne pouvant plus se lever... Dans la bétaillère stationnée à l'entrée de la ferme, spectacle identique : quatre moutons morts et deux rescapés hurlant leur faim et leur désespoir. Plus loin, sous une bâche, c'est un véritable charnier : une vingtaine de moutons en état de décomposition. Et dans les champs voisins, d'autres découvertes tout aussi macabres... Le propriétaire, Jérôme G., avait déjà été interrogé par les gendarmes...

Tout le monde savait ou presque et personne n'a rien dit. C'est une mentalité déplorable. Certaines personnes nous ont dit qu'elles avaient entendu les bêtes hurler pendant plusieurs jours... Un agriculteur à qui on a demandé s'il n'aurait pas pu nourrir les animaux nous a répondu : "Je ne suis pas là pour nourrir les animaux des autres." »

Les animaux des autres, les enfants des autres... et personne n'a rien dit...

Q. et X se devraient très sérieusement d'envisager leur jumelage.

Dans une édition du *Parisien*, le Procureur jugea bon de refrapper un coup de sa règle en fer d'une façon très *enseignante*.

« *Il* n'a en aucun cas été l'élément détonateur de l'affaire de *X*. C'est possible qu'*il* ait aidé les familles. Mais je trouve la démarche qu'*il* a eue de conduire *l'Enseignant* à la gendarmerie très gênante car *il* n'avait pas d'éléments... Il y aurait eu un crime en ville et *il* aurait intercepté l'auteur en flagrant délit, d'accord. Mais, s'*il* avait vraiment voulu aider les familles, *il* les aurait accompagnées à la gendarmerie et leur aurait donné le courage d'appuyer sur la sonnette. Qu'*il* continue à écrire ses livres et qu'*il* laisse faire la justice. »

Ces propos lui allèrent droit au cœur. Le traiter de gêneur c'était lui faire compliment.

Il était d'autant plus coupable qu'*il* avait eu l'insolence de croire qu'il y avait plusieurs crimes en ville, et de ne pas se tromper.

Entre la rentrée de septembre et les premiers jours de février, il se confirma que c'était effectivement à treize enfants sur les vingt-sept de sa classe que l'Enseignant s'était attaqué.

Et le nombre total des plaintes retenues était, lui, passé à trente-six, dont deux pour viol. Quant au nombre total des victimes qu'on ne connaîtrait jamais précisément du fait de l'ancienneté de certaines agressions, il était évidemment beaucoup plus important.

Mais ce à quoi X aspirait plus que tout, c'était à redevenir un gros bourg tranquille.

Les élections municipales venaient d'avoir lieu. L'Élu ne se représentait pas. Ce fut son premier adjoint qui lui succéda et poursuivit son œuvre dialectique, trouvant lui aussi ces histoires « incroyables », adjectif qu'il martela sans se soucier de son indécence, car de croire à l'ignominie il était tout de même devenu plus que temps.

« On ne va pas virer tous les enseignants comme des malpropres. Si un directeur d'usine a commis une faute, on ne pénalise pas tous ses ouvriers. »

L'Enseignant en directeur d'usine, l'image laissait songeur.

« C'est une histoire dont on aurait pu se passer. » Une forte pensée à graver dans le marbre.

Mais quelle conséquence en tirer ?

« Il faut enterrer l'affaire. »

C'était cet homme qu'une majorité de gens de X venait de choisir pour les représenter, et *il* trouvait que ce choix avait été judicieux, que le Nouvel Élu représentait bien la majorité des gens de X.

Il accompagna ses enfants, les deux aînés, à la gendarmerie, pour leur audition. Un psychologue s'entretint avec l'un, puis l'autre, chacun accompagnant ensuite un gendarme chargé de sa déposition, tandis que le psychologue l'assurait ne pas les compter au nombre des victimes.

Pour autant, *il* savait que très longtemps encore il faudrait demeurer attentif aux signes éventuels d'une souffrance muette. En ces affaires, le temps n'est pas toujours l'allié que l'on dit couramment, et à l'adolescence, les enfants peuvent avoir une conscience plus douloureuse de ce à travers quoi ils sont passés et du malheur de leurs anciens camarades de classe.

Il lut scrupuleusement les déclarations faites par sa fille, les contresigna. *Il* lut scrupuleusement les déclarations faites par son fils, relut la dernière phrase, la relut encore, et se glaça.

Il tourna le document vers le gendarme qui lui faisait face, et pointant du doigt la phrase : « Je déclare avoir subi des attouchements de la part de l'Enseignant », il lui demanda ce qu'il devait comprendre.

Le gendarme s'empourpra, bredouilla que bien sûr c'était exactement le contraire, que bien sûr il corrigeait ça immédiatement, qu'il avait eu à écrire cette phrase tellement de fois que bien sûr, à force…

Décidément il était dit que dans cette gendarmerie, on avait le goût de la boulette.

Il invita Laurine à déjeuner à Trouville, ce qu'ils firent en terrasse, sur le port. Le soleil brillait pour Laurine, pas pour l'Enseignant. Laurine n'avait pris qu'une simple assiette de crudités mais déclara avoir très bien mangé, sans doute parce que le soleil ne lui avait jamais paru si bon.

La plage de Trouville a d'immenses vertus pour la conversation, surtout lorsqu'on la parcourt d'ouest en est, face à l'estuaire, où les grands cargos font petits, face au Havre, où les ferrys s'en viennent, et mieux encore, d'où les ferrys s'en vont.

Ils reprirent la voiture, suivirent la merveille de route côtière qui tournille vers Honfleur. Autre port, autre terrasse, le même soleil. Au moment de régler les consommations, se découvrant démuni, *il* demanda au garçon où se trouvait le distributeur de billets le plus proche. « Juste en face, sur l'autre quai. Vous ne serez pas long. De toutes les façons, je garde votre femme en otage.

– Ma femme ? Allons allons monsieur, ma fille ! »

Le pauvre garçon devint aussi rouge que le gendarme à boulettes.

Quelques minutes plus tard, quand *il* lui tendit un billet de cent francs encore tiède, le serveur se tourna vers Laurine avec un bon sourire et lui dit d'une voix de papi : « Alors ça y est, papa est revenu. »

À peine la monnaie fut-elle dans la soucoupe que Laurine et lui partirent d'un fou rire formidable. Grâce à ce garçon maladroit, venait de s'établir une filiation qui les enchantait.

Une des dernières journalistes à avoir séjourné à X écrivit qu'on pouvait encore y trouver des incrédules : « Faut pas croire les gamins ! À peine si on les touche ils se font des films. »

Il était dit qu'*il* aurait vraiment épuisé tous les charmes de ce village, où la journaliste décrivit une atmosphère générale à la mesquinerie et aux justifications commodes.

« Les seuls à n'accuser d'autres qu'eux-mêmes, ce sont les enfants… Les plus petits culpabilisent face à l'emprisonnement de leur instituteur. "Est-ce qu'on lui donne à manger en prison ?" »

Dernière partie de basket avec la poignée de jeunes gens de X qui aiment se retrouver là, sous le panier unique, entre parking et prairie.

La mère d'une gamine lui dit : « Dix ans d'échecs et d'éprouvettes avant d'avoir ma fille, et quand je l'ai eue, je l'ai donnée à Vadeboncœur pour qu'il la baptise, et puis à l'Enseignant pour qu'il l'enseigne. Il y a de quoi se demander pour la suite. »

Dernière nuit à X, dernière nuit à jamais.

Dernier regard au jardin, au bac à sable et à son gros romarin, dont les enfants rentraient tout parfumés. Le break fumait dur devant l'ancien café. *Il* coupa l'eau et la lumière. *Il* tira la porte. *Il* jeta la clé dans la boîte à lettres d'une maison qui n'était plus la leur.

Une dernière fois la rue Principale. Quelques faciles tours de roue et déjà c'était fini, ils avaient devant eux sept cents kilomètres en pente douce.

III

Le procès

Il fallut attendre la fin de l'instruction.

Par un arrêt de la chambre d'instruction, la Supérieure et l'Inspecteur à la retraite mis en cause obtinrent des non-lieux, et le Procureur qui les avait naïvement embêtés quitta la Justice pour embrasser la carrière de sous-préfet aux champs, avant d'aller se les geler sur une île glacée de l'Atlantique Nord, à un poste qui n'a rien d'une promotion.

Un nouveau Procureur annoncera l'identification de quarante-quatre victimes dont trois de viol, les autres d'atteintes sexuelles, toutes ne se portant pas partie civile.

Les premières agressions remontent à une trentaine d'années et sont prescrites. Le procès n'évoquera que la période durant laquelle l'Enseignant a sévi à X, à savoir de 1989 à février 2001.

Ce procès, le Nouvel Élu de X ne cache pas qu'il le redoute comme la foudre : « Actuellement au jour d'aujourd'hui, euh, moi personnellement en tant que maire de X, hein, dans l'opinion publique et les administrés que je suis appelé à rencontrer, personne ne m'en parle… c'est le silence… donc je sais que l'affaire n'est pas arrêtée… mais… bhé… la Justice est en train de faire son travail, à mon avis laissons-la faire son travail, et puis… euh… essayons de garder not' calme et not' sérénité, euh, forcément va y avoir de nouveau une petite étincelle qui je l'espère, hein, je le dis très fortement, que cette étincelle n'aura pas d'effet, elle allumera pas un feu, ça s'éteindra aussitôt. »

Il a motif d'espérer le Nouvel Élu. L'Enseignant, toujours dans la dénégation, sera le seul à être poursuivi. La thèse du prédateur solitaire, de la pomme pourrie tellement bien cachée sous des kilos de pommes saines dans un cageot sain et solide, cette thèse si pleine d'avantages, semble celle qui va prévaloir comme dans tant d'autres affaires du genre.

Les dates du procès tombèrent enfin, 2, 3, 4, 5, 8, 9, 10, 12, 15, 16, 17, 18 et 19 novembre 2004, à Z, soit près de quatre ans après l'arrestation de l'Enseignant.

J'en fus soulagé pour les victimes et accablé pour moi-même, la perspective de devoir affronter la laideur de Z sous un ciel de novembre étant d'un lugubre achevé.

À trois semaines du 2 novembre, aucune invitation (qui en l'occurrence se nomme assignation) ne m'étant parvenue, je pris contact avec le greffe du tribunal de grande instance de Z, qui, à la suite d'une erreur d'adresse, admit m'avoir oublié.

Le 20 octobre au matin, mon fils cadet me tira du lit en me disant qu'un monsieur assez rouge criait mon nom depuis la rue en agitant un papier que notre grosse chienne croyait pour elle et convoitait. J'ouvris une fenêtre de l'étage et entendis l'homme rouge me lancer : « Monsieur Cendrey ! Je viens vous assigner aux assises, j'ai besoin de votre signature ! », information qui ne pouvait qu'émouvoir le cantonnier à peu de distance de là.

Je reçus l'homme rouge, qui me remit copie d'un acte comportant cinq feuillets couverts d'un nombre considérable de noms dont beaucoup m'étaient connus, portant trois fois la mention « pénétration sexuelle [...] avec ces circonstances que les faits ont été commis sur un(e) mineur(e) de 15 ans [...] et par une personne ayant autorité sur la victime », et trente-huit fois la mention « atteintes sexuelles avec violence, contrainte, menace ou surprise ». « Ce n'est pas l'habitude d'assigner pour autant de monde, dit l'homme rouge, surtout quand ce sont des enfants. »

Quelques jours après le téléphone a sonné. Marie a répondu. Laurence lui a appris la mort de Sophie.

La voix les yeux les mains la chevelure de Sophie. Toute l'élégance de Sophie dans sa longue souffrance. Sophie qui m'avait menti mais n'était plus accessible au reproche, qui ne viendrait pas en décembre faire convalescence à la maison, ni en décembre ni jamais, si peu de temps auparavant m'avait dit le désirer si fort, dans cette chambre d'hôpital où je l'avais trouvée, les lunettes au bout du nez, tricotant quelque chose de gris, douloureuse et très gaie, m'avait dit oui la vieille maison, le fleuve ancien, la pierre romane, les plus gros arbres, et Sophie m'a menti, et s'était-elle menti à elle-même je l'apprendrais peut-être mais quelle importance, puisque Sophie ne se promet plus, qu'il faut annoncer cela aux enfants, et tellement les affliger, eux qui travaillaient déjà au bon rétablissement de Sophie, Laurène lui confectionnant un collier auquel pendait un talisman, une *bulle d'eau* emplie de perles, une *bulle d'eau* telles celles que les pêcheurs perdent souvent au bord du fleuve, Silvère lui écrivant un roman miraculeux et Romaric une bande dessinée salutaire, toutes choses désormais privées de leur destinataire.

Si peu de temps auparavant et Sophie si confiante, et si faible, si amaigrie, si résolue à écrire un livre nouveau, un livre de plus, et qui me l'a décrit. Sophie fontaine de morphine, la bouche sèche et qui a froid, qui a faim de bonnes choses, de viandes travaillées et de desserts difficiles, qui rêve de marcher et m'offre de la voir pousser une dizaine de petits pas jusqu'à la citrouille cueillie la veille dans mon jardin, que je lui ai portée, posée tel un soleil éternellement couchant sur le rebord de la fenêtre, d'un orange bondissant, pleine de fesses dodues que Sophie a eu plaisir à tapoter, une citrouille qui avait vocation à devenir carrosse et l'emporter de là, avec Alain pour cocher. Ne restait à Sophie qu'à trouver les souris dont elle aurait fait des chevaux, mais il faut croire et c'est très triste, qu'à l'hôpital Curie, de souris il n'y a pas.

Sophie m'avait réclamé de lui raconter la maison, pièce par pièce, celles qu'elle connaissait, celles restaurées qu'elle viendrait découvrir, la tour de fournil en brique rose et aux allures de ruine romaine où je dis mon bureau, une fresque naïve longtemps masquée par du papier peint, des tessons d'assiettes, des moulages de bronze, un masque de plâtre, une frise de marronniers désormais prolongée de poissons souriants, du bois gravé par un charpentier, le commentaire et la signature d'un maçon dans un enduit de chaux, Sophie semblait n'aimer les maisons, les objets, que s'ils avaient souffert, et plus ils revenaient de loin, plus elle les chérissait.

Nous avons parlé enfants, livres, maison d'édition, chats, jardins, Jeanne, Marie, Alain, cuisine, ciel de Paris et ciel d'Occitanie. Sophie m'a dit : « Tu vois ce petit lit de toile au pied de la fenêtre, mon frère y a couché, et nous avons parlé, de lit à lit, comme quand nous étions enfants, dans cette maison tu sais, je vous en ai beaucoup parlé. »

La chambre était banale et pour moi bien trop chaude, le lit de toile évidemment inconfortable, mais j'ai envié ce frère qui avait passé là une nuit entière auprès de sa petite sœur malade.

Nous étions Sophie et moi très gais lorsque sa mère est venue, souriante et curieuse de notre bonne humeur, que j'aurais aimé, une fois encore envieux, prendre aussitôt pour mère quand j'en ai une si mesquine et si aigre.

Je les laissai. J'allai aux librairies comme on va aux bois à la saison des champignons. J'en rapportai *Pickwick*, *Bleak House*, pour les enfants *Dinosaures*, *Dr Jekyll*, *Barbapapa*, pour Marie *Les Boutiques de cannelle*, et pour Sophie *Les Grandes Espérances* dans une édition délicatement fanée, Sophie aimant les livres lus, tout autant que les broderies portées par d'autres, les miroirs au tain épuisé.

Je revins à Curie et puis j'en repartis après un dernier baiser sur le front de Sophie, là où il était coupé d'une longue cicatrice, stigmate de l'adolescence. J'en repartis muni d'un plan précis, fait par elle afin que je rejoigne, sans manquer un digicode, sans louper une marche, sans me tromper d'étage, l'appartement où j'étais attendu par sa fille et son mari.

Je montai dans le bus que Sophie m'avait dit de prendre, mais quand j'eus annoncé au chauffeur où j'allais, il m'offrit de dépasser le terminus en sa compagnie, et me fit traverser la Seine pour me rapprocher.

J'arrivai chez Sophie. Fille et mari je les trouvai s'affrontant sur un problème de lycée, qu'ils s'accorderaient sans mal l'un et l'autre aujourd'hui à trouver dérisoire, en concevraient une peine légère, et de l'amusement aussi. La consigne de Sophie était que le dîner fût aussi réussi que si elle l'avait préparé elle-même, et tandis que je portais à ma bouche une fourchette si fine qu'on l'eût dit d'une dînette de poupée, d'un coup de cuisse je ne manquai évidemment pas de démolir la table trop fragile pour moi.

J'avais la chambre de Sophie. Par l'immense fenêtre douloureusement cintrée, je vis ce que voyait quotidiennement Sophie. Je me suis réveillé dans le lit de Sophie.

Je me suis rasé le crâne en tentant de m'aider des miroirs de Sophie, noirs de plusieurs siècles et si remplis de visages que le reflet du mien n'y pouvait entrer.

Ce que Sophie avait décidé, c'était que le 2 novembre, jour de l'ouverture du procès de l'Enseignant, je ne serais pas à Z mais à Tremblay, et à son enterrement.

Je me fis excuser au tribunal et pris le train de sept heures dix-neuf pour Bordeaux, que rejoignaient également deux adolescentes. « Pierre il est pas gavé beau, mais il est gavé de charme. Moi j'étais trop pas d'accord d'aller danser au Koala, c'est trop gavé de culs.

– Lui tu crois qu'il cherche un morceau de viande, ton téléphone et puis accessoirement ton nom, ton âge. Et pourquoi pas passer tout de suite sur le canapé ?

– À cinq heures l'après-midi mamie me réveille, j'avais la tête en live. Mamie elle me casse les couilles, elle voulait faire un petit tour. J'lui ai dit moi je regarde la télé.

– Seulement Arnaud il est trop beau, mais les gonzesses il passe trois heures au téléphone. Je me suis dit oh putaing ! J'ai dit on se voit mardi parce que moi je me casse. Et il m'a répondu : "T'es pas mon genre de force." Je sais pas ce qu'il voulait dire par là. Il serait l'homme de ma vie s'il avait un cerveau. »

Dans le train de Paris, j'étais assis près d'un assez jeune homme qui trois heures durant allait dévorer la revue *Mariages*.

« Vous, pas de doute, vous préparez sérieusement les choses.

– Non, il n'y a que des conneries là-dedans. C'est pour le mariage de ma sœur, ma sœur jumelle. »

Mon voisin n'eut pas plutôt fini sa phrase qu'un

garçon d'une dizaine d'années et une fille du même âge, se ressemblant parfaitement et vêtus à l'identique, passèrent à notre hauteur, le garçon devant avec deux pailles à la main, la fille à sa suite portant une boisson en boîte.

« Vous avez vu, vous avez vu comme moi, n'est-ce pas ?

– Oui oui, dit mon voisin, comme ma sœur et moi.

– Les histoires de coïncidences sont généralement ennuyeuses, mais dans mon cas, ce qui est singulier, c'est que c'est la deuxième en deux jours. Hier, en ville, j'attendais pour traverser une rue. La circulation était importante, je patientais, et parfaitement inexplicablement je songeai soudain à Fernand, mon ancien garagiste aujourd'hui retraité à vingt kilomètres de là, lorsqu'une Clio blanche ralentit à ma hauteur et que je fus salué d'un vigoureux mouvement du bras par… qui ? Vous l'avez bien sûr deviné. C'est avant tout la parfaite pauvreté de cette coïncidence, son absence d'intérêt, qui m'a épaté. »

Remontant le quai de la gare Montparnasse, je décidai de rejoindre à pied l'hôpital Curie, comme la fois d'avant et par les mêmes rues, et de m'arrêter dans les mêmes lieux, comme si Sophie était en vie, comme si j'avais une citrouille dans mon sac.

J'achetai un sandwich aux crudités et une part de pudding à la boulangerie de la Tour. J'attaquai le sandwich sur Edgar-Quinet, et rejoignis le square de la rue Jolivet. Des pigeons, des moineaux, comme s'ils reconnaissaient celui qui deux semaines plus tôt les avait gratifiés des miettes de son repas, furent vite une trentaine autour de mon banc. Je leur offris cette fois un joli morceau de baguette, qu'un choucas très agressif vint leur enlever. Je me levai, j'allai saluer Soutine – une belle statue de bronze brusqué –, et le choucas en profita pour sauter sur le banc, me voler le reste du sandwich dans son emballage, et le dépecer hors de ma portée.

À trois bancs de là, un homme banal, genou à terre, photographiait photographiait photographiait un homme en noir au crâne rasé et aux énormes lunettes, ainsi qu'une femme en noir, beaucoup plus jeune que l'homme en noir agrippé à son épaule. Elle qui rougissait parce qu'elle se croyait belle dans son blouson de peluche. L'homme en noir qui brillait de satisfaction. Et l'homme banal qui ne se lassait pas de figer ses sujets sur son écran numérique.

Sur le banc voisin du mien, un genre de peintre du dimanche, du dimanche après-midi, à l'heure où il n'est plus temps de sortir ses pinceaux mais de se tasser quelques apéros, vint s'asseoir et lisser de ses mains tremblotantes sa longue chevelure grise. Il ouvrit une boîte de bière, la porta difficultueusement à ses lèvres, et emplit sa moustache et sa barbe d'une mousse épaisse. Il déplia un journal, et le tenant à bout de bras il le lut, ou fit semblant de le lire, car mon avis était que le tremblement qui agitait le journal était tel qu'il interdisait toute compréhension.

Un flic passa, très essoufflé, qui parlait seul, et fort, dans un talkie-walkie. « Veste beige. A été pris en chasse par un vigile au départ. Oh oh bravo ! Votre position ? » Un autre flic déboula à vélo, puis deux, puis trois, quatre. « Je répète, veste beige. » Des flics, il y en eut vite six ou sept autour de notre petit square. Je me félicitai de ne pas porter de veste beige. Je remarquai que mon peintre du dimanche tremblait alors éperdument, comme un homme qui viendrait de retourner sa veste… beige, ou d'apprendre par le journal que la police était sur ses traces. Ce journal, il semblait s'y cramponner pour ne pas verser de son banc, rouler sur le sable, se faire crever les yeux par le bec du choucas.

Sophie, il n'était rien arrivé de semblable, dans le

square de la rue Jolivet, lorsque tu étais en vie. Mais peut-être était-ce parce que je devais croire que tu étais morte que je regardais la vie et ses banals événements avec plus d'attention.

Comme dans un film de Renoir, deux vagabonds litronaient du rouge près d'une valise sale fermée d'une ficelle. Un troisième pissait dans un houx.

Au carrefour de Raspail et du Montparnasse, je poussai la porte du *Calumet*. Je commandai un café. Au comptoir, à ma gauche, un discoureur brailla à un grand maigre à barbe et crinière jaune sale : « On veut dire aux Américains quel président élire, quand nous on a le plus mauvais que la terre ait jamais porté ! En France, il n'y a plus que Joël qui travaille. Hein Joël ? » Et le discoureur applaudit Joël, et Joël, le barman, sourit, d'un sourire fatigué.

Rue Notre-Dame-des-Champs, passant devant l'École alsacienne, j'ai de nouveau pensé à Mathieu Lindon.

Au Luxembourg, ce fut très différent de l'autre fois. L'autre fois, il y avait des enfants qui par pleines brassées arrachaient les fleurs des parterres, et celle qui semblait leur maîtresse les imitait, et toutes ces fleurs pas tout à fait fanées, je les vis les emporter en riant.

Cette fois, les parterres ratissés étaient absolument nus. Et je le regrettais. J'aurais aimé, mêlé à des enfants joyeux, prendre une fleur du Luxembourg pour l'offrir à Sophie.

Le Sénat grisonnait dans la brume légère. Les couleurs nationales pendouillaient sur leur mât.

Tous les amis de Sophie savaient désormais la mort de Sophie. L'annonce officielle de la mort de Sophie ne nous laissait aucune chance. Si Sophie, qui tenait si fort à la vie, si Sophie était morte, alors c'était certain : nous allions tous mourir.

Je croisai Sophie rue Saint-Jacques, une Sophie

d'une soixantaine d'années : même très beau visage, même robe d'un étrange et lourd tissu brun et d'une coupe de jadis.

Et j'approchais de Curie et cela me coûtait tant que je fis une entorse à mon engagement de répéter pas à pas et sans y changer rien le parcours du temps où Sophie m'attendait. J'entrai au *Waikiki*.

Je commandai un café. Les murs étaient couverts de portraits photographiques. Un gros homme entra et, sans lever les yeux vers aucun portrait, s'assit sous le sien. Je constatai qu'un jeune homme au nez étrangement ovoïde avait fait de même. Portraits des habitués, et là, et là, les portraits des patrons. Au *Waikiki*, la soupe du jour était un velouté de poireaux.

J'étais tout près. Je vis de petits bus gris, des gens vêtus de noir. C'était fini. Ce gris, ce noir, signaient la mort certaine de mon amie Sophie.

Les gens attendaient. Pourquoi je n'attendis pas ? La dernière fois j'étais venu en avance. En avance, je revenais. Vers Sophie je descendis par un vilain escalier.

Et puis la grande beauté de Jeanne. D'embrasser Jeanne tire les larmes. Sophie, ici. D'une splendeur de Sicile, violente et inconnue… que veux-tu dire par là, pauvre de toi ? Embrasse Alain. Reconnais ta Sophie dans cette cire parée d'une écharpe splendide. Le baiser de sa mère, et le froid qui remonte par les lèvres aimantes. Emporte de Sophie l'image impérissable. Tu la superposeras à celle de Sophie sur une île, de Sophie sur la plage, Sophie qu'un de tes fils et toi vous prenez par la main et entraînez dans la vague. Alors Sophie qui nage, qui vous dit que sans vous elle n'aurait pas osé, qui dit comme elle est bonne une fois qu'on y est, ce que de notre vivant, nous disons tous un jour, ou l'autre.

La foule qu'il y eut soudain. Quelqu'un s'appuya du coude sur un interrupteur et l'obscurité se fit dans tout le funérarium, tandis que par l'escalier noir des amis de

Sophie qui se pressaient vers elle, je remontai du royaume de la morte jusqu'à la rue, les petits bus gris, leurs chauffeurs en costume sombre, l'un d'eux apostrophant la passante quinquagénaire hautaine et outrageusement décolletée qui fendait la foule des endeuillés sur les ressorts d'une splendeur fouillée par la faillite. « Beaucoup de monde, me dit cet homme, et du beau, tiens, regardez un peu, Vincent machin, l'acteur. »

Claude Liliprune était présent lui aussi. Nous échangeâmes les signes de connivence que seuls savent les Pieds-Bleus. Une vilaine bonne femme s'approcha de Laurence et lui demanda, amusée, le pourquoi de ce rassemblement. « Un décès. » « Ah ! Très bien, très très bien, merci », répondit satisfaite la dondon avant d'aller s'embusquer à deux poubelles de là pour jouir de l'événement.

Nous étions huit je crois, dans un petit bus à nous, que conduisait Laurence, et qui d'embouteillage en embouteillage devait nous faire parcourir une quarantaine de kilomètres. Avenue Jean-Moulin, pour nous distraire de notre attente, un chauffeur de taxi, tenant à bout de bras un gros maillet, attaqua un passant tandis qu'un homme rubicond à la chevelure de neige, avec son téléphone portable photographiait la scène en dansant et riant.

Nous vîmes deux petits bus gris garés le long d'un mur de cimetière, signe que tout s'accomplissait, que nous venions de retrouver Sophie pour la perdre un peu plus.

Nous étions assemblés autour de la fosse. Nous écoutâmes le frère de Sophie évoquer la chambre et les histoires qu'enfants ils partageaient dans une maison aimante, quelque part, non loin. Nous écoutâmes les récits qui furent offerts à Sophie, et aussi des extraits des livres de Sophie, et aussi nous fîmes silence tandis que le lointain était percé d'un aboi, qu'une lumière rosée luttait avec le crépuscule rapide.

Et puis ce furent les cordes de chanvre, la descente au ciment, dans ce vide que ne purent combler tous les pétales de roses que nous jetâmes à poignées.

Les étreintes et les évocations, les promesses de bientôt et l'offre des cigarettes, un regard vers les hommes qui là-bas refermaient… le tombeau de Sophie.

Paris, le 3 novembre.

C'est un de ces hôtels labyrinthiques où l'on rejoint sa chambre en frémissant de devoir refaire le trajet dans les fumées d'un incendie.

J'ai passé une nuit vilaine, entre cimetière et tribunal.

J'ai appelé Marie, j'ai parlé aux enfants. Hier, Marie a vu quelques images de l'ouverture du procès, et l'Enseignant détailler le public d'un regard mauvais. Car public il y a, la partie civile qui réclamait le huis clos y ayant renoncé au dernier moment.

Beaucoup de monde dans la salle modeste et tristounette des petits-déjeuners. Un jeune barbichu en gilet sans manches m'aborde et s'excuse, au nom de son équipe, du trouble causé : « Oui, nous les gens de cinéma, nous sommes un peu envahissants.

– Mais non, rien ne me gêne, dis-je, avisant sur une des tables un tapuscrit dont, même à l'envers, il m'est facile de lire le titre. *Chambre n° 8*, c'est bien cela que vous tournez ?

– Oui, j'en suis le coauteur.

– Mais, évidemment, vous ne tournez pas dans la chambre n° 8 ?

– Non, la 37.

– Ce n'est donc pas un film réaliste.

– Si, plutôt, j'y ai un petit rôle au début, une scène de ménage.

– Ha, vous jouez un employé de l'hôtel ? »

Je déjeune, beaucoup plus raisonnablement que mon énorme voisine aux allures de chaudière, si pressée d'enfourner qu'elle garde la bouche ouverte tandis qu'elle écrase une énième tartine sous une grosse couche de beurre.

Me rasant le crâne, l'inspectant dans la glace, je songe soudain avec un frisson que la cicatrice de quelques centimètres que j'ai entre les yeux, c'est le vieux père de l'Enseignant qui me l'a dessinée.

Un jour où il était venu m'aider à la pose d'un escalier, il m'avait, depuis l'étage supérieur et seulement par maladresse, balancé sur la tête l'énorme marche palière. Il n'empêche, je me découvre marqué par cette histoire au propre comme au figuré.

Je promène mon corps dans le quartier, mon esprit, lui, est ailleurs.

Je prendrai tout à l'heure un train pour Z, à Saint-Lazare.

Rue du Four, il me souvient brusquement que j'y ai eu une éditrice. Comme il ne saurait être mauvais de lui apprendre ma nouvelle adresse, j'envisage de me présenter à la sienne, dont cependant je n'ai plus aucun souvenir du numéro.

Mais aussitôt, qui traverse la rue et s'empresse au-devant de moi ? Philippe Delerm. Et Philippe Delerm sait parfaitement à quel numéro je vais trouver mon éditrice des Mille et une nuits. Et nous évoquons le procès de Z. Et Philippe Delerm, toujours enseignant, m'apprend qu'un de ses collègues, fréquenté quinze ans durant, vient de tomber pour une affaire du même ordre.

L'éditrice recherchée est présente, et se dit très satisfaite de la carrière de *Parties fines*. Pour ma part, je lui fais le pari qu'il sera brandi, celui-là plutôt qu'un autre, par la défense de l'Enseignant, comme une preuve flagrante de mon immoralité – hypothèse que mon interlocutrice juge tout à fait réjouissante.

Je déjeune d'un sandwich et d'une bière chez *Nils*. Une très misérable et minuscule et très fébrile et malodorante vieillarde hésite depuis un long moment devant la vitrine du comptoir, puis ne pouvant se résoudre à rien, présente au serveur une poignée de piécettes et lui demande ce qu'elle peut avoir pour… ça. Le serveur, un long garçon d'aspect lunaire et au français incertain, se penche alors vers elle et plonge un doigt dans les piécettes pour les compter. Mais son geste est trop vif, toutes les piécettes fusent et vont rouler aux quatre coins de l'établissement. La vieillarde trottine affolée de droite et de gauche devant le serveur au comble de la confusion, s'exclame qu'il lui manque une pièce et réclame du serveur qu'il tienne compte de la pièce perdue dans le choix du sandwich. Le pauvre garçon lui fait signe de verser les piécettes de sa paume dans la sienne, saisit de ses pincettes un sandwich au hasard, et demande à la vieillarde de patienter le temps qu'il le réchauffe. « Parce que je vais manger chaud, ça alors ! dit la vieillarde en s'esclaffant et tournant sur elle-même. Dites-moi un peu tout de même ! Ha ha ha ! ajoute-t-elle en prenant à témoin celui qui patiente derrière elle en fronçant le nez. Qui l'aurait cru ? », ajouta-t-elle encore, riant de plus belle, dans l'attitude de celle à qui on vient de jouer un bon tour.

Je passe à la maison, ma maison d'édition, qui était celle de Sophie. L'atmosphère y est heureuse et intensément laborieuse, car quelques instants plus tôt, deux livres de L'Olivier ont été distingués, *Une vie française* par le prix Femina, *Histoire d'une vie* par le Médicis étranger. Et quelqu'un dit : « Hier nous enterrions Sophie, et ce matin c'est la *vie* qui est deux fois récompensée. »

Z, le 3 novembre.

Dès le parvis de la gare je reconnais le n'importe quoi, le n'importe comment, le c'est comme ça des lieux sans esprit. Par le boulevard Papillons-Noirs je m'enfonce dans la cuvette où Z se plaît à moisir. Je rejoins l'hôtel *Mercure* là-bas en bas, et que dire d'autre pour le décrire sinon qu'il fait face à un supermarché *Cora*.

Nous étions convenus, maître Turk et moi, de nous retrouver là. Mais de chambre au nom de maître Turk, la réceptionniste n'a pas. Des maîtres, oui, elle en a, mais pas celui-là. Par défaut, elle me propose un maître Lec, dont évidemment je n'ai pas l'usage, même si je l'identifie comme celui qui il y a peu se nommait encore maître Lecul, et qui, selon le mot de Turk, a attendu cinquante ans passés pour renoncer à sa partie… cul.

Ma chambre n'est qu'une boîte à dormir, mais j'ai déjà le soupçon qu'elle pourrait ne pas même remplir envers moi cette vocation-là.

Mes jambes me portent au tribunal tel un condamné à revivre des événements dégoûtants. À peine en ai-je franchi le seuil que la jeune Lydie m'a embrassé à deux joues, que ses parents m'ont pris les mains, et que fusent les salutations de la part de tous ceux qui sont si satisfaits qu'enfin nous soyons là.

Gentil hasard qui a voulu que je pointe mon nez pendant une suspension d'audience.

Une ambulance passe à grand bruit. On me dit qu'elle emporte la vieille femme de l'Enseignant qui a fait un malaise cardiaque au moment d'être extraite de la salle des témoins.

Maître Turk m'apprend qu'il a renoncé au fade *Mercure*, trouvé beaucoup mieux dans la campagne, et que nous y dînerons tout à l'heure.

Et puis l'audience reprend, et je m'en vais finir de reconnaître Z, ses rues nulle part, sa place Général-de-Gaulle, de Gaulle et de n'importe où.

La nuit tombe.

La nuit est tombée depuis des heures.

Je suis un tas de fois repassé en vain au tribunal.

Il fait froid. Je déambule entre le tribunal et le monument à la Résistance, sur lequel cent fois il me faut lire SOUVIENS-TOI.

La nuit.

Dehors.

Les heures de plus.

Et Turk enfin. Nous roulons vers sa campagne d'adoption, distraits un moment par la contravention qui va et vient sous l'essuie-glace avant d'aller rejoindre les feuilles mortes sur la chaussée humide, dans ce cabriolet tape-cul dont mon crâne emboutit le couvercle chaque fois que nous passons sur un ralentisseur, également dénommé « gendarme couché », un vocable que notre amour commun des militaires nous porte Turk et moi à préférer, amour que le Chef de la brigade de X et son ivrognerie et son incompétence ont doué de l'immortalité.

Turk raconte. Que l'ambition de certains est de faire que ce procès devienne le mien, celui d'un écrivain pornographe ayant fomenté un complot contre l'Éducation nationale et un de ses membres. Qu'a été agité le spectre d'un « Outreau bis », en référence à ce procès récent où en fait de complot on n'a vu que celui de la bêtise et de la mégalomanie de gens de Justice face à des enfants broyés par les sévices et puis manipulés par une mère délirante.

Les accusés d'Outreau, désormais innocentés, s'en sont-ils pris aux enfants qui les avaient dénoncés comme criminels ? Non. Les innocentés d'Outreau n'en ont qu'après le juge d'instruction qui les a incarcérés sur la foi de divagations. Et gageons que les accusés d'Outreau non encore innocentés, ceux que la Justice blanchira demain, demain seulement, car cela aurait vraiment fait trop désordre qu'ils fussent plus d'une douzaine d'un coup dans le bureau d'un ministre de la Justice dont le plus cher désir était soudain de serrer des innocents sur son cœur, gageons, oui, que les innocentés de demain n'auront pas plus de ressentiments que ceux d'hier à l'égard des enfants.

L'affaire d'Outreau n'était-elle pas une affaire de pédophilie ? Si, bien évidemment. Mais Justice et médias se sont si tragiquement fourvoyés à Outreau qu'il fallait qu'Outreau devînt le procès de la parole des enfants, soudainement frappée d'incrédibilité totale, et de nouveau traitée par la défiance quand elle devrait l'être, simplement mais systématiquement, par la prudence.

En dépit de l'adage, la vérité ne sort pas plus naturellement de la bouche des enfants qu'elle ne sort de la bouche des adultes, mais de grâce, après tant de siècles où la parole des enfants n'a pas valu un pet de prof ou de curé, qu'on ne la renvoie pas au coin sans l'avoir considérée avec soin.

Turk me raconte que, dans ce procès de Z où un enseignant est accusé de pédophilie, ses premiers accusateurs n'ont pas été des enfants, mais trois solides gaillards dans les trente, trente-cinq ans, qui ont dominé la honte et sont venus raconter ce que l'Enseignant leur a imposé quand ils étaient enfants. Oui, quand ils étaient enfants, comme chacun de nous l'a été. Alors il faut que ceux qui voudront mettre en doute leurs témoignages sachent bien et admettent que ce sont des paroles d'adultes auxquelles ils refusent de croire, qu'avec eux le sujet n'est pas et ne saurait aucunement être celui de la crédibilité des paroles d'enfants.

D'ailleurs, ces adultes-là n'avaient rien à gagner en venant témoigner contre l'Enseignant, car les faits dans leur cas sont prescrits, rien, sinon leur propre considération.

Et d'autres adultes viendront à leur tour accuser l'Enseignant, et aussi des adolescents, et aussi des enfants – les témoignages de ces derniers ne devant pas souffrir de dénigrement préventif.

« Ils ont été bien tous les trois. Carrés. Solides. Pas facile de raconter, les coups, les claques dans le nez jusqu'au sang, les bouclages dans les placards ou les toilettes, le vertige depuis le bord de la fenêtre d'où on menace de te balancer, la main au fond du slip, les fellations. Et l'autre dans son box qui répond que ce n'est pas vrai, qu'il était juste de la vieille école, un peu sévère. Ses avocats qui chatouillent les témoins, et eux à deux doigts de leur rentrer dans le lard. Et enfin la question… fatale : "Connaissez-vous M. Cendrey ?" "Qui ça ?" La question du complot. Il faut de l'imagination. Par exemple, un jour en te promenant dans la campagne tu vois un type sur un tracteur. Tu l'abordes. Et puis tu lui proposes d'aller raconter aux gendarmes que son ancien instituteur l'a sucé. Et il dit d'accord. Comme ça. Pour pas un rond. Juste pour le fun ! Ah les guignols ! Au fait, j'ai rencontré le Procureur, avant l'ouverture du procès. Un type intelligent, mais ton initiative ne lui a que moyennement plu. J'ai dit qu'à toi, diverses choses avaient radicalement déplu, comme ton audition par un gendarme bourré, notre ami le Chef. Et là, j'ai senti chez mon interlocuteur… disons, une émotion particulière. Mon impression, c'est que si tu restes… disons pudique, sur les conditions de ton audition, peut-être que tu pourrais t'entendre féliciter publiquement pour ta… dérangeante intervention. Mon avis : c'est que tu fais à ton idée. La biture du Chef, tu te la gardes comme une cartouche à la ceinture. Si on t'emmerde, tu la tires. »

Aucun doute, même de nuit, c'est autre chose que le

Mercure le château de Brécourt. L'ampleur sans la vanité, la beauté de la pierre, du bois, de la terre cuite, un tas d'étoiles hôtelières méritées, et des prix cassés parce que c'est novembre, qu'il y a cent chambres et pas même dix clients, et une trentaine d'employés désœuvrés.

Minuit passe très agréablement. Turk et moi découvrons que nos mères s'appellent toutes deux Jacqueline, et que nous les haïssons. Mais je dépose demain matin et le *Mercure* est à vingt kilomètres de là. Je vais devoir rejoindre Z au volant du cabriolet, muni d'indications routières que Turk affirme faciles à suivre, et il me faudra revenir à Brécourt à l'aube pour arracher Turk à son enviable séjour avant de retourner aussitôt à Z en sa compagnie.

À trois carrefours du château je suis déjà complètement égaré, perdu derrière un pare-brise couvert d'une buée épaisse dont nulle soufflerie ne vient le débarrasser malgré mes multiples essais. Je divague entre les labours. Je m'ouvre, dans la nuit et la pluie et dans l'inconnu, un tunnel d'alarme.

Il est près d'une heure et demie du matin lorsque je rejoins ma chambre. Je prends un bain très chaud, dont je ne tire qu'une relative détente, et puis, naturellement, je me couche, naturellement je lis quelques pages de *Pickwick*, et puis, naturellement, j'éteins.

Et naturellement je ne m'endors pas. Quelques pages de *Pickwick* de plus, naturellement, n'y font rien.

Et bientôt me voici visité par la vision du corps mort de Sophie. Nulle peur. Nulle réticence. Sophie adorait les enfants. Sophie s'empare de moi pour être du combat, tout à l'heure. Je ne dormirai pas.

J'ai repris un bain chaud, et puis un bain glacé. Je regarde du golf à la télévision, dont j'ai coupé le son.

Z, le 4 novembre.

Premier café, je suis en route et beaucoup trop en avance. C'est le plus souvent ainsi que je me prépare, amorçant ma pompe d'adrénaline, cette « hormone d'urgence », par un stress au plus haut degré. Deuxième café. Lecture des journaux de la veille et du jour.

Hier, à l'audience, l'Enseignant s'est plaint de la prison. Une femme a marmonné : « Tu vas y crever, en prison. » Cette femme se trompe très probablement. S'il y crève, en prison, c'est qu'il s'y sera fait planter en tant que *pointeur*. Sinon bien sûr, il en sortira un jour. Et sans doute peut-on imaginer qu'il y a là, dans sa terreur d'être planté, lui qui s'est déjà fait tabasser et casser une jambe par d'autres détenus, une possible explication à son déni. S'il avoue s'en être pris à tant d'enfants, il se désigne plus dangereusement aux représailles que s'il s'affirme innocent.

Autre explication possible, il « protège » ses parents, une histoire familiale tourmentée mais qu'il déclare avoir été tranquille et aimante.

Ou peut-être, et plus simplement, ses deux avocats l'ont convaincu de leur capacité de faire pièce à tous les témoignages, et en particulier à ceux concernant les viols.

« C'est en 1976 que *l'Enseignant* rencontre sa future femme, Paulette. À l'époque, plusieurs parents reprochent à l'instituteur de passer beaucoup de temps seul avec une fillette de dix ans, Chantal. "Qui était cette enfant ?" demande la Présidente. "C'était la fille de parents d'élèves", répond *l'Enseignant*. "Seulement la fille de parents d'élèves ?" L'instituteur baisse les yeux. "C'était la fille de ma future femme." Trois ans plus tard, le père de Chantal et mari de Paulette se suicide. “Son désespoir n’a rien à voir avec le fait que vous alliez souvent chez lui en son absence ?” demande la Présidente. “Non”, murmure *l’Enseignant*. Un an après le suicide, *l’Enseignant* et Paulette se mettent en couple. Elle a 43 ans. Il en a 27, il est vierge. “Vous n’aviez jamais eu de rapport sexuel avant, ou même d’amourette ?” demande la Présidente. “Non”, répond *l’Enseignant*. Les enquêteurs de personnalité, experts – psychiatre et psychologue –, se succèdent. *L’Enseignant* est décrit comme un enfant chétif, souffrant de rhumatismes, couvé par sa mère. Comme un adulte “resté fixé à une sexualité sur un mode infantile”, marqué par “une image suridéalisée de la mère”. “C’est quelque chose qu’on retrouve beaucoup chez les individus pervers”, conclut un psychologue clinicien. “Vous préférez la compagnie des enfants ?” demande la Présidente. “J’aime bien aussi celle des grandes personnes”, répond l’instituteur. » (Ondine Millot. *Libération*.)

Combien il est vertigineux, et glaçant, d’entendre un homme de cinquante et un ans déclarer, avec le vocabulaire d’un garçonnet, aimer bien… *les grandes personnes*.

Dans *Aujourd’hui en France,* ce garçonnet « se dit victime d’une opération orchestrée ». Me voilà prévenu.

Derrière la cathédrale, je trouve ce que je cherchais : un parc sans personne. Je dépose mon bagage, ma lourde veste, sur un muret, et, en tenue et chaussures de ville aucunement adaptées à cet exercice, je cours une demi-heure durant en tirant dur sur ma carcasse.

Et c’est dans une excellente disposition physique que je vais me présenter au tribunal.

Je suis légèrement en avance, mais on m’apprend qu’on aurait préféré me voir plus tôt encore, afin que je dépose avant les gendarmes. Du fait de mon absence, c'est le Chef qui s'y est collé. Le policier de faction, amusé, me confie : « Bon sang ! Qu'est-ce qu'ils lui mettent ! »

Un autre policier me conduit à la salle des témoins. Elle est pleine de gendarmes. Il n'est besoin d'aucune imagination pour avoir le sentiment d'être poussé dans une cellule en vue d'un tabassage. Mais je connais tout ce monde-là, l'équipe qui a conduit très correctement l'enquête, et je salue chacun d'une poignée de main. L'atmosphère est cordiale. Mes gendarmes, qui poireautent depuis plus de deux heures, ont l'impression de se retrouver en garde à vue, et je leur réponds que cette expérience ne peut que leur faire du bien.

L'Officier, lieutenant à l'époque de l'enquête, aujourd'hui capitaine, qui avait tenté avec moi un secouage rhétorique aussi viril que lourdingue, est assis à ma droite et soupire dans l'épreuve. Soudain, quelle n'est pas notre stupéfaction à tous de voir entrer l'Enseignant dans cette salle des témoins, s'enfermer aux toilettes, de l'entendre pisser derrière la maigre porte, et ressortir soulagé.

« Vous vous rendez compte, dit l'Officier, c'est complètement fou, il vient faire ça chez les témoins, ceux qui l'accusent, et dont beaucoup, dans cette affaire, sont des enfants.

– La Justice française est à l'image de ce coussin », dis-je en soulevant à deux doigts une chose crasseuse, éventrée, bourrée d'un ramas de laines bleue et rouge qui pendouille par le côté décousu.

Il fait trop chaud, très sec, mais mes facultés intellectuelles sont de mieux en mieux irriguées. Sophie m'avait dit que ses pensées allaient m'accompagner à ce procès, et j'ai effectivement le sentiment de cela.

J'y suis. Dans l'arène de bois. Le demi-cercle constitué de la Présidente, des assesseurs et des douze jurés. Le Procureur à ma gauche, les avocats des parties civiles également mais en retrait, hors de mon champ de vision, l'Enseignant et ses deux avocats à ma droite, et dans mon dos, la foule.

La Présidente dit bonjour, ce qui n'est pas un mauvais début. Elle s'enquiert du nom, du prénom, de l'âge, de la profession, du domicile, de celui qui vient de se placer devant la barre et le micro. Elle lui demande de jurer de dire toute la vérité, rien que la vérité, de lever la main droite et de dire : je le jure. Cette exigence étant des plus raisonnables, il s'exécute de bonne grâce. Et puis elle lui dit qu'on l'écoute sur cette affaire, qu'on ne va pas l'interrompre, et qu'ensuite, des questions lui seront posées.

Il me faudra beaucoup plus d'une heure pour développer mon récit. Parvenu à la scène de mon audition à la gendarmerie de X, face au Chef arsouillé, une scène qui pouvait être cette « cartouche » à conserver à la ceinture en cas d'agression, j'ai trouvé ladite cartouche dans le barillet de ma résolution et je l'ai tirée, ne faisant grâce au Chef ni de son ivrognerie, ni de son incompétence, et répétant son immortelle saillie : « La pédophilie, c'est des rapports sexuels entre adultes consentants du même sexe. »

En revanche, le conseil que m'avait donné Turk de ne regarder et de ne m'adresser qu'à la Présidente, « très jolie femme, tu le verras », il m'a été facile de le suivre.

Elle me questionne sur les ateliers d'écriture que j'ai dirigés en milieu scolaire, en centre de détention, sur les cas de maltraitance, de pédophilie, dont j'ai pu faire alors la découverte. Elle me demande si j'en ai conduit un à l'école de X, à quoi je réponds que j'avais fait l'offre d'en organiser un, bénévolement, parce que c'était l'école de mes enfants, mais que ma proposition n'avait jamais reçu d'écho (*il est aisé aujourd'hui de deviner pourquoi*). En avais-je conçu du ressentiment ? (*Ho ho ! Et ainsi je serais passé de ce ressentiment au complot.*) Du ressentiment, non, et pas même d'étonnement, cette école, pédagogiquement, était lamentable. La directrice était par exemple hostile aux voyages de classe, au prétexte que si le car avait des pneus usés, que si son chauffeur était alcoolisé, et qu'il y avait un accident, elle craignait que ça se retournât contre elle, me déclarant qu'elle n'avait aucune envie de voir son nom dans la presse. De ce point de vue là, son échec est patent.

Quand la Présidente a bien interrogé le témoin, elle le prête au Procureur. Et tout se passe gentiment. Voilà même que celui-ci déclare voir en ce témoin suspect de complot… un citoyen remarquable. (*Mince ! Si le Procureur estime que malgré mes mauvaises manières j'ai droit à mon bonbon, c'est à coup sûr que le Chef a fait sur lui une impression lamentable et qu'il l'a jugé irrécupérable.*) C'est ma minute de massage à l'huile d'arnica. Des avocats des parties civiles se lèvent pour saluer mon action et joindre leurs compliments à ceux du Procureur.

Mais le moment d'affronter les avocats de l'Enseignant se rapproche. M'adressant à eux préventivement, je dis ne pas vouloir douter qu'ils reconnaîtront au moins une vertu à mon initiative de conduire leur client à la gendarmerie, celle de l'avoir immédiatement mis sous la protection de représentants de l'ordre, auxquels d'ailleurs il aurait pu s'adresser pour porter, sans délai, plainte contre moi.

Et puis, répondant à une question sans rapport direct avec l'Enseignant, j'infléchis ma réponse pour évoquer les origines très misérables de sa famille, un événement sordide de son enfance que m'avait raconté sa mère. C'est une façon de présenter des échantillons de ce que je sais, mais que je n'exprimerai que si l'Enseignant n'insulte plus ses accusateurs par ses dénégations, les reconnaît comme ses victimes, afin que l'on puisse s'attacher à comprendre, tenter de comprendre, les mobiles de sa perversion. Jeter quelque lueur sur l'enfance de l'accusé, ce que personne ne fera que moi (ses parents, ses sœurs, ses frères, ne viendront pas), c'est aussi, évidemment, tirer le tapis sous les pieds de sa défense.

Et ça ne loupe pas. Le premier de ses avocats à s'adresser à moi, celui qui ressemble à un héron à lunettes, et qui depuis un bon moment froissait entre ses pattes impatientes la liste de ses attaques, commence par me remercier d'avoir éclairé la cour sur l'enfance difficile de son client, oubliant que celui-ci avait choisi de la décrire tout différemment.

Puis le Héron donne du bec, un bec très ébréché, me demandant si j'affirme encore n'avoir rencontré pour la première fois Laurine et sa mère à la gendarmerie de X que le matin du 6 février 2001. Ce que je fais. Alors, brandissant un article de *L'Éveil de Pont-Audemer*, il affirme que j'y aurais déclaré m'être rendu chez Laurine avant la date du 6.

« Si c'est cela qui est écrit, dis-je, il y a évidemment erreur de la part de la journaliste qui confond alors la famille de Laurine avec celle de Candice, une erreur dont l'importance ne parvient pas à me frapper.

– Une errreur ! Mais vous n'avez pas demandé de correctif !

– Je n'en ai pas plus demandé à l'époque à aucun journal national. Les correctifs dans ce genre d'affaires, on passerait son temps à ça. Et puis, l'intérêt qu'en l'occurrence j'aurais eu à déclarer alors ceci plutôt que cela m'échappe complètement. »

Incapable d'éclairer ma lanterne, le Héron m'attaque sur le sujet d'un petit terrain (devenu notre verger) que j'avais acquis à proximité de X et qui aurait été cause d'une querelle entre le maire de X et moi-même, ce qui m'aurait inspiré un projet de vengeance. « Non, c'est au maire de Saint-Pierre-de-X que je me suis opposé à l'époque, le terrain étant sur sa commune, sans que pour autant il ait été la cause de notre différend. Celle-ci était que plusieurs maisons de l'étroite et jolie vallée où était situé ce terrain subissaient les dramatiques conséquences du rejet des eaux de drainage par des agriculteurs du plateau. Le maire s'en battait l'œil. J'avais organisé la réplique et rendu le problème public, notamment par la pose dans les arbres de petits panneaux portant la mention *Noyade interdite*. Le maire avait vu rouge. Monsieur M., notre président de la communauté de communes de X et député, avait cherché à s'entremettre, sans succès, mais m'avait dit en conclusion de l'entretien : « Voici mon téléphone. Si un problème d'inondation revient, appelez-moi, n'importe quand, et je viendrai constater. » À peine quelques semaines plus tard, une nuit, j'étais appelé à l'aide par une habitante de la vallée. Le ruisseau, normalement large de quelques dizaines de centimètres, l'était devenu soudain d'une dizaine de mètres, et pénétrait dans la maison. J'aidai les pompiers à monter le mobilier à l'étage, tandis que le gros lard de maire hurlait et me traitait, mais à distance prudente, d'emmerdeur ! Et puis j'appelai monsieur M. Mais monsieur M., en courageux centriste, n'est pas venu, au prétexte qu'il n'avait pas de bottes. Je vous ai résumé l'histoire le plus succinctement possible, mais sans saisir, je vous l'avoue, où vous considérez qu'elle doit nous emmener. »

Le Héron, une nouvelle fois, me laisse dans l'expectative, et enchaîne avec d'autres questions du même tonneau… de mélasse. L'une d'elles est si longue et embrouillée que je songe à faire cette réponse : « Des journalistes m'avaient vanté votre “éloquence”, mais je découvre qu'ils étaient très en dessous de la vérité, je ne comprends absolument rien à vos propos », et cependant je la retiens (*ne te grise pas, de la patience, du calme*), me fais aider de la Présidente pour tenter de saisir un peu quelque chose, et soupire d'ennui très ostensiblement.

« Monsieur Cendrey, votre père était militaire. Vous qui n'aimez pas les institutions, en avez-vous après l'institution militaire ?

– Pas du tout. Je me souviens encore que, lorsque j'accompagnais mon père au mess des sous-officiers, je le voyais, lui et ses pareils, se moquer et pisser sur la tête des malheureux conscrits que l'on venait de tondre trois étages en dessous. Ce genre de scène m'a alors inspiré un profond respect de l'institution militaire. »

Et ainsi de suite, jusqu'à ce que le Héron passe le relais à son confrère à tête de pélican, un authentique Daumier vivant, avec goitre et brioche de notabilité.

« Monsieur Cendrey, quels ont été vos rapports avec l'Officier qui a dirigé l'enquête ?

– D'abord rugueux, quand il a entendu me charger des péchés du Chef. Et puis courtois. Nous sommes convenus que je lui communiquerais toute information ou courrier qui, en lien avec l'affaire, me parviendrait, et ça a été le cas. Je crois que l'on doit de l'estime au travail de cet homme.

– Je vois, je vois. Et donc vous avez continué à lui diriger des témoins ?

– J'ai invité quelques personnes venues me confier des faits à se signaler à la gendarmerie.

– Je vois. »

Puis, c'est au romancier qu'il s'en prend, et à son immoralité. Après divers asticotages sans intérêt, après m'avoir, le rusé flatteur, attribué un certain renom dans le « milieu parisien », il annonce à la ronde qu'il va avoir le pénible devoir de lire un extrait de *Parties fines*, quintessence de mon indécence.

« *Il rentrait soulagé, l'œil pétillant et la burne divertie, chantonnant cette comptine que les...* euh, pardonnez-moi...

– Ce n'est rien, votre tâche n'est pas facile.

– Chantonnant cette comptine des nourrices qu'aujourd'hui les institutrices, prenant souci du patrimoine, enseignent aux petits Normands :

Dans le grand con de ma maîtresse
Mon vit peut montrer son adresse,
Aller le trot, aller le pas,
Chercher partout son avantage,
Et monter d'étage en étage,
Maintenant haut, maintenant bas.

Et voilà comment, hurla alors le Pélican, comment les institutrices de X, car ce sont elles auxquelles vous vous en prenez ici, comment ces femmes ont été désignées et salies…, et le Pélican décolla pour les très hautes altitudes de l'emphase, celles où il ne faut surtout pas manquer d'air.

– J'ai la tristesse de devoir constater, dis-je d'un ton badin, ne pas avoir affaire à un lettré. Mais bon, je vais vous expliquer de quoi il retourne. Gustave Flaubert est l'auteur de *Bouvard et Pécuchet*, un ouvrage où il est question de deux médiocres qui s'essayent à peu près à tout, la médecine, l'astronomie, le jardinage… toujours avec insuccès. Ayant remarqué qu'il y avait une chose qu'ils n'avaient pas sérieusement expérimentée, la sexualité, j'ai donc écrit avec ce petit livre le chapitre manquant de *Bouvard et Pécuchet*. Mais à vous voir, vous et votre confrère, je devine qu'il va me falloir écrire un chapitre de plus, où il sera question… de deux avocats. »

Une salve de rigolade éclate dans mon dos et vient souffler le Pélican en pleine face. Le goitre écarlate, il tombe, littéralement, sur le cul, auprès de son confrère le Héron dont les énormes lunettes paraissent s'être encastrées dans sa squelettique figure.

« Plus de questions ? demande la Présidente, qui semble avoir goûté l'échange.

– Plus de questions, madame la Présidente.
– Monsieur, me dit-elle, souriante, la cour vous remercie. J'espère qu'il n'est pas trop tard, je crois que vous avez un train à prendre…
– Non, je reste. »
Ma décision n'avait rien de prémédité. En entrant au tribunal, j'avais dit aux journalistes présents que je venais compter les absents dans le box, que si ce procès n'était que celui d'un homme il m'intéressait peu, et que j'allais au plus tôt regagner mon village.
Mais durant ces quatre heures de déposition, l'attitude de la Présidente a fait naître chez moi le soupçon qu'en agissant de la sorte, j'allais sans doute manquer quelque chose, de rare et de violent, alors… je reste.

Durant la suspension d'audience, le Procureur m'a rejoint sur les marches du tribunal. Il me dit qu'il n'aurait jamais tenu à mon égard les propos de son prédécesseur, qu'il les regrette, et même les déplore. Une attitude dont on ne peut douter qu'elle soit, dans la magistrature, plus qu'une rareté : une curiosité.
J'ai pris place au fond de la salle, le seul endroit où la station debout est permise. Je m'y tiendrai jusqu'à près de minuit, dans une étrange disposition d'esprit, entre curiosité aiguë et quasi-absence, laissant l'œuvre s'accomplir sans songer à en fixer aucune étape par écrit, sans nullement sentir passer les heures, ni par mes jambes, ni par le filtre de ma conscience.
J'ai vu Candice magnifique d'aplomb, raconter avec une simplicité frémissante l'histoire d'une fillette de six ans contrainte de fermer la main sur le sexe de son maître d'école, et de la faire aller cette main sous la gouverne du maître, cette main qu'elle allait laver quand le maître en avait assez.

Et l'ancien maître était là, tout près, ce sexe d'autrefois toujours entre les cuisses, mais Candice trouva les mots parfaits pour écarter, comme elle l'aurait fait d'une main désormais gantée, la chair grise des ambiguïtés. Elle n'a pas revécu son mal, elle l'a traduit sans en rien cacher, et son cran et sa liberté n'en furent que plus impressionnants.

Elle a ajouté : « Voilà pourquoi je n'ai jamais porté de jupe », et puis elle est allée s'asseoir, bien droite, derrière son avocat, dans le box des parties civiles, face au box de l'accusé, où de son tourmenteur tassé sur lui-même, je ne distinguais plus guère que la bosse bleuâtre d'un méchant blouson.

Dossier de Candice en main, le psychologue expert vint à la barre et, d'une voix agréable, donna lecture d'une sorte de long poème où il était question de maison et de rivière, de crédibilité et de rapport sexuel, de l'avenir mental de Candice tel qu'il croyait pouvoir le lire dans le marc de ses connaissances, le cristal de son expérience.

La mère de Candice lui succéda, et à l'exemple de sa fille, passa l'épreuve avec résolution. Il me fut impossible de reconnaître en elle la femme maladive, rongée de honte et de désarroi, que j'avais rencontrée par une vilaine nuit de janvier 2001. Et elle répliqua avec vivacité : « Avoir fait ça pour de l'argent ? Jamais ! Jamais ! », lorsque le Héron lui eut infligé une question extraite non pas de son peu de cervelle mais des ultimes replis de ses intestins, celle-ci étant de savoir si la famille de Candice, ayant bénéficié d'une aide financière aux victimes, serait en mesure de la rembourser si l'Enseignant était acquitté.

« J'ai une longue expérience des assises, me dit, révulsé, l'expert revenu s'asseoir juste devant moi, et jamais je n'ai entendu de bassesse pareille ! »

Ensuite, on reçut un petit gendarme venu de fort

loin, qui se morfondait depuis le matin, et que le Héron avait fait citer pour lui marmonner une question si fantastiquement vaine, qu'un instant l'assemblée ne fut plus qu'un soupir de consternation.

Et puis d'un pas martial vint l'Officier, lui qui avait hérité de l'enquête après le dessaisissement du Chef. Salut officiel puis képi bas. Le buste raide. La fesse ferme. Il rapporta son travail avec méthode et clarté.

La Présidente l'interrogea sur la décision du Chef de renvoyer sans aucune précaution l'Enseignant chez lui le matin du 6 février. L'officier concéda que l'Enseignant avait ainsi eu largement le temps de faire disparaître des preuves matérielles, qu'il aurait pu attenter à ses jours, ajouta qu'il y avait néanmoins dans cette décision du pour et du contre, mais que lui, personnellement, ne l'aurait pas prise.

Il en terminait gentiment, lorsqu'il lui prit de cogner sur « M. Cendrey, qui, manu militari, a conduit le mis en examen à la gendarmerie, et ainsi joué les justiciers, ce qui nous a beaucoup gênés ».

Maître Turk, un sourire gourmand aux lèvres, se leva : « Capitaine, vous êtes militaire, vous utilisez l'expression manu militari, nous le comprenons. Seulement, M. Cendrey, sous serment, nous a déclaré n'avoir usé d'aucune coercition envers l'Enseignant, ce que celui-ci a confirmé. Alors, manu… militari ?

– Je retire. Ce n'était pas approprié.

– Oui, mais vous venez de traiter M. Cendrey de justicier, quand M. le Procureur, lui, l'a qualifié ici de citoyen remarquable.

– C'est vrai qu'il nous a pas mal aidés.

– Vous veniez de nous dire qu'il vous avait gênés.

– Il nous a aidés et il nous a gênés.

– Capitaine, il faut choisir.

– C'est vrai que d'habitude on a plutôt du mal à obtenir des témoignages, et lui, il nous en a apportés beaucoup.

– Ce qu'il a aussi fait, ça a été de mettre en cause le Chef, selon lui en état d'ébriété durant son audition. Qu'en pensez-vous ?

– Je… dois… dire…, hésita l'Officier, que je n'ai pas été… véritablement… informé… d'un problème… durant cette audition… mais qu'effectivement… j'ai eu à apprendre… qu'au cours de l'enquête… le Chef… avait été… trouvé… en… état… d'intempérance. »

C'était joliment dit, et comme cela venait de la part d'un homme en uniforme de la « grande muette », il fallait l'apprécier pour ce que c'était, plus qu'une rareté : une insolite perle sémantique.

Mais au lieu d'en être remercié, l'Officier fut jeté en pâture au Pélican qui, la paupière basse, d'une voix de conspirateur, lui demanda d'éclairer la cour sur… le pacte ! qu'il avait passé avec M. Cendrey.

« Un pacte ? gémit l'Officier au comble de l'ahurissement.

– Bienvenue dans le complot », railla maître Turk.

L'Officier n'ayant pu trahir un pacte dont il ne savait rien, le Pélican nous acheva, et cette journée d'audience avec, par une demande de renvoi du procès, l'exigence de divers compléments d'enquête, dont la communication de tous les numéros de mes appels téléphoniques passés et reçus durant la période regardant cette affaire.

Après ces inutiles paroles, ce qu'au château de Brécourt Turk et moi goûtâmes avant tout ce soir-là, ce fut l'incomparable silence qui nous enveloppait.

Quatrième journée d'audience.

La demande de renvoi est écartée. Le Pélican n'en est pas surpris mais il adopte l'air courroucé de son frère emplumé.

Angela est appelée. Angela ne viendra pas. Angela trop fragile. La petite Angela du CP, passée sur les genoux de cet homme que l'on juge, est devenue cette adolescente qui a été violée par un homme que l'on va juger dans quelques semaines (il sera condamné à douze ans de réclusion criminelle pour trois viols et trois agressions sexuelles sur mineures de quinze ans), puis une jeune femme qu'un certificat médical nous dit en dépression, mais dont on aimerait savoir comment elle juge les hommes, ces outres de lâcheté et de testostérone.

La Présidente nous lira le procès-verbal d'audition signé par Angela. Par une galipette rhétorique, le Pélican posera une question à l'absente, et nous gratifiera de la réponse que selon lui elle aurait faite, sans pouvoir nous convaincre d'autre chose que de la grossièreté du procédé.

Va venir le tour de Laurine. Laurine que l'on m'a accusé d'avoir influencée. J'ai prévenu Laurine que je ne pourrais pas rester jusqu'à l'heure de sa déposition. Laurine, en jeune adulte indépendante, affrontera hors de ma présence – du moins le croira-t-elle – l'épreuve à laquelle elle aspire depuis tant d'années.

J'ai mis mon sac à l'épaule. Je suis parti. Il me fallait laisser passer un peu de temps. J'ai marché d'un pas vif jusqu'à la gare. Là j'ai sauté dans un taxi : « Au tribunal, le plus vite possible. » En retrouvant la salle d'audience, j'ai immédiatement compris qu'il s'y déroulait ce que j'avais redouté : Laurine, qui de toutes les victimes avait été la plus combative, la plus à l'aise face aux médias, avait immédiatement craqué devant ce qu'elle avait trop attendu.

Je traverse la salle et vais m'asseoir au premier rang, à la place laissée par Laurine. Laurine en pleurs. « Un jour il m'a baissé mon short et ma petite culotte et m'a dit : "Si je pouvais, je le ferais, mais tu as un trop petit trou." Une autre fois, dans la bibliothèque à côté de la classe, il y avait des coussins, il était allongé, il a sorti son sexe et m'a imposé une fellation. Une autre fois encore j'étais sous le bureau et je lui faisais une fellation. La directrice est arrivée, il a remonté sa braguette. Tout le monde disait que j'étais la chouchoute. Par la suite, j'ai touché à la drogue et à l'alcool pour pouvoir faire la fête et rigoler comme tout le monde. J'avais bien averti le docteur. J'ai appelé au secours mais personne n'agissait. » Laurine au plus haut point de la souffrance et qui s'offre à souffrir au-delà en défiant l'Enseignant : « Est-ce qu'il peut se lever et dire si je mens oui ou non ? »

Alors il se dresse, le visage prognathe, le regard venimeux : « Vous avez menti ! Ce ne sont que des mensonges ! Bien sûr elle est venue sur mes genoux, le reste est entièrement faux. Pour moi, c'est une douleur feinte. »

Laurine frappée d'horreur, et qui suffoque. Elle a six ans. Un bout de viande dans la gorge. Elle agonise.

Elle s'accroche aux questions comme à des morceaux d'épaves. Elle lutte.

Le Héron croit venu le moment de l'achever. Il chausse ses gros sabots et dit : « Vous avez affirmé n'avoir rencontré pour la première fois M. Cendrey que le 6 février, mais dans un article de *L'Éveil de Pont-Audemer* il a déclaré…

– Pourquoi vous recommencez, sanglote Laurine, Jean-Yves vous a répondu, ça sert à quoi ?

– Dans un article de *l'Éveil de Pont-Audemer*, reprend le Héron avec une délectation morbide, il a déclaré… »

Alors je frappe violemment le banc du plat de la main et je hurle : « Non ! »

Le Héron ça l'arrête net dans sa lecture. Il tourne la tête dans ma direction. Il me croyait parti. Il croyait le champ libre pour réitérer ses âneries. Il s'embrouille. Il laisse tomber.

Submergée par le dégoût, Laurine rejoint le box des parties civiles.

Sa mère est appelée à la barre.

Elle évoque la spasmophilie, puis la première, puis la seconde tentative de suicide de Laurine. La recommandation de M. le Médecin : se taire. La recommandation de Mme la Psychiatre : oublier. L'affirmation faite au téléphone par un gendarme de la brigade de X : les faits sont prescrits. Et après tout cela : désespérer d'être un jour écoutée, comprise, et crue.

À sa suite, une jeune femme brune, d'une vingtaine d'années, s'avance timidement vers la barre. Elle était en classe avec Laurine. Au cours de son audition, elle a déclaré avoir souvent vu Laurine sur les genoux de l'Enseignant. C'est tout ce qu'elle venait répéter, et puis… « Il nous mettait sur ses genoux et il nous touchait. À deux reprises il a posé les mains sur moi. » Elle éclate en sanglots. Elle est presque inaudible. « Je n'avais pas envie de dire tout ça. C'était la honte. J'avais pas envie que les gens sachent. » Elle tourne légèrement le visage en direction de l'accusé, et gémit de terreur, se recroqueville, les mains soudées sur sa poitrine. « Il m'a touché deux fois au niveau du sexe, sous la culotte. Il a mis ses doigts en moi. » Elle pleure, elle pleure et nous sommes si nombreux, si nombreux déchirés, qui fermons les paupières sur nos yeux rougis.

La Présidente la laisse un peu se reprendre et puis lui murmure : « Mademoiselle, je sais que c'est difficile mais nous devons être sûrs de vous avoir comprise : il vous a pénétrée de ses doigts ?

– Oui. »

Le plus petit oui de la terre. Un petit cri de souris croquée vivante. Un oui de petite fille, le non d'une femme blessée, un non à la fuite éperdue, non au secret effroi.

« Il faut le tuer ! Salaud ! » Celle qui a crié cela et qu'on emporte est la mère du témoin – témoin de son propre calvaire.

La Présidente demande à l'Enseignant de se lever, de s'exprimer. Il dit : « Si ça c'est vraiment passé, j'en suis bouleversé.

– Qu'est-ce que ça veut dire ? s'exclame la Présidente.

– J'ai la conscience tranquille. Je n'ai pas fait cela. Je m'adresse à tout le monde, je dis que je suis innocent de ces faits-là. Les actes de pédophilie me révoltent.

– Est-ce qu'elle a menti ?

– Ce qu'elle a dit n'est pas exact.

– A-t-elle menti ?

– Ce n'est pas exact.

– A-t-elle menti oui ou non ?

– Oui. (Le oui le plus embarrassé du monde.) »

L'audience est suspendue puis reprise, sans que les pleurs de la jeune femme n'aient cessé.

Un court instant je suis allé à elle. Je lui ai pris les mains. Elle a dit savoir qui j'étais, et bien vouloir que l'on s'écrive. Nous avons échangé nos adresses sur des pages de carnet à spirale.

Elle portera plainte. Des doigts dans un sexe d'enfant cela s'appelle un viol. C'est la promesse d'un autre procès. La promesse de nouveaux pleurs.

Mauvais moment pour le Pélican, qui fait une autre demande de renvoi, au prétexte que le témoignage est entièrement nouveau, et que ce qui vient de se produire est de nature à avoir impressionné les jurés. À cela il lui est répondu : « Quoi de plus légitime. Et d'ailleurs, impressionnés, les jurés le sont aussi par l'attitude de votre client. »

Durant la suspension, j'ai reconnu l'Élu parmi le public, mon Élu qui s'était si magistralement débiné à l'époque, et qui depuis a profité, profité, est devenu si énorme que j'ai failli le prendre pour un obèse anonyme.

« Alors, ça y est, concerné ? lui ai-je demandé.

– Pas du tout.

– Ah bon, malgré ce que nous venons d'entendre, toujours pas concerné ?

– Je veux dire… si, doublement. »

En deux répliques, tout l'Élu était résumé.

Dans son box, l'Enseignant, lui, passe du morne à l'intéressé, et quand il a la parole, ses esquives sont parfois si grotesques qu'il s'en amuse lui-même.

Au cours de ses aveux, il avait reconnu la fellation réclamée à Laurine dans la bibliothèque. Puis, rétractant ses propos, il avait affirmé qu'il avait dû repousser Laurine alors qu'elle s'était jetée dans ses jambes pour lui mordiller la braguette.

« C'est donc vous qui avez été agressé sexuellement par une petite fille de six ans ? demanda la Présidente.

– Les enquêteurs sont malins pour vous faire dire ce qui n'est pas exact », répondit l'Enseignant avec un sourire narquois.

Lorsque l'on appelle Mme le Médecin scolaire à la barre, elle est encore officiellement celle qui a mis en route la machine judiciaire. Lorsqu'elle va s'asseoir après une déposition plus que bancale, elle a été réduite à l'état d'une bricoleuse dont le seul talent a été de perdre un temps précieux.

« Quand vous recevez Candice, il y a urgence ! Il n'y a pas une minute à perdre ! » lui lance le Procureur très irrité. Alertée par Candice en début de semaine, elle avait en effet attendu le samedi, jour où je me suis rendu chez elle, pour poster son signalement. « Au moins, vous auriez pu faxer. » Elle répond avoir alors considéré qu'aucun enfant n'était en danger immédiat.

Le point le plus délicat reste à venir, son propre mari ayant été quant à lui alerté cinq mois plus tôt par Laurine, et s'étant engagé devant les parents de celle-ci à en parler à sa femme. Mais voilà, selon elle, ledit mari n'aurait jamais desserré les dents sur ce point. « Une fois seulement je me souviens, il m'a posé une question à propos du délai de prescription en matière d'agression sexuelle sur mineure.

– Et vous lui avez répondu ?

– Oui.

– Et vous qui aviez la responsabilité de mineurs, vous ne lui avez rien demandé de plus ?

– Non. »

Ce fut donc au tour du mari de nous décrire les usages en vigueur chez un couple de médecins quand le sort de quantité d'enfants dépendait d'eux. Après un tour de chauffe, M. le Médecin perdait de l'huile et prenait… de bien étranges trajectoires.

Pourquoi, recevant la confidence de Laurine, ne s'était-il pas soucié du sort des enfants livrés à l'Enseignant ? Eh bien, une quinzaine d'années plus tôt, appelé en visite par la femme de l'Enseignant, il dit avoir aperçu ce dernier, qui lui avait fait l'effet d'être un homme âgé. « Et donc, quand Laurine m'a parlé, j'étais convaincu qu'il était alors à la retraite.

– Il vous faut combien de tentatives de suicides, docteur, pour écrire quelques lignes ? demande la présidente.

– J'avais eu l'impression qu'il avait un certain âge, et quand Laurine m'a parlé, j'étais persuadé que c'était un vieux vieux monsieur.

– Pour vous assurer qu'il n'enseignait plus, il suffisait de vous adresser à la personne que vous aviez en face de vous, devant un bol de soupe.

– On n'a jamais mélangé les choses à la maison. Et puis je le croyais terré chez lui devant des cages à lapins.

– Monsieur, lui dit la Présidente révoltée par tant de grossièreté, qu'est-ce que vous nous racontez ? L'homme qui est dans le box a cinquante et un ans ! »

Et la Présidente de conclure : « Lorsque vous faites, si tard, votre signalement, vous ne le faites que pour vous couvrir ! » Et l'autre de baisser la tête.

Enfin, pressé par les questions du Procureur puis des parties civiles, M. le Médecin finira par sortir de la route qu'il s'était tracée, et confessera : « Je ne pense pas, a posteriori, avoir exercé mon métier selon le serment d'Hippocrate. »

Disant cela, il venait enfin de trahir son serment d'hypocrite, et ce qu'il avait montré précédemment avait été si mesquin, que pour un peu on l'aurait applaudi.

Seulement le Pélican se leva, tenant à deux doigts quelques feuilles imprimées, et disant s'étonner de cette confession de la part de M. le Médecin, car elle contredisait le document qu'il avait là, un rapport d'enquête déontologique émanant du conseil de l'Ordre. « Saviez-vous, monsieur, que vous aviez dans cette affaire fait l'objet d'une enquête ?

– Non.

– Vous n'avez donc pas été auditionné ?

– Non.

– Et pourtant, voyez, la conclusion du conseil de l'Ordre est entièrement en votre faveur : le médecin a accompli ses devoirs de médecin. »

Et d'aussi merveilleux documents le Pélican en détenait deux autres, un concernant Mme le Médecin scolaire, jamais entendue mais déjà blanchie, et un concernant Mme la Psychiatre à venir, même méthode et même résultat.

Avec Mme la Psychiatre, le spectacle fut grandiose. À la barre elle se mit à battre frénétiquement des bras, qu'on aurait dit ceux d'une pompe à débiter un flux ininterrompu de paroles imbuvables. Selon elle, oui, pour Laurine, « le risque vital était là… quand elle m'a parlé elle m'a dit qu'elle avait été touchée par son instituteur… elle était en désarroi complet… mais je ne lui ai pas dit de tout oublier… ses parents ne m'ont rien dit… il y avait un risque vital… le risque immédiat était le danger suicidaire… elle m'avait donné des éléments négatifs en premier lieu…

– Pourquoi ne pas avoir fait de signalement ?

– Pour moi il devait y avoir une suite…

– Laurine était mineure.

– Non elle avait 17 ans… J'ai revu sa maman puis son papa, ils ne m'ont parlé de rien… »

Et plus la déposition durait plus Mme la Psychiatre s'affolait, jetant les bras en tous sens, improvisant des réponses à des questions qu'on ne lui posait pas. La Présidente tenta bien de la raisonner : « Madame ! Finissez vos phrases ! » Ce fut peine perdue, et le sommet de la confusion fut rapidement atteint.

Autre journée d'audience (la notion du temps s'estompe), après un brusque aller-retour, aller à la maison embrasser mes amours, retour à Z donner du front dans l'impensable.

La première nouvelle que l'on m'apprend à mon arrivée est celle de la tentative de suicide de la jeune Lydie, après sa déposition.

L'audience reprend par un long et monotone monologue de l'Enseignant.

« Pourquoi tant de personnes ont quelque chose contre moi ? J'en suis peiné. Moi je suis absolument convaincu que je n'ai rien fait, ni d'agression sexuelle, ni de viol. Et je suis absolument sûr de n'avoir rien fait. De tout ce qu'on a entendu, il y a beaucoup de choses qui sont exagérées… C'est vrai, j'étais un maître sévère, mais j'ai toujours fait mon métier correctement… Je pense avoir réussi ma mission… Je dis et je redis encore que je suis innocent… »

La Présidente, l'ayant laissé aller au bout de sa déclaration, lui relit un à un les noms des victimes qui ont témoigné, rappelle ce qu'elles lui ont reproché, réclamant chaque fois un commentaire. Et l'Enseignant de répondre : « Elle ment » ou « C'est faux » ou « C'est faux moi je n'ai jamais… » ou « Exactement pareil, je n'ai rien commis. Les enfants je les ai eus comme élèves, je les ai fait travailler, j'ai pu donner des fessées, mais pas déculottées. »

L'Enseignant ne semble pas mécontent de retrouver notre compagnie. L'évocation de ses « méthodes pédagogiques » paraît même l'amuser.

« Les enfants sur les genoux ?

– Oui.

– Les oreilles tirées ?

– Peut-être.

– Un enfant dans une armoire ?

– Non, il y avait des étagères.

– Un enfant sur une armoire ?

– Non, ça n'est pas possible.

– Un enfant soulevé du sol par les oreilles et assis sur le bureau ?

– Tiré fort peut-être, mais pas au point d'aller sur le bureau.

– Un autre encore, soulevé du sol par les oreilles ?

– Au moins celui-là, je ne l'ai pas mis sur l'armoire. » Et il rit.

De l'usage d'un marteau pour frapper le sol à quelques centimètres du pied de l'élève, il ne s'en souvient pas plus que d'avoir giflé au sang celui qui fut incapable de réciter sur l'air de la *À la claire fontaine* : « jamais je ne t'oublierai. »

A-t-il frotté son sexe contre celui de telle enfant ? « Tout ceci est bien exagéré. Vous pensez sinon que les parents m'auraient estimé comme ils m'ont estimé ? »

S'allongeait-il sur le sol avec telle autre ? « Si j'étais assis par terre je vois rien d'anormal. C'était dans le préfa, donc avant 96. » Avant les signalements de plusieurs parents, et l'engagement qu'il avait pris envers la Supérieure et l'Inspecteur de garder ses distances avec les enfants, engagement évidemment jamais respecté.

Sa grande préoccupation est toujours d'apetisser l'effet de ses aveux. « J'ai craqué. La garde à vue j'en garde un mauvais souvenir. » Ses aveux ne seraient en fait pas vraiment les siens. « Je me souviens des gendarmes m'aidant dans mes déclarations. » S'enhardissant, il va jusqu'à prétendre que ses aveux lui auraient été soufflés, patauge un moment dans ses contradictions et le ridicule, alors recule, et en souriant fait cette concession : « Non, c'est vrai, le gendarme ne m'a pas… tout soufflé. » Bien qu'affirmant avoir été dans une sorte de délire, il livre une description maniaque de la scène, des lieux, des dossiers des victimes qu'on lui aurait laissés sous les yeux, et dont il se serait inspiré pour ses aveux, afin d'en finir, parce qu'il était fatigué. La preuve : « C'était une liste de noms, avec des chiffres, des mots passés en jaune. » Mais ce dont il se plaint avec insistance, c'est de l'attitude du gendarme auquel, le lendemain, il a demandé à revenir sur ses aveux. « Le gendarme m'a dit, faut pas me prendre pour un… il a dit un gros mot que je ne veux pas… ici. »

Depuis des jours, la Présidente, le Procureur, les avocats, les victimes, leurs parents, les experts parlent de fesses, de sexes sucés, de masturbations... mais si dans la salle il est un seul homme soucieux des chastes oreilles, eh bien il faut croire que c'est lui.

Cependant, la Présidente l'encourage, alors il se fait violence et murmure : « Le gendarme m'a dit, faut pas me prendre pour un... c, o, n, on va pas remplir des feuilles et des feuilles. »

Le Procureur prend la parole et lui demande s'il a conscience qu'en persistant dans son système, c'est à la peine maximale qu'il s'expose.

« Si j'avoue quelque chose que je n'ai pas fait, c'est impossible, c'est impensable. »

Il a la chance que personne ne le coupe pour lui faire remarquer que c'est exactement du contraire dont il tentait une minute plus tôt de nous convaincre.

« Moi je ne peux pas donner des aveux qui ne sont pas vrais », insiste-t-il bêtement.

On l'attaque sur le « Moi je suis absolument convaincu que je n'ai rien fait », une formulation notablement ambiguë, cette conviction affichée à l'égard de soi-même suggérant spontanément le doute. Mal à l'aise, il prend la précaution d'éluder.

Se présente Arielle. Attirée sur ses genoux. Passée entre ses mains.

Lui : « Au niveau des caresses, non. Je la tenais par la taille, c'est possible. Je l'ai tenue, oui, rien, pas d'intention particulière. Je pense que sur mes genoux, elle n'est pas restée longtemps. »

Se présente Brian. Attiré sur ses genoux. Un jour au gymnase, passé sous une douche froide tout habillé. Il a pleuré.

Se présente Rémi. « Il a pris ma main et il l'a mis dans son slip.

– Tu avais la main sur son sexe ? demande la Présidente.

– Oui.

– Et il était comment son sexe ?

– Il était dur. Le lendemain, j'en ai parlé à maman.

– Tu voulais la retirer ta main ?

– Oui, mais il me la tenait. Aussi il fallait mettre les doigts comme ça et il tapait dessus avec une règle en fer. Et un élève qui a fait pipi, il l'a mis dans une armoire et il a fermé à clé. »

L'Enseignant : « Tu mens ! »

La Présidente : « Taisez-vous ! Vous ne vous adressez pas directement au témoin. Vous n'êtes plus dans votre classe ! »

Revient l'expert. « C'est un dessin. On y voit un violon, une table, un personnage. Il faut raconter une histoire. Rémi dit qu'il est obligé de rentrer avec ce violon, cadeau du maître. Le violon, dans ce test, symbolise le phallus du père. »

La Présidente interroge l'Enseignant à propos du jeu consistant à aller chercher un objet, comme un crayon, ou un mouchoir, dans sa poche, ainsi que l'a décrit une jeune fille.

« Qu'elle regarde dans ma poche, ça m'étonnerait. C'est possible que ça se soit passé. »

La Présidente lit du procès-verbal de Charlotte les propos qui ont trait à Laurène. « Laurène et moi, il ne nous a jamais gardées dans la classe. On était bonnes élèves. Lorsqu'il y était, je n'avais jamais envie d'y aller toute seule. J'étais toujours avec Laurène. Oui, des CM2 allaient le voir. »

La Présidente : « Laurène Cendrey, la fille de M. Cendrey, que vous accusez de complot, ne dit rien contre vous, alors pourquoi M. Cendrey aurait-il fait quoi que ce soit contre vous ? »

Pas de réponse.

La Présidente, me coupant le souffle : « Pourquoi n'avez-vous pas pris Laurène Cendrey sur vos genoux ? Elle aurait pu se rebeller ? En parler à son père ? »

L'Enseignant choisit de répondre à propos de la douche de Brian. « Cet événement ne m'a pas marqué. Je pense que tout le monde aimait le sport. On avait la chance d'aller au gymnase, tout neuf. Non, cette douche, non… »

Un temps.

Et puis : « J'aimais bien avoir un enfant sur mes genoux, oui, sans plus. Quand on prend un enfant dans ses bras, on éprouve… un certain plaisir. Je pense que c'est dans mon caractère. Ce qui a toujours compté, c'était l'ambiance de travail. Les enfants, je leur faisais comprendre qu'il fallait pas rester longtemps sur mes genoux. »

Un temps.

Et puis : « Ces enfants, c'était un peu, c'est vrai, ceux que je n'avais pas eus. Mon travail, c'est plutôt l'aide à la motivation. »

Se présentent des enfants de plus en plus jeunes. Virginia. « Il nous montait sur ses genoux. Il nous caressait la cuisse. Il était rigolo. »

Maëlle, qui avait dit… mais qui ne dit… plus autre chose qu'avoir perdu tout souvenir.

L'expert revient. « Chez Maëlle aujourd'hui… oui, la rétraction… le moi réduit… le retrait… la maigreur de la rivière… la rivière de l'affectivité. »

Salomé. « Il me prenait sur les genoux. Il caressait mes cuisses. »

Karine, jugée incapable d'affronter cette épreuve, ne se présentera pas. On écoute son procès-verbal d'audition. Une Karine déjà en souffrance avant son CP, puis percutée par l'indicible. L'expert confirme. Le Héron y voit de la faiblesse et s'excite.

Il tiendra son « menteur » avec Jérôme, qui avouera au Procureur avoir « dit n'importe quoi, pour faire comme les autres ». Alors sera, par certains, évoqué un discrédit soudain jeté sur tous les autres témoins, mais un Jérôme, sur un tel nombre de témoins, l'étrange aurait été de ne pas en trouver un.

Se présente Fanny. « J'ai oublié un jour de mettre ma culotte. Il s'en est aperçu. Il m'a touché avec ses mains. Il nous prenait, il nous mettait dans la poubelle. »

Se présente… « C'était interdit d'aller faire pipi. Moi il me touchait le ventre. »

L'Enseignant : « J'ai pris des enfants sur les genoux, je les ai pris par la taille, j'ai posé une main sur un genou, mais je ne les ai pas caressés. Fanny, je ne me suis pas aperçu qu'elle était venue à l'école sans culotte, ce jour-là où elle était sans culotte. Et les enfants allaient au coin, pas dans la poubelle. »

Se présente Capucine. Attirée sur les genoux. Caressée sur les jambes et le sexe. Et qui l'a vu, lui, se toucher le sexe. « Tu l'as vu se toucher le sexe ?

– Oui. Et j'ai vu ma petite sœur avec lui, j'étais en récréation. Et je l'ai vu qui regardait un garçon qui faisait pipi. Et dans la poubelle il nous mettait. Il disait que c'était pour tasser les papiers. Je retournais dans la classe pour surveiller ma petite sœur. »

Dalila. La jupe obligatoire.

Hervé. Eau chaude, eau froide. Placard.

Irène : « Il me frottait le ventre. »

Leur mère : « Il m'a eue. C'est un bon psychologue. Ma fille pleurait parce qu'elle voulait une jupe à tout prix. J'ai pas cédé. Il disait que les petites filles c'était en jupe. J'ai demandé que s'il voulait une jupe ça soit par écrit. Et après tous les jours elle a pleuré pour aller à l'école. On l'avait menacée de la mettre au privé. »

Si un enseignant veut des jupes, qu'il les réclame par écrit. Ce qui sous-entend qu'alors… il les aura. Il faut se pincer au sang pour être sûr… de bien avoir entendu ça.

Se présente Ida, quatorze ans. « Il prenait sur les genoux. Il paraissait des fois cruel. Il tordait les doigts jusqu'à ce qu'il pleure un enfant qui avait mal fait un travail. Il enfermait au placard, dans les douches. Il faisait pleurer les enfants pour pouvoir les consoler par la suite et les prendre sur ses genoux. Il nous demandait souvent d'être en jupe. Il tirait les oreilles. Il laissait un enfant faire pipi, après c'était la serpillière. Simon était turbulent. Quand il voulait pas travailler, fallait qu'il fasse des pompes, et il lui mettait son pied sur le dos jusqu'à ce qu'il pleure. »

Se présente Valentine. « Il me caressait le dos, les fesses. Il se grattait le zizi. Il a mis la main dans ma culotte. » Il l'a caressée sur son sexe tandis qu'il caressait le sien.

Se présente une psychologue. « Un enfant, sexuellement stimulé, réagit, a un corps, et en même temps il se confronte à l'interdit, l'interdit de l'inceste, que l'auteur soit un maître, un père, un substitut paternel. Quand l'auteur reste dans le déni, c'est comme s'il disait à la victime : ce qui t'est arrivé n'est pas possible. Tu n'es pas dans la réalité. Il la rend folle. »

C'est mon stylo qui me semble devenu fou. Perdu parmi mes notes, j'ai un enfant anonyme scotché par les poignets à son pupitre. « Il ne pouvait plus bouger. Il est resté dans la classe pendant toute la récréation. »

L'expert revient. Il parle de dragon qui mord, de lapins qui ont peur, d'un homme qui tue tout le monde… d'une main dans un pantalon… « J'allais le voir à la récré. Il faut obéir. »

Nouvelle journée d'audience (si loin, si avant, dans un brouillard intemporel), après un café pris dans le bar en face du tribunal. J'étais debout au comptoir, près de la table où le Héron et le Pélican devisaient. Le Pélican m'a tendu la main, très cordial : « Vous pouvez dire que vous nous avez fait un beau numéro.

– Vous, jour après jour, lui répondis-je non moins cordialement, j'ai l'impression de vous voir de plus en plus malheureux, ce qui me semble un signe d'intelligence. Mais chez vous en revanche, dis-je au Héron, ça ne m'a pas encore frappé. »

Rituellement, la Présidente déroule la liste des victimes et de leurs accusations. Et l'Enseignant d'égrener les « C'est faux », « Je n'ai pas commis d'acte », « Je n'ai pas d'explication ». Pas d'explication au fait que tant et tant de ses anciens élèves aient de leur cours préparatoire des souvenirs aussi glauques.

Se présente Coralie. Comme beaucoup d'enfants seulement intimidés ou très effrayés, incapables de faire récit, il faut la questionner en s'appuyant sur les déclarations de son procès-verbal. « Je sais qu'il a fait du mal aux enfants.

– Et à toi ?

– Pas beaucoup.

– Il t'a caressé les jambes ? » Au cours d'une séance de cinéma. Attirée sur les genoux. Des gestes. Des bisous.

Coralie est en plein effarement.

On appelle sa mère. Elle dit que sa fille n'a pas subi de choses graves. La petite s'est plainte d'avoir été prise sur les genoux pendant la séance de cinéma. Et à l'école. « Il lui caressait les cuisses. Voilà pourquoi j'ai dit qu'elle n'avait pas subi de choses graves. »

Pas de choses graves ! Voilà qui intéresse le Héron. Il encourage la mère à poursuivre, et se veut rassurant, lui jurant qu'elle ne risque absolument rien. « Il n'y a plus de guillotine, la Présidente est en rouge », lui lance-t-il comme ultimes arguments, ceux-ci en abasourdissant plus d'un parmi l'assemblée.

Se présente Sacha. Des bisous près de la bouche. Des caresses sur le pull et dessous. Le pauvre, qui plus est, a redoublé son CP. Il est vaillant. Il redresse la tête. Il dit : « Il faut qu'il soit puni. »

Se présente Florie. Attirée sur les genoux. Caressée sur la jambe. Des bisous. Et puis cela semble tout. On relit le procès-verbal. « Est-ce qu'il te touchait à d'autres endroits ?

– Oui.

– Est-ce qu'il te touchait les fesses ?

– Oui.

– Est-ce qu'il t'a tiré les oreilles ?

– Oui, une fois.

– Est-ce qu'il t'a donné un coup de pied dans les fesses ?

– Oui.

– Il touchait les fesses dessous les vêtements ?

– Oui.
– Sous le pantalon et dans la culotte ?
– Oui.
– Pendant la récréation ?
– Oui. »

Se présentent plusieurs autres enfants. « Tu avais peur de lui ?
– Oui.
– Tu as été punie ?
– Oui, parce que je l'avais dit à Linda. Il avait dit qu'il allait me mettre dans une autre école. Il était méchant. J'avais jeté un cahier par terre, il m'a donné un coup de pied dans la cuisse.
– Il te disait de rien dire ?
– Oui.
– Il t'a tiré les oreilles par les boucles d'oreilles ?
– Oui. »

En 1997, dans le cadre de la lutte contre les atteintes sexuelles envers les enfants, une brochure du ministère des Affaires sociales et de celui de l'Éducation nationale, *PASSEPORT POUR LE PAYS DE PRUDENCE*, a été distribuée dans les écoles. L'Enseignant, affirmant n'en avoir eu qu'un exemplaire, en a composé un résumé à sa façon, que la Présidente feuillette.

« Vous fabriquez cela après avoir été accusé ?
– Oui, bien sûr, moi j'ai toujours trouvé odieux ces…
– C'est très habile, monsieur… pour les perdre.
– La dernière année, quand j'ai été mis en examen, je ne l'avais pas encore distribué ce petit livret-là. » (Cinq mois après la rentrée.)

Le Procureur : « Donc, à partir de là, vous devenez militant de la cause des enfants ?

– J'ai toujours été...

– Oui oui. Vous êtes le monsieur anti-pédophile de l'école de X. Y aviez-vous vu un danger quelconque ?

– Non.

– Pourquoi avez-vous retiré les dessins du carnet officiel de l'Éducation nationale ?

– Pour faire au plus simple. »

Citation. « Un adulte que tu aimes bien te fait des caresses qui te gênent, et te demande de garder le secret. **Il faut dire non et en parler très vite à un adulte qui te protégera.** »

Turk : « Si un enfant vient vous voir et vous raconte qu'on l'oblige à s'asseoir sur des genoux, qu'on lui caresse les cuisses, que faites-vous ?

– Je vais voir ma directrice. Je signale. Bien sûr s'il y a une volonté sexuelle. »

Le Procureur : « Sur les genoux, vous en êtes d'accord, ça n'est pas normal ? » L'Enseignant ne consent à être d'accord que s'il y a une volonté sexuelle. Le Procureur poursuit : « Vous-même, vous êtes allé sur les genoux de votre instituteur ?

– Non.

– Vous avez reçu une fessée déculottée ?

– Non.

– Votre père ne vous a jamais donné de gifles ?

– Je ne me souviens pas en avoir reçu.

– Vous êtes allé chez les "Bons Pères" ?

– Oui.

– Vous n'avez jamais subi...

– Une fois j'ai eu la tête sous un robinet », le coupe l'Enseignant avec entrain, mais, sentant le danger, il se crispe, et ne poursuit pas.

On lui fait observer cette curiosité, qu'à partir de l'année où il distribue son livret, le nombre des enfants se disant victimes augmente, et que c'est en 2000-2001 qu'il est le plus élevé. « Oui, c'est étonnant. On est aux assises parce qu'on me reproche des faits de pédophilie, mais voilà qu'on me reproche aussi d'avoir fait un carnet pour les dénoncer, je ne comprends plus. »

Et nous, nous comprenons trop bien que ce carnet offrait de formidables occasions de cours pratiques. Le maître t'a appris : « Au cinéma, à la foire, ou dans un jardin, un monsieur se colle à toi ou te montre son sexe… **Il faut crier très fort "Arrêtez" et appeler "Au secours".** Mais quand c'est justement le maître qui se colle à toi au cinéma, petite, qu'est-ce que tu fais ?

Le Pélican : « Ce carnet vous permettait-il d'avoir éventuellement accès à des informations sur des violences dans les familles ?

– Les parents m'ont dit : c'est une bonne idée, c'est courageux.

– À quels parents en avez-vous parlé, vous en souvenez-vous ? (Devinant où nos deux acteurs nous entraînent, par d'amples mouvements du bras je les encourage à cheminer.)

– Je crois, dit l'Enseignant en forçant sa mémoire et grimaçant un peu, en avoir parlé à… M. Cendrey. (Large sourire de la Présidente, rires dans la salle.)

– Et que vous a-t-il dit ?

– C'est bien ! Bonne idée ! C'est important. Mais enfin… la conversation n'a pas duré très longtemps. »

Le Héron : « Ce carnet, dont il vient d'être établi que vous en avez parlé avec M. Cendrey, n'a pas déclenché chez lui d'accusation : tu es un pédophile !

– Non non.

– Je vous remercie. »

Se présente Linda. « Il me touchait les cuisses. Je voulais plus aller à l'école. Je pleurais, mais on m'obligeait à aller à l'école. Il me touchait les fesses. Avant, je faisais des câlins à mon père, maintenant je peux plus lui en faire. Agathe, quand elle pleurait, quand il la disputait, elle suçait son pouce, il lui a mis dessus du produit à mouches.

– Pour ne plus qu'elle le suce ?

– Oui. Avec Florie on se disait : t'as vu, il nous a donné un carnet, et puis lui… »

Se présente Alizée, et je tremble pour elle. Le visage d'Alizée sur la photo de classe de mon fils, ce visage désigné par Laurine, petit visage qui me disait que le massacre continuait.

« J'ai pris une claque. J'avais la trace des doigts sur la joue. Mes parents sont allés le voir. Il a dit que je mentais, j'étais une incapable.

– Il te fait peur ?

– Un peu. Je sais qu'il est en prison. Il peut plus rien me faire. Andy faisait les chiffres à l'envers, alors il l'a mis à l'envers, par les pieds, la tête en bas. Il menaçait, la tête sous le robinet, j'ai failli y aller.

– Sur ses genoux, tu y es allée ?

– J'étais en jupe, il me caressait sur les cuisses.

– Tu avais des collants ?

– Oui.

– C'est lui qui te demandait de venir ?

– Oui.

– En récréation ?

– En classe et en récréation.

– Tu as déclaré qu'une fois tu n'arrivais pas à prononcer le son "eur"…

– Il m'a fait faire le tour de la classe jusqu'à ce que j'y arrive. C'est pas bien ce qu'il fait. J'espère qu'il dira la vérité.

– Il demandait à ce que tu sois en jupe ?

– Oui.

– Tu as déclaré que tu avais peur qu'il revienne par le *velux* de ta chambre.

– J'avais peur qu'il m'emmène faire ce qu'il veut.
– Tu étais sur les genoux, tu avais ton collant ?
– Il baissait le collant, il me caressait sur les cuisses.
– Sur ton sexe ?
– Oui.
– Sous la culotte ?
– Un petit peu en dessous la culotte.
– C'était pendant les récréations ?
– Oui.
– Est-ce que tu as vu son sexe ?
– C'était en récréation, quand j'étais toute seule avec lui, il me l'avait fait montrer.
– Qu'est-ce que ça t'a fait de voir le zizi du maître ?
– Ça m'a choquée.
– Aujourd'hui tu n'as plus peur ?
– Non.
– Tu en avais parlé à ta maman ?
– Oui, il y a un petit bout de temps. »

Le Héron a une question pour Alizée : « Dans la classe, où était le bureau du maître ? Sur le côté, sur le côté au milieu ou sur le côté en arrière ? »

La mère d'Alizée succède à sa fille. Elle s'est empressée vers la barre, l'a saisie comme un garde-fou, celui qui borde le précipice du haut duquel elle entend enfin multiplier l'écho des souffrances de sa fille.

« Il lui faisait faire l'avion en la tenant par les pieds, les bras. Il la faisait chanter. Il lui a mis cette claque. Il tapait dessus. Il la menaçait. Le soir elle revenait avec le sexe rouge. Elle pleurait. Je lui mettais des ovules. La vulve était brûlée, l'anus aussi. On l'a emmenée voir une gynécologue pour savoir si elle était encore vierge. Elle nous a dit qu'il n'y avait pas de pénétration. Je lui mettais du *Mytosil* sur les fesses, sur l'anus. Chaque soir c'était infernal. Elle s'est enfermée. Elle tremblait, en boule sur le lit. Elle criait : “Au secours, au bout de la nénette il y a du blanc.” Elle était dans la baignoire avec son petit frère. Elle lui a dit : “Tu te mets debout, moi je me mets assise”, et elle a mis son sexe dans sa bouche. Je lui ai dit : “Alizée, on ne fait pas ça.” Un autre jour elle avait un crayon. Elle a fait pencher son petit frère. Elle lui a dit : “Veux-tu que je t’enfonce quelque chose dans l’anus comme l’autre il a fait ?” Elle a voulu fuguer. Une fois, en voiture, elle a dit qu’elle voulait mourir, qu’elle voulait se tuer. Elle a sorti un couteau pointu, elle l’a mis sur son ventre, elle m’a crié qu’elle voulait plus aller à l’école. Elle a fait un sac : “Je veux quitter le village, l’école.” Un soir, elle s’est mise en boule, elle s’est mise à trembler, hurler. Je l’ai prise dans mes bras. Elle avait mal au ventre. Elle poussait des cris. On lui a donné des traitements à base de plantes. C’était dur. Elle disait : “Il me caresse partout, il fait venir des CM2.” Elle courait se laver les dents en rentrant de l’école. Elle avait du mal à avaler. Elle mange très peu. Je disais à mon mari : “Il faut qu’elle change d’école.” J’ai dit à l’instituteur : “Pourquoi ma fille pleure pour aller à l’école ?” Il m’a répondu : “C’est une incapable.” En vacances, son père la chatouillait, elle était agressive. Elle jetait les jouets par la fenêtre : “J’veux partir !” J’avais pris la clé. Elle m’a dit qu’elle a vu le sexe de l’instituteur, et puis que c’était blanc au bout. Quand il a été incarcéré, elle m’a dit : “C’est pas d’ma faute ! C’est pas d’ma faute !”

– Madame, vous aviez entendu dire, par une voisine : “Il paraît qu’il touche aux enfants” ?

– Oui, mais du coup j’ai rigolé. On en a parlé avec mon mari. On s’est dit ça n’arrive pas dans les p’tites communes. On est allés le voir plusieurs fois. Il ne regardait jamais en face. Avec mon mari on se garait souvent devant l’école, on le surveillait. Je lui ai dit : “Je sais très bien ce que vous faites à ma fille.” Il m’a répondu : "Comme ça c'est bien, c'est bien." Le 6, à la gendarmerie, on nous a ri au nez. Mon mari voulait porter plainte, il m'a dit : "On est tombés sur un drôle." Mon mari qui avait tapé du poing sur le comptoir. On n'a pu le faire que le lendemain. Un Noël, devant un homme qui ressemblait à l'instituteur, les lunettes, la carrure, elle a dit : "Il a un souffle fort, il a un souffle comme lui quand il est couché sur moi." La directrice était une personne agressive. La collègue des CE1 faisait des réunions, elle a interdit que les enfants soient habillés en petits bustiers ou en jupes. Elle disait : "Moi j'étais à la vieille école, pas de vêtements comme ça !" Alizée me demandait à être en jupe parce que l'instituteur voulait des jupes, alors je la mettais en jupe. Alizée m'a balancée contre l'armoire. Elle ne pouvait pas aller à l'école privée où on met sous la douche ou attaché sur une chaise. Aller chez la gynécologue mon mari n'était pas pour. Elle l'a examinée comme une femme. La gynécologue nous a rassurés : elle était restée vierge. Je travaille dans une école. Quand on travaille dans une école il faut se taire. »

Tandis que le Pélican et le Héron poursuivent frénétiquement l'unique activité à laquelle ils se consacrent durant les témoignages de victimes, brasser du papier, l'expert revient. Revient sur le calvaire d'Alizée, qui dans mon esprit demeurera à jamais comme un hématome.

Le Héron, toujours inspiré, questionne l'expert sur l'influence qu'aurait pu avoir la télévision sur l'enfant, une télévision qui « inonde d'images indécentes ». « Vous voulez parler de films X. Mais je ne crois pas que ce soit l'ordinaire de la télévision, où aujourd'hui on voit facilement un sein, c'est vrai, oui, un sein. » Et chacun brûle de demander au Héron à quelles chaînes spécialisées l'oiseau est abonné.

Et puis, un sourire aux lèvres, le Héron évoque un enfant laissé pendu à un portemanteau, comme ça se pratiquait « à une époque où on accordait moins… »

« Vous souriez, maître, à l'évocation d'un enfant pendu à un portemanteau ? » s'étonne la Présidente.

Le Héron, très étonné de cet étonnement, ravale son sourire.

Et puis l'Enseignant commente la déposition de la mère d'Alizée.

« Je pense que les parents étaient des gens ouverts, et s'il y avait eu quoi que ce soit, ils auraient fait des démarches. Je suis révolté. Je pense que si ma fille… si j'avais eu le moindre doute, j'aurais vu les médecins, et changé ma fille de classe. » Notons que l'Enseignant, dans la peau d'un père attentif, ne se serait soucié que du sort de sa fille, la changeant de classe, et laissant ses camarades la remplacer comme martyre.

Énième journée d'audience.

« On me reproche des faits dont je suis bien incapable », dit l'Enseignant, alors que ses ennuis recommencent avec l'audition du gendarme qui a effectué, en sa présence, la perquisition de sa classe. Le gendarme raconte que lorsque a été trouvé le sexe en pâte à modeler bleue, et qu'on a demandé à l'Enseignant ce que c'était, il a répondu que ce n'était pas lui qui l'avait fait mais Stéphane, qui « fait beaucoup de pâte à modeler ». L'embêtant, c'est que quelques jours plus tard, Stéphane a demandé à sa mère, qui voulait lui prendre la température, de ne pas lui faire mal comme l'instituteur, qui la lui avait prise, la température, avec quelque chose de bleu.

C'est effectivement quelque chose de bleu, gardé dans une boîte transparente munie d'une grosse étiquette, que la Présidente nous a montré. Et le lien entre cet objet et Stéphane, ce ne sont pas les enquêteurs qui l'ont établi, mais l'Enseignant lui-même, et cela, pour lui, c'est très très compromettant.

Le père de Stéphane étant gendarme, a-t-il participé à l'enquête ? La réponse est non.

J'ai eu, depuis le début du procès, plusieurs conversations avec cet homme, dont j'ai retenu le franc-parler, et la mesure, en dépit des vives inquiétudes que l'état psychologique de son fils lui inspire.

Avec un second gendarme, est évoquée, à propos de Laurine, la question de la bibliothèque (de l'école, mitoyenne de la classe de CP) ou du coin bibliothèque (de la classe proprement dite). Laurine a déclaré qu'une fellation lui avait été réclamée dans la bibliothèque. Quand il a reconnu cette fellation, l'Enseignant l'a, lui, située dans le coin bibliothèque. « Et moi je fais un plan et je fais la croix dans le coin bibliothèque. »

Le nouveau problème de l'Enseignant est qu'il affirme que le gendarme l'a contraint de désigner le coin bibliothèque. Alors question : pourquoi un enquêteur qui aurait voulu piloter son aveu ne lui aurait pas fait désigner la bibliothèque, pour « coller » à la déclaration de Laurine ? Début de réponse horriblement embarrassé de l'Enseignant : « J'indique le coin bibliothèque à cause du fait que ça ne s'est pas passé… vraiment… » Il s'arrête là, venant de comprendre qu'il ne peut formuler aucune réponse crédible à la question.

Il est non moins confus sur les conditions de sa garde à vue. Il était épuisé : « Je me souviens d'avoir même pleuré », mais il reconnaît avoir bénéficié de près de treize heures de repos, et avoir dormi (chose rarissime en garde à vue). Il s'est décrit dans une sorte de délire, et il continue d'allonger la liste détaillée des observations qu'il aurait faites.

Et la chronologie de ses déclarations en garde à vue, aveux puis rétractation, ne peut aucunement s'accorder avec le scénario qu'il nous déroule désormais. Comment s'en expliquer ? La Présidente : « Cette audition du vendredi a bien eu lieu, monsieur ?

– Oui, mais… le jeudi soir. » Pareille défense ferait presque pitié.

En revanche, ce que l'Enseignant nous affirme et que l'on est enclin à croire, c'est qu'après les signalements de 1996-1997, il a eu deux rencontres avec l'Inspecteur alerté, qui lui a indiqué que son enquête n'avait rien donné, mais néanmoins lui a proposé… une mutation.

La mutation ! L'arme favorite en ces circonstances, parce que silencieuse, et d'une utilisation sans danger pour l'institution et son membre malade, tous les risques devant être encourus par les futurs élèves du muté.

Se présente une madame, témoin de l'accusé, une minuscule madame aux traits sinistres, aux cheveux en vrac, longs et gris, et qui à la question : « Qu'avez-vous à dire ? », répond : « Rien de spécial. » Elle a écrit à l'Enseignant dans sa maison d'arrêt. Réprésentante des parents d'élèves à l'époque de l'arrestation, la thèse du complot lui convient.

« Il fallait un déclic pour enlever les maîtres d'école. La preuve, il n'y a plus que des nouveaux. M. Cendrey, il voulait faire des cours (allusion à la proposition d'un atelier d'écriture en bénévolat). L'instituteur était contre, j'étais d'accord, des étrangers ont pas à faire des cours dans des écoles. Les gens pensent ce qu'ils veulent, moi je pense autrement. Chacun son opinion. »

Elle a écrit à l'Enseignant : « Pour l'instant tout est calme, les commères et les mauvaises langues se sont tues, du moins pour l'instant. »

Revenant sur la proposition d'un atelier et l'attitude de l'Enseignant : « C'est lui qui voulait le moins de M. Cendrey, mais les autres aussi. »

Plein de componction, le Héron s'avance, et lui demande si elle a lu des livres de M. Cendrey. « J'en ai aperçu un. C'est pas du tout mon livre, que je donnerais même pas à mes enfants. Sur le petit village, les commerçants, je sais plus, ça fait un moment que je l'ai lu. C'est des commerçants. Ce qu'il écrit se rapproche, c'est l'histoire d'un petit village que des commerçants font des choses. Je l'ai lu sans le lire.

– Que pensez-vous de ces écrits par rapport à la morale ? poursuit le Héron.

– C'est pornographique... si on veut.

– Et comment vous l'êtes-vous procuré ? lui demande finement un avocat des parties civiles.

– J'ai eu du mal. Au libraire du village. Il était en rupture de stock. » (Et fou rire dans l'assemblée.)

La suite avec la minuscule madame n'eut aucun intérêt, sauf d'être pour la Présidente l'occasion de poser la plus jolie question de tout le procès, un petit manqué qu'elle rattrapa dans l'instant, mais que je m'en voudrais d'escamoter : « Madame, à quel âge est né votre enfant ? »

Durant la suspension, je suis abordé par une femme qui me dit avoir fait la route depuis Rouen pour voir si l'Éducation nationale continue de maltraiter ceux qui dénoncent les pédophiles en son sein. Elle-même, psychologue scolaire, a dénoncé un enseignant, avec cette conséquence pour elle-même : « Sept ans de mise à l'écart, accusée de complot. Je ne le supportais plus. On m'a dit : “On préfère une psychologue hystérique à un enseignant pédophile." Mais je me suis battue, il a été condamné.

– Ne seriez-vous pas celle qui alors a déclaré : "Pour comploter il faut être plusieurs. Je peux assurer que durant toute cette période j'ai été très seule" ?

– Si effectivement, c'est moi.

– Phrase magnifique, moi qui suis accusé de complot et ai été très seul, j'aimerais en être l'auteur. »

Un nouveau témoin, âgé et très dur d'oreille, qui avait l'accusé dans son conseil municipal de Saint-Sylvestre-de-X, est à la barre.

« Vous pensez quoi de cette affaire ? lui demande-t-on.

– Ah ça, j'peux pas vous l'dire.

– Vous ne savez pas ?

– Comment ?

– Vous ne savez rien ?

– Il était timide.

– Mais encore ?

– Hein ?

– Continuez.

– Il frappait à la porte. Il me disait : "J'te dérange pas ?" Il s'occupait de la commission du cimetière. »

Un autre témoin n'est pas plus loquace. « Je le croisais dans la rue, bonjour bonsoir et c'est tout.

– Ce sont ses avocats qui vous ont fait citer, il doit y avoir une raison.

– Moi je sais pas. J'ai jamais rien remarqué.

– Qu'est-ce que vous pensez de cette affaire ?

– Rien. »

Se présente Peggy, quinze ans. « Il prenait sur ses genoux. Il nous touchait partout. Moi, il m'a touchée au sexe. Il m'a demandé de toucher au sien. Il nous laissait faire pipi dans notre culotte. Il m'a fait une fessée déculottée.

– Devant tout le monde ?

– Oui, j'ai pleuré.

– Quelle réaction a eue votre maman ?

– Elle a été voir la directrice.

– Et après ?

– Il m'a toujours prise sur ses genoux. Il me touchait le sexe dans ma culotte. Il me prenait la main. Il ouvrait sa braguette.

– Pendant l'école ou à la récréation ?

– La récréation, dans le coin bibliothèque. Je comprenais pas ce qui se passait.

– Vous l'avez vu faire des choses à d'autres enfants ?

– Oui. Simon il le scotchait avec de l'adhésif tout autour de la chaise. Alicia il l'a laissée au tableau jusqu'à ce qu'elle sache faire un f. Elle pleurait. Le f c'est moi qui l'ai fait. Romain aussi allait sur les genoux.

– Pourquoi avez-vous reçu cette fessée déculottée ?

– J'arrivais pas à faire un exercice. J'étais en jupe. »

La mère de Peggy. « Elle n'a plus jamais voulu porter de jupe depuis le jour de cette fessée. Elle pleurait. Elle suffoquait. J'ai rencontré la psychologue scolaire, elle m'a dit : "Ne dramatisez pas pour une fessée." Je suis allée voir la directrice. Elle m'a dit qu'une fessée ça n'était pas grand-chose. Peggy, adolescente, a commencé à se raser les jambes. Je la vois en train de se raser le sexe. Je lui dis : "Qu'est-ce qu'il t'a fait, le maître d'école ?" "Rien maman." En CE1, Peggy a eu des problèmes avec la Collègue de l'instituteur. Elle m'avait convoquée, disait que Peggy était infernale. Elle était assez sévère comme maîtresse. »

La mère d'Alizée, elle aussi, était allée rencontrer la

Collègue du CE1, qui lui avait affirmé : « Votre fille, elle a une partie du cerveau qui fonctionne plus ! »

« Que vous a dit la psychologue scolaire de son entretien avec Peggy ?

– Elle lui a fait faire un dessin. Elle m'a dit qu'elle en ferait part à la directrice qui m'en ferait part.

– Peggy a dit à la psychologue scolaire qu'elle avait dû prendre dans sa main le sexe de l'instituteur, le saviez-vous ?

– Non. Je vous assure. Un jour, Peggy a été chercher la photo de classe. Elle l'a déchirée en disant : "Il me fera plus de mal ce fumier-là !" »

Se présente Romain, quinze ans. Attiré sur les genoux. A subi des caresses sur le sexe. A dû caresser le sexe de l'instituteur. « J'en ai parlé à mes parents. »

La mère de Romain. « Eh bien, à la réunion, la directrice lui a dit devant nous : "Ne recommence pas."

– Et lui a reconnu les faits ?

– Non, il a fait comme maintenant, il a regardé ses chaussures. Depuis son arrestation, j'ai reçu des coups de fil anonymes, des injures. La rencontre avec la psychologue scolaire n'a donné aucun résultat. »

Revient l'expert. « Romain parle du violon que le maître fait circuler d'élève en élève, et les élèves n'aiment pas ça. »

L'Enseignant se lève. « Peggy était vive. Je suis intervenu une fois pour une fessée, elle est venue sur mes genoux.

– Une fessée déculottée ?

– Non non, une fessée normale.

– Et Romain ?

– Il était turbulent. À part ça… Il est venu sur mes genoux, oui.

– Si vous refaisiez classe demain, vous reprendriez des enfants sur vos genoux ?

– Ah non ! »

La salle est bondée, l'atmosphère lourde, lorsque s'avance la Supérieure, avec son air, son air qui faisait peur aux enfants et à tant de parents.

« Je suis directrice depuis 1988, je ne sais pas ce que vous voulez me demander de plus. » On la fait parler de l'Enseignant, fréquenté quotidiennement onze ans durant. La fessée ? « Ça n'est pas une méthode d'enseignement. » Une enfant dit en avoir reçu une de la Supérieure elle-même. « Aucun souvenir. » Les genoux ? Elle avait demandé à l'Enseignant : plus de genoux, plus de contacts. « Savez-vous qu'il a continué ?

– Je l'ai appris par les journaux.

– Vous n'aviez pas un œil là-dessus ?

– Non, je n'avais pas le temps matériel d'aller voir. »

Et puis, il y avait un peu de gravier devant le CP, et selon elle, ça prévenait d'une visite. Elle a bien retiré son propre fils du CP de l'Enseignant, l'année des signalements, mais pour une histoire de discipline. La litanie des « faits troublants », elle, ça la laisse froide. Et si l'Enseignant est le pédophile qu'on dit, ce qu'elle se refuse toujours à croire : « Est-ce que je suis responsable de sa nomination par l'Éducation nationale ? »

Rappelant le non-lieu dont elle a bénéficié (au motif que l'obligation de signalement à la justice n'existait pas en 1996), la Présidente lui dit : « Mais quand même, en tant que femme, en tant que mère, qu'enseignante, vous n'avez rien à regretter ?

– Non, je n'ai rien à regretter. »

Et comme cela, lourdement, le béton bureaucratique s'est écoulé de la bouche de la Supérieure comme d'une cuve tournant imperturbablement, à cette seule exception qu'à une question du Procureur elle s'est écriée, rageuse : « Je n'ai plus envie de m'écraser ! J'ai subi suffisamment d'humiliations, un procureur me doit un peu de respect. » Un très bref aperçu de ce qu'elle était dans SON école. « Vous n'êtes pas dans une école, vous n'êtes plus directrice ! » lui rétorque le Procureur après quelques longues secondes de stupeur.

L'échec de la Présidente ne le dissuade pas, un moment plus tard, de quêter à son tour un peu de compassion envers les anciens élèves : « Madame, vous avez bénéficié d'un non-lieu, c'est acquis. Mais ici, nous avons entendu des victimes, des souffrances. Est-ce que vous ne pensez pas, avec ce que vous saviez, que vous êtes un peu responsable, pas pénalement, mais moralement ?

– Non.

– Donc, si c'était à refaire, vous referiez pareil ?

– Je referais exactement pareil. »

Elle a cinquante-deux ans. C'est donc durant de nombreuses années encore que seront confiés à cette fonctionnaire exemplaire des quantités d'enfants.

On m'avait dit que le Pélican ne lèverait pas le cul de son banc pour la questionner. Ayant été son avocat, il s'exposait, s'il ouvrait la bouche, à ce que fût dénoncé par les parties civiles un conflit d'intérêt. Et le Pélican, effectivement, demeura coi.

Turk, le dernier, s'essaye à chatouiller la dame. « Si le mis en examen était condamné, que diriez-vous à M. Cendrey ? » Pas de réponse. « Un petit mot… deux syllabes… mer… ci.

– Je n'ai pas d'estime pour M. Cendrey ! »

Ah, si tout avait pu rester comme c'était ! Dans cette

petite école au bord de sa rivière. Avec son arbre. Avec son gravier crissant.

Et c'est le tour de la Collègue, qui curieusement – son nom revenant fréquemment dans les témoignages – n'était pas assignée, mais que la Présidente a demandé à entendre en vertu de son pouvoir discrétionnaire, le témoin, en cette circonstance, ne déposant pas sous serment.

« Je ne sais pas grand-chose. Pour moi il était un instituteur sans problème. Je ne sais pas quoi vous dire. » Et puis : « Je n'ai jamais été au courant. » Et puis : « Tous les ans je faisais des cours sur les droits de l'enfant. » Oui, notamment le droit de l'enfant à se faire botter le cul, comme je l'ai vu appliqué. À propos des signalements : « Je ne sais pas pourquoi ma directrice ne nous en a pas parlé. Les administrations sont quelquefois bizarres. » Bizarre surtout qu'un autre enseignant de l'école déclare quant à lui le contraire. Il faudrait poser la question. Elle ne l'est pas. La Collègue évoque d'elle-même la circulaire Royal, qui à la croire, serait un peu sa circulaire de chevet. Est-ce bien de moi et non, très étonnamment, de sa directrice, qu'elle en a reçu copie ? Il faudrait poser la question. Les plus graves agressions ayant eu lieu pendant les récréations, l'Enseignant était-il coutumier du fait de les passer dans sa classe, isolé avec un enfant, au mépris flagrant du règlement ? Il faudrait poser la question.

Non. Le béton s'écoule. Un béton plus liquide celui-là, car la Collègue pleure. Le Procureur, une avocate des parties civiles, lui en ont de la gratitude. Pauvre femme, qui a quitté son poste à X pour en prendre un nouveau dans une école où elle était assurée de ne pas avoir de collègue mâle (qu'une enseignante confonde école et gynécée, voilà qui devrait intéresser des millions de parents d'élèves). On la remercie pour son émotion, au nom des enfants. (Les pauvres gosses, on ne leur aura même pas épargné ça.)

Le Pélican n'a plus qu'à lisser le béton, en bon petit maçon de l'Éducation nationale, payé non par son client, mais par la Fédération des autonomes de solidarité (FAS), association qui a pour objet de défendre les membres de l'Éducation nationale.

Et voilà le travail, le grossier travail.

Alors dès demain, je serai à la maison.

Ce à quoi j'avais déclaré ne pas vouloir assister, le sordide bétonnage institutionnel, est bien entamé. Il est grand temps de rentrer.

Z by night n'est que bistrots éteints, pavé gras et crachin, où l'on s'avale une choucroute blafarde avant de rejoindre Paris, et d'y passer la nuit.

Sur le quai de la gare Montparnasse, une jeune fille me demande du feu. Je monte dans le train. La voiture est quasi vide. J'ai une place à contresens de la marche. Celle d'en face étant libre, je l'occupe. Je sais Marie et les enfants à Bordeaux. Nous nous reverrons à la gare, pour prendre ensemble l'omnibus. Je ne me suis pas senti aussi bien depuis des semaines. Le train s'ébranle. J'étire les jambes. Je prends une longue inspiration, et là… un parfum se signale à mon nez, fruité, très raffiné. Et je découvre, entre le siège et la cloison, un sac en plastique vert (une poche, comme on dit dans le Sud-Ouest). Un objet oublié. Que contient-il qui sent si bon ? Des sachets de papier grenat, un exemplaire du *Monde*. J'extrais un des sachets et le porte à mes narines… « Ça vous intéresse ? » gronde soudain au-dessus de moi une voix qui me fait sursauter.

Une femme d'une soixantaine d'années me dévisage d'un air furieux, où perce un peu d'inquiétude.

« C'est à vous ? demandai-je en agitant le sachet, parfum merveilleux. Je croyais tout ça oublié par un voyageur. Et c'est sans doute votre place, je vous la rends, avec mes excuses pour cet incident. La mienne est en face, j'ai à travailler, je préférais le faire dans le sens de la marche, et voilà comment on se fait prendre en flagrant délit de curiosité. Mais pas de malhonnêteté. Nous venons d'entendre le contrôleur au micro, avec cette pointe d'accent que vous aurez remarquée, et si c'est bien le même qu'à l'aller, il pourra témoigner de mes scrupules. »

Face à moi, la dame en gris semble hésiter entre la tentation de tirer le signal d'alarme et celle d'ouvrir *Le Monde* afin de faire écran à mon regard, sans pour autant dissimuler un soupçon d'intérêt pour mon histoire.

« À l'aller, en effet, j'ai trouvé (là, je fais un petit mensonge par souci de convaincre, c'est en effet mon voisin qui a trouvé la chose), oublié, impossible cette fois d'en douter, un boîtier à lunettes Gucci contenant… des lunettes, de cette marque, dont vous devinez la valeur, et j'ai remis l'objet au contrôleur (c'est mon voisin qui en a pris l'initiative après s'être enquis de mon opinion sur l'honnêteté, d'après lui douteuse, du personnel SNCF). Remarquez, non, j'y songe, c'est impossible, dis-je à la dame en gris qui fronce de plus belle les sourcils, car un peu plus tard, dans le couloir, j'ai surpris ledit contrôleur avec les lunettes Gucci sur le nez (là, je ne dis que la pure vérité), et je l'imagine mal témoigner pour moi qui lui ai dit : "Mais dites donc contrôleur, elles sont à qui ces lunettes ?" L'homme, c'est vrai, ne manquait pas d'humour. Il a fait le geste de partager les lunettes et m'en a proposé la moitié : "Un monocle chacun." Nous avons ri. Et je vous vois légèrement sourire, je vous en remercie, c'est pour moi le signe que peut-être vous n'allez plus me tenir rigueur d'avoir fouillé dans vos affaires. »

La dame en gris sourit franchement.

Elle plonge la main dans le sac vert, en tire un petit sachet de papier blanc : « C'est un échantillon dont on m'a fait cadeau, mais je le connais et il est excellent, du Pouchkine. » Et elle me l'offre.

Je hume le sachet, comme elle m'a déjà vu faire, et lui dis : « Je vous remercie. Ce voyage commence comme un roman d'Agatha Christie. Je ne suis pas Pouchkine, mais c'est tout de même à un écrivain que vous venez d'offrir ce thé Pouchkine, alors permettez-moi de me présenter, etc. »

Nous devisons sur les voyages en train dans la France contemporaine, dont elle considère la banalité de plus en plus marquée, que renforce encore l'usage du téléphone portable, du baladeur, de l'ordinateur, ces outils par lesquels on affiche son indisponibilité d'esprit, son absence d'intérêt pour le coudoiement de personnes inconnues.

La dame en gris m'exprime son vœu de voir notre entretien se poursuivre, ce qui m'amène à évoquer le procès de Z, les diverses implications autour de l'Enseignant, dont celle de l'Éducation nationale. « Vous ne m'étonnez pas, dit mon interlocutrice, j'ai exercé un poste de responsabilité au ministère de l'Éducation nationale, et l'attitude de mon administration dans ce genre d'affaires ne lui fait pas honneur.

– Au ministère ? dis-je incrédule. Ministère de l'Éducation nationale ?

– Oui. Les différents services sont éclatés dans Paris. Il y a le cabinet du ministre, et puis les grandes directions, où la couleur politique est d'importance, les inspecteurs généraux, ensuite les chefs de bureau, les sous-directeurs, je connais tout ça.

– Et ces fameuses enveloppes qui circuleraient dans les ministères, vous en avez eu connaissance.

– Bien sûr, elles descendent aux grandes directions, moins souvent jusqu'aux sous-directeurs.

– Et l'usage de la mutation, pour les enseignants à problèmes, qu'en savez-vous ?

– Il fait se poser des questions, par exemple quand on voit passer le dossier d'un enseignant officiellement muté d'office… mais auquel on a demandé la destination de son choix, celle-ci étant dans les DOM TOM.

– Tiens donc. Depuis que je m'occupe de l'affaire jugée à Z, je reçois du courrier, des informations troublantes, notamment au sujet de la Guyane, où serait en place une sorte de système de tutorat réservé aux enfants d'immigration récente (Haïti, Surinam, Brésil…), système particulièrement opaque. Et il y aurait aussi là-bas, en Guyane, à proximité de la frontière brésilienne, une destination prisée par les enseignants à problèmes.

– Pour un journaliste intéressé par ces questions, la Guyane pourrait effectivement se révéler riche en découvertes. »

Deux bonnes heures sur le sujet vont beaucoup m'apprendre. À propos des enveloppes, des fonds secrets des ministères, on peut éventuellement admettre que le ministère de l'Intérieur ait besoin de rémunérer en espèces des informateurs, des balances, mais dans le cas de l'Éducation nationale, si des enveloppes circulaient effectivement, quelle pouvait être leur vocation ? Surtout que dans l'Éducation nationale, les « balances » comme monsieur B. de Caen, ou une certaine psychologue scolaire des environs de Rouen, c'est uniquement en gros ennuis qu'on les a rémunérés.

Je suis allé à la voiture-bar, d'où je reviens avec deux gobelets de thé sur une assiette en plastique faisant office de plateau. Je tends un gobelet à la dame en gris :

« Je crains que ce ne soit pas du Pouchkine. » Tandis que nous sirotons notre breuvage sans nom, je la regarde fixement et lui dis : « Madame, voyez autour de nous, la voiture est quasi vide, et par un incroyable hasard, il a fallu que nos réservations nous mettent face à face, vous qui connaissez si bien l'Éducation nationale, et moi qui suis accusé de comploter contre elle. Ne trouvez-vous pas ce hasard un peu… gros ?

– Ce n'est pas un petit hasard en tout cas.

– Madame, nous approchons de Bordeaux, vous allez au-delà, ce voyage a été d'un rare agrément, alors, avant que nous ne nous séparions, dites-le-moi, s'il vous plaît, que vous étiez bien en mission d'intoxication pour les Renseignements généraux. »

La dame en gris éclate de rire. Je fais de même. Elle dit encore : « Et le travail a été bien fait, vous étiez surveillé de près, car la jeune fille qui vous a demandé du feu sur le quai, c'était ma fille. »

Loin de Z. (Et plus loin encore de X, où huit affaires de pédophilie auraient été mises au jour depuis celle de l'Enseignant.)

Je n'entendrai pas les autres enfants. Je n'entendrai pas Basile raconter comment, à plusieurs reprises, son maître lui a enfoncé un doigt dans l'anus.

Je n'entendrai pas l'Inspecteur à la retraite, alerté durant l'année scolaire 1996-1997, déclarer avoir alors considéré l'affaire « insignifiante », les accusations « farfelues ».

Déclarer : « Les faux témoignages d'enfants sont assez courants. »

« C'est quand on n'a rien fait que la rumeur est la plus dangereuse. »

« Nous savons que les instituteurs sont très souvent victimes de cabales. »

Déclarer ne pas avoir interrogé les collègues de l'Enseignant « pour ne pas le compromettre en cas d'innocence ».

« J'ai connu des dénonciations stupides ou malveillantes. Là, il ne s'est rien passé, sauf un contact. Le malaise de l'enfant était à l'extérieur de l'école. »

Déclarer, à propos de son épouse psychologue scolaire : « La psychologue a vu cet enfant, et ses conclusions ont été totalement négatives. Elle a estimé qu'il s'agissait d'un contact accidentel, compte tenu du fait que l'enfant était ce jour-là sur les genoux de l'instituteur. D'ailleurs, quand on regarde des films sur l'Afrique noire, on voit bien que les mères tiennent leurs enfants par l'entrecuisse. »

Déclarer ne pas avoir jugé bon de consigner l'incident dans le dossier de l'Enseignant afin de « ne pas porter atteinte à son honneur ».

Déclarer, en réponse à la question de savoir ce que la mère de l'enfant aurait dû faire selon lui : « Faire ce que font beaucoup d'autres mères, ne rien dire et changer l'enfant d'école. »

Déclarer, à propos de la formation qui était la sienne à l'époque en matière de signalements d'actes pédophiles : « La pédophilie n'a été inventée que beaucoup plus tard. »

Je n'entendrai pas la Psychologue scolaire, épouse de l'Inspecteur, contredire son mari en déclarant que Peggy, alors âgée de six ans, lui avait bien dit « que le maître lui prenait la main et la mettait sur son sexe », qu'elle en avait informé son mari, et la directrice.

Je n'entendrai pas un avocat des parties civiles réclamer en conséquence que soit acté par la Justice « le fait que ces trois membres de l'Éducation nationale ont eu connaissance, dès 1996, de faits d'agression sexuelle ».

Je n'entendrai aucun des avocats des parties civiles.

« On s'est résigné, parce que l'autorité était l'alliée objective de l'abuseur. Voilà pourquoi l'hypnose a duré trente ans, voilà pourquoi des générations d'enfants ont été abusées. »

« Il fallait qu'il n'y ait aucune trace, parce que laisser une trace, c'était avouer qu'on savait. La preuve de votre culpabilité, monsieur *l'Enseignant*, c'est qu'il n'y a pas eu d'enquête, parce que ce n'était pas nécessaire. Chacun savait. L'Éducation nationale a préféré sacrifier ces gosses. »

« Ni la famille, ni l'État, ni l'Éducation nationale, ni l'administration sociale n'ont joué leur rôle. Ce procès a montré les mécanismes de silence corporatistes de l'Éducation nationale. Il a montré que la défense de l'institution justifie que l'on sacrifie des enfants. »

À propos de Candice : « Elle a décidé qu'elle serait une femme, aujourd'hui elle veut séduire, elle ose mettre des jupes, et si *l'Enseignant* a détruit l'innocence de son enfance, il ne détruira pas ses vingt ans. »

« Les enfants auraient voulu que vous leur demandiez pardon, mais leurs souffrances ne vous atteignent pas, vous êtes sans émotion, même sur votre propre sort. »

Je n'entendrai pas le Procureur, le Héron, le Pélican, encore citer mon nom, mais une bonne camarade, présente aux plaidoiries, a trouvé amusant de relever les propos me concernant.

Le Procureur. « Il a fallu l'intervention de M. Cendrey pour que ce mur s'écroule. C'est en cela qu'il est un citoyen remarquable... Il n'a pas de complexe d'infériorité par rapport à l'instituteur de campagne. Et il est étranger… Même le médecin qui n'a rien fait jusque-là se sent obligé d'envoyer un signalement car il sait que le scandale arrive. Là, il ne s'agit plus que de quelques jours. Mais ces quelques jours pour M. Cendrey sont de trop. Il n'y a plus une minute à perdre. Et je comprends ça. Je ne lui ferai pas ce procès… Ce qui m'intéresse le plus, c'est que l'instituteur accepte de suivre M. Cendrey. Vous imaginez, vous allez à votre travail, un homme vous dit : “Suis-moi à la gendarmerie !” Quelle serait votre réaction ? Vous le traitez de malade mental ! Vous vous dites : qu'est-ce que c'est que ce fou ? Et vous passez votre chemin. Mais l'instituteur, lui, le suit tranquillement alors qu'il sait que les enfants l'attendent dans sa classe. »

Le Héron. « *L'Officier* a précisé : on s'est entendus avec M. Cendrey, il a enquêté avec nous. Qui est M. Cendrey ? Voilà comment le présente l'un de ses éditeurs : né à Nevers en 1957, déclaré inapte au service militaire pour raisons psychiatriques, vadrouille dans toute l'Europe, terrassier, serveur, ouvrier agricole, téléphoniste… Tel est le personnage qui arborant le drapeau de la vertu a livré à la gendarmerie l'instituteur… »

Le Pélican. « Il est très important que M. Cendrey ait prétendu qu'il n'avait pas vu la mère de Laurine avant. M. Cendrey est quelqu'un qui va court-circuiter l'enquête de police, mener la chasse aux institutions et aux fonctionnaires. Il va dire : le Chef, c'est un ivrogne. (Dénonçant cela, le Pélican ignore bien sûr que quelques jours plus tard, le Chef, quittant X à une vitesse folle et avec une alcoolémie catastrophique, se tuera au volant.) La *Collègue*, il va l'agresser. Cette femme que vous avez vue, elle a été menacée ! Et je vous parle pas du maire, et de l'Officier. Moi je trouve la démarche de M. Cendrey très délicate. C'est un homme qui a une certaine prestance. M. Cendrey nourrit sa plume par des sujets sensibles… que ce soit le sexe… il s'intéresse au niveau de sa démarche à ce qui s'expérimente… il alimente sa réflexion et il fait ses ateliers… Le justicier est un homme spécialisé soit dans les livres à caractère lubrique, soit dans les ateliers d'écriture. Des ateliers au cours desquels il fait ses recherches, en particulier d'ordre sexuel. Et la question de savoir s'il y a eu un contact avant entre M. Cendrey et Laurine, c'est ça ! M. Cendrey ne peut pas se passer de la presse. Ce petit journal local, il est gênant pour M. Cendrey. Laurine, malheureusement, est tombée sous la coupe intellectuelle de M. Cendrey qui veut la peau de l'Éducation nationale. »

L'usage veut que la défense parle en dernier, que l'on n'ajoute rien, et je le respecte. Mais si je ne le respectais pas, ce serait pour sincèrement déplorer que l'Enseignant ait d'aussi piètres défenseurs.

Je n'entendrai pas l'Enseignant être déclaré coupable, et être condamné à quinze ans de réclusion criminelle. (Dans un premier temps il fera appel de ce jugement, puis y renoncera.)

En revanche, avant que ne tombe ce verdict, j'ai entendu, parfaitement entendu, dans la même semaine, deux jeunes femmes, deux amies proches, Armelle et Aude, me confier le secret de leur enfance, comme si de me voir prendre souci de tant d'enfants leur avait inspiré de me voir prendre aussi souci d'elles à jamais blessées (et non pas salies, comme certains le disent si maladroitement), blessées, mais audacieuses, et ce livre qui est celui de toutes les victimes de l'Enseignant, est aussi le leur.

Armelle :

J'avais quatre ans, peut-être cinq, je n'étais pas encore à la grande école. Mon père savait que j'aimais bien venir les réveiller, Maman et lui, lorsqu'ils faisaient la grasse matinée le week-end. La semaine, Maman était souvent partie en voyage. Mon père m'a dit : « Comme tu aimes venir dans le lit, tu vas venir dormir avec moi, à la place de Maman, quand elle n'est pas là. » Je n'avais pas envie. Mon père m'a dit : « Tu es ma fille. J'ai besoin qu'on s'occupe de moi. Il faut que tu t'occupes de moi. »

Les soirs où ma mère était en voyage, ma nourrice me couchait à huit heures. Je m'endormais. À onze heures, mon père venait me réveiller pour que j'aille dans son lit.

Plus tard, des années après, alors que je n'étais plus une petite fille, je me suis souvent réveillée en sursaut, trois heures après mon coucher. En sueur, pétrifiée par la peur.

Mon père me disait : « Il n'y a que toi et moi. Tous les autres, ta mère, tes sœurs, ce sont "les adultes", ce sont nos ennemis. » Il me répétait : « Il ne faut pas parler de nos nuits. Ne dis rien à ta mère. C'est notre secret. »

Quand je refusais de faire ce qu'il voulait, de le suivre quelque part, d'être sa chose, son objet, il menaçait : « Si tu ne le fais pas, je divorce. Je quitte Maman, je vous quitte, toi et tes sœurs, et vous ne me verrez plus jamais. » Une fois, il a mis sa menace à exécution. J'avais refusé de le suivre en week-end. Il est parti et il n'est pas revenu. On l'a cherché quelques jours. Puis il est rentré.

J'avais honte, je n'aimais pas mentir à ma mère, je ne voulais pas que mes parents se séparent à cause de moi.

Je ne voulais pas être l'amoureuse de mon père, je voulais être sa fille, et qu'il soit mon père. Je me souviens de l'avoir supplié, à genoux, nue, en larmes.

Quand je suis arrivée à la grande école, je me suis dit qu'il fallait que je sois amoureuse d'un garçon. Un garçon de mon âge, six ans. J'ai choisi le plus grand, le plus fort. Il s'appelait Pascal. Je l'appelais « mon chéri », et en disant ces mots, je me disais que cela me protégeait de mon père.

Ce père, je n'ai jamais eu d'autre énergie que de le fuir.

RÉALISATION : IGS CHARENTE-PHOTOGRAVURE À L'ISLE-D'ESPAGNAC

GROUPE CPI

Achevé d'imprimer en janvier 2007
par **BUSSIÈRE**
à Saint-Amand-Montrond (Cher)
N° d'édition : 91399. - N° d'impression : 62508.
Dépôt légal : février 2007.
Imprimé en France

Collection Points

DERNIERS TITRES PARUS

P1498. L'Araignée d'émeraude. La Saga de Raven II
Robert Holdstock et Angus Wells
P1499. Faucon de mai, *Gillian Bradshaw*
P1500. La Tante marquise, *Simonetta Agnello Hornby*
P1501. Anita, *Alicia Dujovne Ortiz*
P1502. Mexico City Blues, *Jack Kerouac*
P1503. Poésie verticale, *Roberto Juarroz*
P1506. Histoire de Rofo, clown, *Howard Buten*
P1507. Manuel à l'usage des enfants qui ont des parents difficiles
Jeanne Van den Brouk
P1508. La Jeune Fille au balcon, *Leïla Sebbar*
P1509. Zenzela, *Azouz Begag*
P1510. La Rébellion, *Joseph Roth*
P1511. Falaises, *Olivier Adam*
P1512. Webcam, *Adrien Goetz*
P1513. La Méthode Mila, *Lydie Salvayre*
P1514. Blonde abrasive, *Christophe Paviot*
P1515. Les Petits-Fils nègres de Vercingétorix, *Alain Mabanckou*
P1516. 107 ans, *Diastème*
P1517. La Vie magnétique, *Jean-Hubert Gailliot*
P1518. Solos d'amour, *John Updike*
P1519. Les Chutes, *Joyce Carol Oates*
P1520. Well, *Matthieu McIntosh*
P1521. À la recherche du voile noir, *Rick Moody*
P1522. Train, *Pete Dexter*
P1523. Avidité, *Elfriede Jelinek*
P1524. Retour dans la neige, *Robert Walser*
P1525. La Faim de Hoffman, *Leon De Winter*
P1526. Marie-Antoinette, la naissance d'une reine.
Lettres choisies, *Évelyne Lever*
P1527. Les Petits Verlaine *suivi de* Samedi, dimanche et fêtes
Jean-Marc Roberts
P1528. Les Seigneurs de guerre de Nin. La Saga du Roi Dragon II
Stephen Lawhead
P1529. Le Dire des Sylfes. La Malerune II
Michel Robert et Pierre Grimbert
P1530. Le Dieu de glace. La Saga de Raven III
Robert Holdstock et Angus Wells
P1531. Un bon cru, *Peter Mayle*
P1532. Confessions d'un boulanger, *Peter Mayle et Gérard Auzet*
P1533. Un poisson hors de l'eau, *Bernard Comment*
P1534. Histoire de la Grande Maison, *Charif Majdalani*

P1535. La Partie belle *suivi de* La Comédie légère
Jean-Marc Roberts
P1536. Le Bonheur obligatoire, *Norman Manea*
P1537. Les Larmes de ma mère, *Michel Layaz*
P1538. Tant qu'il y aura des élèves, *Hervé Hamon*
P1539. Avant le gel, *Henning Mankell*
P1540. Code 10, *Donald Harstad*
P1541. Les Nouvelles Enquêtes du juge Ti, vol. 1
Le Château du lac Tchou-An, *Frédéric Lenormand*
P1542. Les Nouvelles Enquêtes du juge Ti, vol. 2
La Nuit des juges, *Frédéric Lenormand*
P1543. Que faire des crétins ? Les perles du Grand Larousse
Pierre Enckell et Pierre Larousse
P1544. Motamorphoses. À chaque mot son histoire, *Daniel Brandy*
P1545. L'habit ne fait pas le moine. Petite histoire des expressions
Gilles Henry
P1546. Petit fictionnaire illustré. Les mots qui manquent au dico
Alain Finkielkraut
P1547. Le Pluriel de bric-à-brac et autres difficultés
de la langue française, *Irène Nouailhac*
P1548. Un bouquin n'est pas un livre. Les nuances des synonymes
Rémi Bertrand
P1549. Sans nouvelles de Gurb, *Eduardo Mendoza*
P1550. Le Dernier Amour du président, *Andreï Kourkov*
P1551. L'Amour, soudain, *Aharon Appelfeld*
P1552. Nos plus beaux souvenirs, *Stewart O'Nan*
P1553. Saint-Sépulcre !, *Patrick Besson*
P1554. L'Autre comme moi, *José Saramago*
P1555. Pourquoi Mitterrand ?, *Pierre Joxe*
P1556. Pas si fous ces Français !
Jean-Benoît Nadeau et Julie Barlow
P1557. La Colline des Anges
Jean-Claude Guillebaud et Raymond Depardon
P1558. La Solitude heureuse du voyageur
précédé de Notes, *Raymond Depardon*
P1559. Hard Revolution, *George P. Pelecanos*
P1560. La Morsure du lézard, *Kirk Mitchell*
P1561. Winterkill, *C.J. Box*
P1562. La Morsure du dragon, *Jean-François Susbielle*
P1563. Rituels sanglants, *Craig Russell*
P1564. Les Écorchés, *Peter Moore Smith*
P1565. Le Crépuscule des géants. Les Enfants de l'Atlantide III
Bernard Simonay
P1566. Aara. Aradia I, *Tanith Lee*
P1567. Les Guerres de fer. Les Monarchies divines III
Paul Kearney

P1568. La Rose pourpre et le Lys, tome 1, *Michel Faber*
P1569. La Rose pourpre et le Lys, tome 2, *Michel Faber*
P1570. Sarnia, *G.B. Edwards*
P1571. Saint-Cyr/La Maison d'Esther, *Yves Dangerfield*
P1572. Renverse du souffle, *Paul Celan*
P1573. Pour un tombeau d'Anatole, *Stéphane Mallarmé*
P1574. 95 poèmes, *E.E. Cummings*
P1575. Le Dico des mots croisés.
8 000 définitions pour devenir imbattable, *Michel Laclos*
P1576. Les deux font la paire.
Les couples célèbres dans la langue française, *Patrice Louis*
P1577. C'est la cata. Petit manuel du français maltraité
Pierre Bénard
P1578. L'Avortement, *Richard Brautigan*
P1579. Les Braban, *Patrick Besson*
P1580. Le Sac à main, *Marie Desplechin*
P1581. Nouvelles du monde entier, *Vincent Ravalec*
P1582. Le Sens de l'arnaque, *James Swain*
P1583. L'Automne à Cuba, *Leonardo Padura*
P1584. Le Glaive et la Flamme. La Saga du Roi Dragon III
Stephen Lawhead
P1585. La Belle Arcane. La Malerune III
Michel Robert et Pierre Grimbert
P1586. Femme en costume de bataille, *Antonio Benitez-Rojo*
P1587. Le Cavalier de l'Olympe. Le Châtiment des Dieux II
François Rachline
P1588. Le Pas de l'ourse, *Douglas Glover*
P1589. Lignes de fond, *Neil Jordan*
P1590. Monsieur Butterfly, *Howard Buten*
P1591. Parfois je ris tout seul, *Jean-Paul Dubois*
P1592. Sang impur, *Hugo Hamilton*
P1593. Le Musée de la sirène, *Cypora Petitjean-Cerf*
P1594. Histoire de la gauche caviar, *Laurent Joffrin*
P1595. Les Enfants de chœur (Little Children), *Tom Perrotta*
P1596. Les Femmes politiques, *Laure Adler*
P1597. La Preuve par le sang, *Jonathan Kellerman*
P1598. La Femme en vert, *Arnaldur Indridason*
P1599. Le Che s'est suicidé, *Petros Markaris*
P1600. Les Nouvelles Enquêtes du juge Ti, vol. 3
Le Palais des courtisanes, *Frédéric Lenormand*
P1601. Trahie, *Karin Alvtegen*
P1602. Les Requins de Trieste, *Veit Heinichen*
P1603. Pour adultes seulement, *Philip Le Roy*
P1604. Offre publique d'assassinat, *Stephen W. Frey*
P1605. L'Heure du châtiment, *Eileen Dreyer*
P1606. Aden, *Anne-Marie Garat*

P1607. Histoire secrète du Mossad, *Gordon Thomas*
P1608. La Guerre du paradis. Le Chant d'Albion I
Stephen Lawhead
P1609. La Terre des Morts. Les Enfants de l'Atlantide IV
Bernard Simonay
P1610. Thenser. Aradia II, *Tanith Lee*
P1611. Le Petit Livre des gros câlins, *Kathleen Keating*
P1612. Un soir de décembre, *Delphine de Vigan*
P1613. L'Amour foudre, *Henri Gougaud*
P1614. Chaque jour est un adieu *suivi de* Un jeune homme est passé
Alain Rémond
P1615. Clair-obscur, *Jean Cocteau*
P1616. Chihuahua, zébu et Cie.
L'étonnante histoire des noms d'animaux
Henriette Walter et Pierre Avenas
P1617. Les Chaussettes de l'archiduchesse et autres défis
de la prononciation, *Julos Beaucarne et Pierre Jaskarzec*
P1618. My rendez-vous with a femme fatale.
Les mots français dans les langues étrangères
Franck Resplandy
P1619. Seulement l'amour, *Philippe Ségur*
P1620. La Jeune Fille et la Mère, *Leïla Marouane*
P1621. L'Increvable Monsieur Schneck, *Colombe Schneck*
P1622. Les Douze Abbés de Challant, *Laura Mancinelli*
P1623. Un monde vacillant, *Cynthia Ozick*
P1624. Les Jouets vivants, *Jean-Yves Cendrey*
P1625. Le Livre noir de la condition des femmes
Christine Ockrent (dir.)
P1626. Comme deux frères, *Jean-François Kahn et Axel Kahn*
P1627. Equador, *Miguel Sousa Tavares*
P1628. Du côté où se lève le soleil, *Anne-Sophie Jacouty*
P1629. L'Affaire Hamilton, *Michelle De Kretser*
P1630. Une passion indienne, *Javier Moro*
P1631. La Cité des amants perdus, *Nadeem Aslam*
P1632. Rumeurs de haine, *Taslima Nasreen*
P1633. Le Chromosome de Calcutta, *Amitav Ghosh*
P1634. Show business, *Shashi Tharoor*
P1635. La Fille de l'arnaqueur, *Ed Dee*
P1636. En plein vol, *Jan Burke*
P1637. Retour à la Grande Ombre, *Hakan Nesser*
P1638. Wren. Les Descendants de Merlin I, *Irene Radford*
P1639. Petit manuel de savoir-vivre à l'usage des enseignants
Boris Seguin, Frédéric Teillard
P1640. Les Voleurs d'écritures *suivi de* Les Tireurs d'étoiles
Azouz Begag
P1641. L'Empreinte des dieux. Le Cycle de Mithra I, *Rachel Tanner*